收获

60周年纪念文存 珍藏版

中篇小说卷（1990—1993）　《收获》编辑部 主编

接近于无限透明
叔叔阿姨大舅和我

朱苏进　李晓 等 著

人民文学出版社
PEOPLE'S LITERATURE PUBLISHING HOUSE

图书在版编目(CIP)数据

接近于无限透明　叔叔阿姨大舅和我/朱苏进等著；
《收获》编辑部主编.—北京：人民文学出版社，2017
（《收获》60周年纪念文存：珍藏版.中篇小说卷.
1990—1993）
ISBN 978-7-02-013017-7

Ⅰ.①接… Ⅱ.①朱… ②收… Ⅲ.①中篇小说-小说集-中国-当代　Ⅳ.①I247.5

中国版本图书馆CIP数据核字(2017)第159451号

总 策 划	黄育海　程永新
责任编辑	朱卫净　李　殷
装帧设计	汪佳诗

出版发行	人民文学出版社
社　　址	北京市朝内大街166号
邮政编码	100705
网　　址	http://www.rw-cn.com
印　　刷	上海利丰雅高印刷有限公司
经　　销	全国新华书店等
开　　本	720毫米×1000毫米　1/16
印　　张	15
字　　数	200千字
版　　次	2017年8月北京第1版
印　　次	2017年8月第1次印刷
书　　号	978-7-02-013017-7
定　　价	89.00元

如有印装质量问题，请与本社图书销售中心调换。电话：010-65233595

| 编者的话 |

巴金和靳以先生创办的《收获》杂志诞生于一九五七年七月，那是一个"事情正在起变化"的特殊时刻，一份大型文学期刊的出现，俨然于现世纷扰之中带来心灵诉求。创刊号首次发表鲁迅的《中国小说的历史的变迁》，好像不只是缅怀与纪念一位文化巨匠，亦将眼前局蹐的语境廓然引入历史行进的大视野。那一期刊发了老舍、冰心、艾芜、柯灵、严文井、康濯等人的作品，仅是老舍的剧本《茶馆》就足以显示办刊人超卓的眼光。随后几年间，《收获》向读者奉献了那个年代最重要的长篇小说和其他作品，如《大波》（李劼人）、《上海的早晨》（周而复）、《创业史》（柳青）、《山乡巨变》（周立波）、《蔡文姬》（郭沫若），等等。而今，这份刊物已走过六十个年头，回视开辟者之筚路蓝缕，不由让人感慨系之。

《收获》的六十年历程并非一帆风顺，最初十年间她曾两度停刊。先是称之为"三年自然灾害"的困难时期，于一九六○年五月停刊。一九六四年一月复刊后，又于一九六六年五月被迫停刊，其时"文革"初兴，整个国家开始陷入内乱。直至粉碎"四人帮"以后，才于一九七九年一月再度复刊。艰难困顿，玉汝于成，一份文学期刊的命运，亦折射着国家与民族之逆境周折与奋起。

浴火重生的《收获》经历了拨乱反正和改革开放的洗礼，由此进入令人瞩目的黄金时期。以后的三十八年间可谓佳作迭出，硕果累累，呈现老中青几代作家交相辉映的繁盛局面。可惜早已谢世的靳以先生未能亲睹后来的辉煌。复刊后依然长期担任主编的巴金先生，以其光辉人格、非凡的睿智与气度，为这份刊物注入了兼容并包和自由阔放的探索精神。巴老对年轻作者尤寄予厚望，他用质朴的语言告诉大家，"《收获》是向青年作家开放的，已经发表过一些青年作家的作品，还要发表青年作家的处女作。"因而，一代又一代富于才华的年轻作者将《收获》视为自己的家园，或是从这里起步，或将自己最好的作品发表在这份刊物，如今其中许多作品业已成为新时期文学经典。

　　作为国内创办时间最久的大型文学期刊,《收获》杂志六十年间引领文坛风流,本身已成为中国当代文学的一个缩影,亦时时将大众阅读和文学研究的目光聚焦于此。现在出版这套纪念文存,既是回望《收获》杂志的六十年,更是为了回应各方人士的热忱关注。

　　这套纪念文存选收《收获》杂志历年发表的优秀作品,遴选范围自一九五七年创刊号至二〇一七年第二期。全书共列二十九卷(册),分别按不同体裁编纂,其中长篇小说十一卷、中篇小说九卷、短篇小说四卷、散文四卷、人生访谈一卷。除长篇各卷之外,其余均以刊出时间分卷或编排目次。由于剧本仅编入老舍《茶馆》一部,姑与同时期周而复的长篇小说《上海的早晨》合为一卷。

　　为尊重历史,尊重作品作为文学史和文学行为之存在,保存作品的原初文本,亦是本书编纂工作的一项意愿。所以,收入本书的作品均按《收获》发表时的原貌出版,除个别文字错讹之外,一概不作增删改易(包括某些词语用字的非标准书写形式亦一仍其旧,例如"拚命"的"拚"字和"惟有""惟恐"的"惟"字)。

　　特别需要说明的是,收入文存的篇目,仅占《收获》杂志历年刊载作品中很小的一部分。对于编纂工作来说,篇目遴选是一个不小的难题,由于作者众多(六十年来各个时期最具影响力的作家几乎都曾在这份刊物上亮相),而作品之高低优劣更是不易判定,取舍之间往往令人斟酌不定。编纂者只能定出一个粗略的原则:首先是考虑各个不同时期的代表性作品,其次尽可能顾及读者和研究者的阅读兴味,还有就是适当平衡不同年龄段的作家作品。

　　毫无疑问,《收获》六十年来刊出的作品绝大多数庶乎优秀之列,本丛书不可能以有限的篇幅涵纳所有的佳作,作为选本只能是尝鼎一脔,难免有遗珠之憾。另外,由于版权或其他一些原因,若干众所周知的名家名作未能编入这套文存,自是令人十分惋惜。

这套纪念文存收入一百八十余位作者不同体裁的作品，详情见于各卷目录。这里，出版方要衷心感谢这些作家、学者或是他们的版权持有人的慷慨授权。书中有少量短篇小说和散文作品暂未能联系到版权（毕竟六十年时间跨度实在不小，加之种种变故，给这方面的工作带来诸多不便），考虑到那些作品本身具有不可或缺的代表性，还是冒昧地收入书中。敬请作者或版权持有人见书后即与责任编辑联系，以便及时奉上样书与薄酬，并敬请见谅。

感谢关心和支持这套文存编纂与出版的各方人士。

最后要说一句：感谢读者。无论六十年的《收获》杂志，还是眼前这套文存，归根结底以读者为存在。

《收获》杂志编辑部
上海九久读书人文化实业有限公司
人民文学出版社
二〇一七年七月二十四日

| 目　录 |

王安忆	叔叔的故事	1
杨争光	赌徒	69
李　晓	叔叔阿姨大舅和我	117
朱苏进	接近于无限透明	154
李　锐	北京有个金太阳	210

叔叔的故事

王安忆

我终于要来讲一个故事了。这是一个人家的故事，关于我的父兄。这是一个拼凑的故事，有许多空白的地方需要想象和推理，否则就难以通顺。我所掌握的讲故事的材料不多且还真伪难辨。一部分来自于传闻和他本人的叙述，两者都可能含有失真与虚构的成分；还有一部分是我亲眼目睹，但这部分材料既少又不贴近，还由于我与他相隔的年龄的界线，使我缺乏经验去正确理解并加以使用。于是，这便是一个充满主观色彩的故事，一反我以往客观写实的特长；这还是一个充满议论的故事，一反我向来注重细节的倾向。我选择了一个我不胜任的故事来讲，甚至不顾失败的命运，因为讲故事的欲望是那么强烈，而除了这个不胜任的故事，我没有其他故事好讲。或者说，假如不将这个故事讲完，我就没法讲其他的故事。而且，我还很惊异，在这个故事之前，我居然已经讲过那许多的故事，那许多的故事如放在以后来讲，将是另一番面目了。

有一天，在我们这些靠讲故事度日的人中间，开始传播他最近的警句。在我们这些以语言为生产的劳动者的生活里，警句的意义是极大的，好比商品生产中的资本，可产生剩余价值，又可投放市场和扩大再生产。所以，传播并接受某人的警句，是我们工作的重要组成部分。他的警句是：

"原先我以为自己是幸运者，如今却发现不是。"

恰巧在这一天里，因为一些极个人的事故，我心里也升起了一个近似的思想，即：

"我一直以为自己是快乐的孩子，却忽然明白其实不是。"

他的警句和我的思想接上了火，我的思想里有一种优美的忧伤，而我又要保护我个人的故事，不想将其公布于众，因为这是与情爱有些关系的。所以我就决定讲他的故事，而寄托自己的思想，这是一种自私的、近乎偷窃的行为，可是讲故事的愿望多么强烈！我们这些人的生活方式，就是将真实的变成虚拟的存在，而后驻足其间，将虚拟的再度变为另一种真实。现在，故事可以开始了。

他与我并无血缘关系，甚至连朋友都谈不上，所以称之为父兄，因为他是属我父兄那一辈的人。像他这类人，年长的可做我们的父亲，年幼的可做我们的兄长，为了叙述的方便，我就称他为叔叔。他们那类人倒霉的时候，我只有三岁，而当我开始接受初级教育的时候，他们中间近半数的人已经摘去那顶倒霉的右派帽子，只留下了一些阴影，尾巴似的拖在他们身后。等那阴影驱散，云开日出，他们那类人往往成为英雄的时候，我已经是个成熟的青年了。这便是我与叔叔在时间上的关系。他们那类人倒霉的真相，有的已大白于天下，有的至今还是个不幸的谜，有的很冤枉，有的很荒唐，也有的很活该。叔叔是因为一篇校刊上的文章，以一头小驴子的第一人称，描写农民走上合作化道路的过程；以小驴子从过不惯集体生活、自私自利而变为热爱集体大公无私，来反映从个体农民到公社社员的成长过程。叔叔所以采用这样的拟人化的手法，是因为他刚读过一本借来的伊索寓言。这文章被指责为污蔑农民是没有自觉性的驴子，并借驴子之口攻击合作化运动。我曾在三个不同的场合听到或读到叔叔复述这篇文章。其时，叔叔已成为一名讲故事的专家，叙述这样一篇小东西完全不在话下。第一次是在一个全国性作家大会的小组发言上，叔叔以他自己的经验来批判极左路线是多么有害，他说他其实是热心地真诚地赞颂合作化运动，好心却变成驴肝肺，他说他愿意滚钉板来证明他的忠诚，多年的劳改生活充满了赎罪与乞求新生的心情，犹如炼狱一般。他的苦难经历深深吸引了像我们这样的青年，我们则以我们插队的经历去吸引下一批青年，当我们被上代的经验哺育长大后再操起批判的武器，来做一次伟大的背叛，就像猫和虎的中国童话。叔叔很认真地叙述他这一篇致命的文章，做了许多注释，生怕我们不懂也怕我们看轻了它。这文章有一种刻骨的天真烂漫，令我们微笑不已。第二遍听到这文章是在某个刊物举行的笔会上，一日傍晚，参加笔会的人们走在夕照下的海滩，叔叔以自嘲的口吻告诉我们这个几乎置他于死地的小文章，他嘲讽当年政治运动的荒诞不经，多少纯洁青年的命运被这荒唐历史演绎而摆布，一个偶然的行为却可成为决定生死的事故，这便是宿命吧！他三言两语地说完文章，那文章显得既简练又富含义，展露了一个青年早期的文学才华。这篇文章第三次出现是在叔叔发表于某杂志的文学小传里，这一回已是一篇真正的伊索寓言，对当时的世事，充满了具有先知意味的讽刺，作为处女作排列在叔叔的写作历程里，使叔叔的文学生涯一开始便充满了大祸临头的灾难意味。后来我还听别人第四次说起过叔叔的文章。那是一个老奸巨猾的家伙，在改革开放的时代里，他到处声称自己是一名"漏网"的右派，所以没有戴帽完全是出于侥幸、偶然和不公平。他说他其实是一个真正的右派，叔叔则是个假的。在叔叔的档案袋里，装满痛哭流涕卑躬屈膝追悔莫及的检查，他又顺便提到叔叔的文章，说那文笔糟得呀！不如小学三年级的学生。所以成了右派，完全是为了凑数。这真正是个错划右派啊！他脸上布满了痛心的表情。

这是叔叔顶顶走红的时候，几乎成为我们这些人的精神领袖，所有的人全都分成两大派，一是崇拜他的人，二是中伤他的人。所以，此人提供的情况立即被排除出考虑的范围。我只须从叔叔三次叙述中挑选一次，作为我讲叔叔的故事的材料；或者是将三次结合起来，这符合我们一贯遵循的创造典型人物的原则。我想：我选择第一次叙述中的那一个真诚的纯朴的青年，作为叔叔的原型；我选择第二次叙述中的那一个具有宏观能力且带宿命意味的世界观，作为叔叔的思想；我再选择第三次叙述中的那篇才华洋溢的文章，作为情节发生的动机，这便奠定了叔叔是一个文学家的天才命运的基石。现在，叔叔是一个什么样的人，大致可以确定了。

　　叔叔就这样成为了一名年轻的右派。当时，他年轻得还没来得及谈恋爱，所以他和别的故事里的右派所不同的是，他没有女朋友，因此就没有人与他联手演出伤感的离别剧。他背了一个简单的铺盖卷，去了青海。去青海的这段路程，我们可从许多右派的回忆录里获得印象：大雪苍茫，车在暗夜里行驶，几临深渊而悬崖刹车，当车从峭壁下驶过时，宛如一只白色的虫蚁在千沟万壑里爬行。在他身边，有一个老人，教授模样，慈爱地问他有多大年龄，又说他和他第三个儿子一般大。当别的右派在熟睡的时候，这老人给他讲了一个俄罗斯童话，关于喝鲜血而活三十年的鹰和吃死尸则活三百年的乌鸦。当鹰尝了一口死尸的腐肉之后，腾空飞起说道：我宁可喝鲜血活三十年，也不愿吃死尸而活三百年！老人的童话在这雪夜行驶的货车里产生出奇异的效果，青年右派虽然还不能理解童话的含意，却被这忧伤又激昂的气氛感动了。后来，那老人与他分在农场的两个大队里，他们就再也没有见过面。这一个夜晚就像是一个梦境，却留给青年一个童话。从此这个童话就存在于他的心间，供他总结并使用其中的含义。他认为这童话是教导人们要有意义地活着，要健康的人生而摒弃腐朽的人生。他引申到他的错误，心想自己险些儿误入腐朽的人生，于是努力忏悔，恨不能脱胎换骨。可是后来在一个新的历史时期里，他开始怀疑道：什么是腐朽的人生？什么又是健康的人生呢？他想他那赎罪的半生经验是决称不上健康的，他想他半生的经验全是为了向人们证明他是个诚实的青年，这种证明消耗了他一整个青年时期，这有什么意义呢？再后来，他又想他的半生不是平淡度过，而是获得了宝贵的丰富的经验，这些经验于他日后成为一个大作家无疑是重要的财富，于是，叔叔心里充满了鹰的骄傲。

但是，当我认识叔叔之后，才知道他做右派时，去的并不是青海，而是遣返回乡，到了苏北地区的一个小镇的学校里。开头的几年是做校工。看门，打铃，扫院子，起茅厕，种学校后面的几亩菜地，还喂了一口肥猪。后来摘了帽子，便开始教书。在他成为一个传奇人物的时候，那些去青海的故事是极易产生并流传的。而所以会有那则出神入化的俄罗斯童话，大约是因为像叔叔那一代人是在苏俄文学的影响下成长起来的，"三套马车"永远是他们审美的背景。假如要编一个叔叔的夜晚，大风雪是少不了的，驿道是少不了的，如再要讲一个童话，那就只能是鹰和乌鸦的童话了。

叔叔当年所在的小镇与我后来插队的农村，地理上属于一个区域，行政上却跨了两个省份。我们的麦地连着他们的麦地，当他们的孩子入侵到我们湖里割猪草时，我们常常笑话他们有些字的发音，比如将"鞋子"说成"孩子"。当一个女孩丢了她的鞋子时，她便大叫着："我的孩子，我的孩子！"这样的趣事一个后响便传遍了我们的村庄。我们和他们还因为争夺土地发生械斗。我是后来才知道叔叔所在的小镇就在我们邻近的，这就给我今天讲故事提供了揣测的依据。

我想，当叔叔来到那小镇不久，一场大饥荒便席卷了中国的大地。在我们村庄里，关于这场饥饿的故事流传了很多年，并且将一直流传下去。有一些人饿死了，又有一些人撑死了。这些撑死的人是在长期的饥饿之后忽然得到吃的，便暴食而死，这些吃的都是偷窃而来，或是仓库里隔年的种子，或是地里半熟的果实，假如被守仓库或看青的人逮住，便会挨打并游乡，撑死比饿死更加悲惨，他们大张着两眼，浑身抽搐，叫道"渴啊，渴"的。这时候可万万不能给他喝水，开始时并不知道，只当喝水就能救他，不想喝了水便死。后来就不给水喝了，可不喝水也还是死。那时候，我是城市里一个六岁的孩子，我记得我们城市流传着抢劫的可怕传说。于是我们便不在街上吃东西，而是带回家来吃。回家的道路总是路远迢迢和险象环生，我们紧紧拉着爸爸妈妈的大手，急急地回家。那时候，我是个幸福的孩子，我无忧无虑，我还没上小学，少先队员是我羡慕的榜样，我的命运的重闸扛在爸爸妈妈的肩上，要过很久，我的幸福才会打折扣。下乡的时候，我们跑前跑后，走东串西，要求老乡给我们忆苦思甜，他们不说则已，一说便是六〇年的大饥荒。这场饥荒割断了我们村庄的历史，为我们村庄留下了一群纪念碑似的坟头，每到清明时分，坟头上便顶了一块碗大的新土，就像我们城市里的一种点心，叫定胜糕。不过，叔叔毕竟是吃商品粮的居民，每月的定额基本保证供给，饿是人人必受的刑罚。镇上没有人饿死，死的是那些逃荒路过的外乡人。在很长一段时期里镇上没有猫也没有狗，都被杀吃了。镇上和周围的树皮也被放学的孩子剥光了，野菜挑完了。后来，据叔叔自己说，这一段日子倒并不难过，那时候的人都讲政策，对人也尊重，见一个右派，至多淡漠一些，倒也平安无事。至于饥饿，由于信念的支持和赎罪的心情，这一场折磨于他几乎成了安慰。他说：他像个自虐狂或者苦行僧一样，随了饥饿一阵阵袭来，便觉得自己逐渐地纯洁了。他是第一批摘帽的幸运的右派，当他第一天走上讲台，孩子们随了班长的口令全体起立，他觉得孩子们是在安慰他并且原谅他。这是我从叔叔的一篇小说中读到的，权且借来作为我故事的补充。

这时候，我该是上小学了，当老师走进教室，便随了班长的口令起立，桌椅板凳稀里哗啦一阵响。同学们私底下流传，说我们学校里有一名右派，这是一个很高级的机密，谁也不知道右派是谁。我们起先怀疑一名图画老师，因为他脸色阴沉，不苟言笑，看人的目光充满敌意。后来我们又疑心是一名校工，因他对谁都点头哈腰，笑容可掬，似乎向人们请罪。再后来，我们认定是一位自然老师，她对同学凶恶无情，将粉笔头作子弹，射击同学的头颅。我们觉得黑暗处有一双罪人的眼睛，注视着我们，使我们紧张不安。右派是我们时代最大的敌人，反革命和地主已在我们出生前消灭干净，只留在我们某一篇课文上以及一些反特电影里。最后，终于有人透露出来，右派是一位音乐老师。她雍容华贵，总是衣冠楚楚，弹了一手好钢琴，态度高傲，在学校里独往独来，没有一位同事与她做朋友。她和小学教育事业格格不入，她和社会格格不入，她为什么成了右派？后来我想，大约是她不服从大学分配。因为其时我恰好知道，我家楼上那一位深居简出的社会青年，由于不服从大学分配而成了右派。关于右派的经验就这样越积越多。这些右派都无痛心悔改的表现，至少表面上看起来我行我素。而我的故事需要有一个忏悔的过程，我不愿意我的故事太平庸，所以，我就直接从叔叔自己的小说里摘录了那样的情节——"当孩子们随了班长的口令全体起立，他觉得孩子们是在一齐安慰他并且原谅他。"

在我插队的地方，人们对老师是很尊重的，养是父母教是先生的古训流传至今。于是，先生便是和父母一样重要的人了。学生为老师干活是天经地义的事。老师那里还会成为一个文化的中心，晚上，凡是崇尚知识的青年都喜欢聚集在老师的屋里。后来，我们知识青年下乡了，我们那里便成了又一个中心，并且具有取代学校老师的趋势。我想：叔叔的学校当是一所公社中学，除了镇上的孩子外，还有四周农村的孩子来读书，他们一般是干部和家境较好的孩子。他们因为没有粮票，也没有足够的细粮好到食堂去换饭票，往往都是带馍。他们都有一个布口袋，装着芋干面或秫秫面贴的馍馍。他们多数是早上来，晚上走，每天要步行几十里的路程，只有镇上的或者特别富有的孩子才住校，到了晚上，这部分住校的学生往往就到单身老师的宿舍里聚会。就是这些学生中的一个，后来成了叔叔的妻子。

一个偏僻小镇的女学生，爱上了一个摘帽右派，一个来自城市的老师，是有许多可歌可泣的诗篇可做。其中含有一个朴素的自然人与一个文化的社会人的情爱关系；又有一个自由民与一个流放犯的情爱关系，就像旧俄时代十二月党人和妻子的故事；还有一个根深蒂固的家庭与一个飘泊的外乡人的情爱关系。这三重关系绞合在一起，可写出深刻的人性与广阔的社会背景，既有特定的现实性又有永恒的人类性。这样的故事，叔叔已经写过了，而且不止一篇。这些篇章感动人心，脍炙人口，流传极广，使叔叔极负盛名，引起许多爱好文学或者不怎么爱好文学的青年的崇拜。

关于叔叔的婚姻，是人们最感兴趣的题目，于是便也是流言最多的一个题目了。有人说那女学生痴情到了万般无奈，深夜敲门，而叔叔由于右派的阴影，只得压抑人性，将其拒绝，内心却痛苦得不行。那女学生坚定不移，不顾家人的阻挠，心诚石开，终于做成了这桩好事。有人说事情恰好倒过来，是那老师天天要学生去屋里补课，大冷的天，学生握不住笔，他就替学生暖手；另有一个版本是说老师要教学生二胡，帮助学生纠正指法。最客观的一种说法是：那女孩并不是叔叔的学生，而是学生的姐姐。学生跟老师学二胡，学出了感情，便为姐姐作伐，成全一段姻缘。那学生姐弟二人跟寡母生活，日子过得很艰难，能有一个挣工资的男人进门，显出了那学生的谋略与远见。在那镇上，那年头，大约是一九六三年吧，右派是怎么回事清楚的人不多，更何况是摘了帽的，就跟没事人一样。结了婚后，老师成了皇上，过着衣来伸手饭来张口的生活。这种传说貌似客观，却含有一股隐隐的恶意，它是企图抹煞叔叔这一经历中的所有色彩，使之平淡无光，与叔叔小说里的描写拉开了距离。后来，当叔叔离婚的事件闹得沸沸扬扬的时候，我曾有机会亲耳聆听叔叔本人的叙述。

外面传说叔叔离婚的最直接原因，是第三者插入，可是等到他离婚之后并没有结婚，这种诋毁便不击自败，烟消云灭了。由于叔叔小说中，对一位青年右派的爱情过于出色的描写，所有的人都认为这非他本人经历莫属。将小说中的主人公与作者合二为一，是当今读者最热衷的事情。于是所有的人都认定了那段浪漫的爱情故事，一定要叔叔担任男主角，并且不许卸妆闭幕。叔叔或者继续演出这段乱世情史，满足观众的需要，或者就将以前的成功的戏剧一并粉碎，破坏观众的欣赏。叔叔先是选择前一种做法，因不堪重负，败下阵来，做了后一个逃兵，遭来人们的怨恨。一种受了欺骗的情绪在群众中可怕地蔓延，似乎货物出门便百事不管，挣了名声就卸了责任，有一种过河拆桥的不仁义的味道。然而，失望的情绪转眼被好奇心理取代。离婚是最富吸引力的新闻。叔叔的知名度再一次增长，一夜之间，谱写了明星轶事。这时候，叔叔又参加了一个笔会。那时候，笔会是非常多的，开完了这个开那个，笔会已成为我们生活的一部分。大家见面，免不了要问起此事，尤其是一批女性，她们心里暗暗地期望能够进入叔叔新的浪漫剧中，即使是担任一个配角。这些女性的年龄层次从四十五岁到十八岁，囊括了整整两代人。叔叔说他的婚姻是特定历史条件的产物，带有时代的烙印，作为审美许有欣赏的价值，现实中却有无数的困难。他说在他无家可归的日子里，妻子收留了他，以她的情爱哺育了他孱弱的身心。如今他健壮了，便要离家远行，这确有一股忘恩负义、背信弃义的味道，可是使生命力衰竭则是更大的不道德和不人性。我们就问他妻子对离婚的态度，我们习惯以叔叔小说中女主角的名字称呼叔叔的妻子。叔叔回答，她只说：人在危难时，就当拉一把，人有了高远的去处，则当松开手。他妻子的回答使我们叹服不已，人人脸上都有愧色。我们相信叔叔是经过了痛苦的思想斗争才跨出这一步的，我们也相信叔叔的婚姻至少在那时候是美好的。没有一件事情是永恒的，都是阶段性的，尤其是爱情。所以，我想，事情确是如叔叔小说中所描写的那样了。但是，离婚的理由却不是那样简单，这理由甚至超出了叔叔自己的理解。所以被我知道是因为一个心理的契机。这是一个心理的原因，在整个故事中起着承前启后的作用，而现在仅仅是开头。

在叔叔结婚的第二个春天，便有了一个儿子。这一段日子是叔叔平静美满的时光，其实却是灾难来临前令人陶醉的假象。叔叔在屋前种了喇叭花，屋后种了一小片油菜，油菜花开的季节，就飞来此地罕见的淡白的粉蝶。在这段日子里还发生过一个小小的事件，最后所以没有酿成大祸，全归于妻子对叔叔绝对的信赖和博大的胸怀，可是这却为以后的灾难埋下了伏笔。这个事件的材料，来源于一年之后的"文化大革命"中，叔叔铺天盖地的大字报以及揭发材料，还有叔叔档案袋中一小份思想认识，是被那位"漏网右派"捅出来的。他到处讲右派的坏话，分明是吃不到葡萄便说葡萄酸。但由于工作的关系，他却能接触第一手资料，所以有时候我也用他得着。这是叔叔绝口不提的事件，也从没在小说中写过。或许这仅仅是一个污蔑和谣言，属于"文化大革命"中许许多多莫须有事件之一。可是它对于我的故事非常重要，如果没有它的话，我的故事便失去了发展的动机。因此，我必须使用这个也许是无中生有的材料。它是一件委琐的小事，于叔叔伟大壮烈的苦难有腐蚀的作用。可它却使痛苦与灾难变得真实和具体，不仅仅是一种风格化的装饰。它像一枚钉子那样，将痛苦敲进人的身体，使之刻骨铭心。

我想，那是在一个夏天的夜晚，蛐蛐儿在墙角里歌唱。叔叔对妻子说：我要去学校一趟。然后就走了。他去学校是因为他的一件什么东西忘在了办公室里，这件东西一定是非常重要的，否则他就不必要晚上去拿，而等不及到明天早上。不过，他并没有和妻子说这些，他只说：我要去学校一趟，然后他就走了。学校离家不远，隔了一条常年干涸的小河，再走过一条小路，路两边的人家，院子里种了向日葵。这正是向日葵结籽的季节。这是暑假的第一周或者是第二周，校园里静悄悄的，蛐蛐儿的歌唱更加宏大和响亮。当叔叔穿过白杨树影里的操场的时候，那气氛一定是非常静谧的。这气氛里有一种力量打动了叔叔的心，使他走进办公室之后没有立即去找他特地来取的东西，而是从墙上拿下一把二胡，开始拉一首忧伤的曲子。住在学校附近的人都听到了这琴声，他们说：听，先生又在拉琴了。先生拉了一段就不再拉了。这时月亮也升起了，将小河里的积水照得一片一片晶亮。忽然间，这静谧被打破了，空气里起了一团骚动，人人都有些不安，觉着在这镇上的某一处，正发生着一件不寻常的事情。人们从屋里走到门外，望着月光如洗的地面，等待着即将发生或者已经发生的事情走过他们的门口。有性急的人已经离开家门，四下里跑了几步。这个小镇在它长久的静谧中培养了一种超然的警觉，它能辨别出每一丝不寻常的气息。这时候，从学校的方向，传来一声尖锐的狗吠。人们顿时紧张起来，血液涌上了头，不出所料，果然出事了。小镇上的居民对于非常事件的预感从来不会有错。有人低低地呼唤一声，然后一齐朝狗吠的方向奔跑过去，沓沓的脚步声好像镇上突然聚集起一支军队。男人们在奔跑，女人抱着孩子站在门口，目送他们远行。这样的小镇是不可侵略的，这里万众一心，草木皆兵。沓沓的脚步声朝了学校的方向过去，学校的门开了，月光如镜的操场上霎时间站满了人。在重重包围的中心，站了叔叔。叔叔的衣领已被撕碎，脸颊上留有巴掌的印痕。他的胳膊一左一右被两个男人揪住，那两个男人还在朝他脸上吐唾沫。叔叔的脸色苍白，眼神惶乱，他的膝头打着颤，他想说话却说不出声。那一大一小两个男人押着他朝前走，人群让出一条道路，组成人墙，挟持着他们通过。叔叔神志有些糊涂，他不知道这是要往哪里去。由于被那么多人注视而感到窘迫，他便微微红了脸，露出一丝羞怯的笑容，于是遭来人们愤怒的辱骂：瞧这婊孙，还有脸笑，操他八辈子的祖宗啊！不知是哪个孩子带的头，孩子们开始朝他扔石块。石块如雨点一般朝他飞来，他不由埋下了头。可是一阵屈辱袭来，他又奋力昂起了头，就有石块击中了他的额角，流下了鲜血。鲜血使他的脸看上去可怕又可怜，人群沉默了一刻。人们认得押他的两个男人是他一个学生的父亲和哥哥，这学生是这小镇上一枝花的人物，照规矩已是待嫁的年纪，所以还来上学全因为娇宠任性，要找个有趣的玩处。这时，女学生已经不知去向，这晚上所发生的事情则一清二白，小镇居民的想象力是非凡的。老师被押到校门口，徒然地在原地转了一个圈，因为学生的父兄这时也有些糊涂，不知应当何去何从。就在他们困惑的时候，人群中突然钻出一个人，扑上前去，伸手便在那父亲脸上掴了两掌，骂道：你个婊孙养的老不死的！

出场的是老师的妻子。老师的妻子掴完学生的父亲的嘴巴，又一头撞在学生的哥哥的胸上，两人不由松了手，她便将老师拉到身边，以极迅速的动作扯下老师的一片衣襟，裹住老师头上的伤口，转眼间，老师便成了一名挂花的英雄。老师的妻子双脚一跺地，连珠炮般地说道：你还当你养了个贞女，你原是养了个婊子，勾引男人是她的一手绝活，难道你们还不知道？她又很刻毒地说：你若不知道，为什么也不打听打听，这里的男人可都知道你闺女！她是送上门的货，她是烂了帮的鞋，她是骚狐子投的胎，她是窑子里下的种！老师妻子的咒骂可说是惊世骇俗，震天撼地。她不怕如此糟蹋一个没过门的闺女伤了阴德，世上最恶毒最肮脏的字眼从她嘴里源源而出，滔滔不绝。她的声音又脆又亮，每一句都有石板定钉的效果。这样的咒骂进行了三天三夜，她堵到那学生门上去骂，在赶集的日子里站在人最多的街口去骂。她以她语言的强悍击败了对方，扭转了局势，拯救了叔叔，却也种下了祸根。

那天晚上究竟发生了什么？知道真相的人有这么一些：老师，学生，老师的妻子，学生的父亲和哥哥。可是出于各自的原因，谁都不说，都隐瞒了实情。而到了日后，这事情再一次爆发，则是由另一些人，出于另一种用心一手挑起的了。人们虽然有无数种猜测，可是老师妻子的恶言恶语压制了他们的口舌，他们只敢在私底下窃窃而语，绝不敢进行传播。老师妻子的恶语似乎能置人于死地，谁也不敢以身相试。人们想，这是一户外来的人家，无根无攀，于是也不怕得罪祖宗，也不怕来世里上刀山下火海，就什么事都干得出来了。这一场风暴在那时是抑制下去了，那个夜晚留在人们记忆中，神秘而不可测。老师和学生两个家庭，共同地守护着这一个秘密，谁也不泄露一点。后来所揭露出的所谓的真相，其实都是当事人被逼不过做的假供，以及旁人欲加之罪何患无辞的杜撰。

然而不管怎么说，叔叔那一晚是大大地丢了丑，在很长的日子里，他抬不起头。他行动举止有一点委琐，言语总是嗫嚅着，不清楚也不果断。从此，他再不拉二胡了，在放学以后的时间里，再也不去学校。他下了班就直接回了家，抱着孩子。人们走过他家，有时候就看见他抱了孩子坐在门口的板凳上。他还变得有些怕老婆，唯唯诺诺的，被老婆使唤着，还被老婆的母亲使唤着。他每个月的工资，一分不剩地全交到这母女二人的手中，他甚至戒了烟，也不常喝酒。他身上总是穿着那几件旧的衣裳，很少添鞋袜。他还变得有些邋遢。有时候，他的妻子会当了人面数落他，说他马虎，凡事都不在意，不换衣服，其实新衣服就在柜子里，却不爱换，只爱看书。在那些日子里，看书成了叔叔唯一的嗜好。他的妻弟，也就是他过去的学生，在县里读高中，每个周末回来，都从图书馆给他借来书。读书的时候，叔叔的心境是平静和愉快的。当他在灯下静静读书的时候，他妻子的心境也是平静和愉快的，一针针呲啦啦地纳着鞋底，看着他魁伟的背影猫似的伏在桌上，感到彻心的安慰。她想她降住了一条龙，喜气洋洋的。她温柔地想：我要待你好，我要一辈子，一辈子，一辈子地待你好！这样的夜晚总是很缠绵，直到东方欲晓。这样的日子平静地过去了一年光景，与以后的灾难的日子相比，这称得上是幸福的生活了。

　　关于叔叔和妻子的关系，我已进入了主观臆想的歧路。这几乎和所有人的想象都不一样，和叔叔自己从小说及平时言谈中透露出的信息也很不一样。没有人能提供我可靠的材料，夫妻间的私事只有他们自己知道，且谁也不会作真实的表达。这一段材料的空缺只有靠我的想象去填补。我填补的方法大致是这样：在两个基本属实的已知的情节之间，设计一个最合理因而也是最简捷的过渡，好比在两点之间最紧密的连结是一条直线。困难在于要准确判断已知情节本质的内涵和走向，这是设计简捷合理过渡的重要前提和根据。但是，偏差是难免的，尤其当我使用的材料都是那么模棱两可，歧义丛生。那天晚上的事故一定有着深不可测或者平白可话的原委，要从一个小镇上简单又微妙的人事关系中去揣度个中原委并非不可能，可是事情已过去这么长久，人们的印象与认识又都充满谬误，外查内调的时代也已过去，我坐在我的书桌前讲故事，有一些来龙去脉便只得省略了。而我已经完成了开头的段落，讲到了这里，回头的道路是没有的，我只有沿了我的想象继往开来，将故事进行到底。

　　就这样，叔叔有一度成了妻子的大宝宝。在这个家庭中，除了上班挣工资这一桩事，没有别的需要负责。他的一切，除了思想而外，全由妻子负责管理。他每日下午回到家，就抱了大宝——大宝是他们儿子的名字——他抱了大宝坐在门口，喇叭花开了一度又一度。他和大宝两个坐在黄昏的喇叭花下，两人都不说话，静悄悄的。他没什么要和儿子说的，儿子视他也如陌路人一般。等屋里两个女人弄好晚饭，天色便也黑了。晚饭以后，妻子就将窗前的书桌整理一下，对叔叔说：看书吧！叔叔就坐到书桌前看书了。日子就这样一天一天地过去，在几百上千个这样的日子里，会有那么一天，当叔叔的妻子对他说：看书吧！叔叔突然地勃然大怒。他抬起胳膊将桌子上的书扫到地上，又一脚将桌前的椅子踢翻，咬牙切齿道：看书，看书，看你妈的书！看他横眉瞪眼的样子，似乎面前的书桌不是书桌，而是牢笼了。开始，叔叔的妻子惊呆了，吓坏了，因为她没有想到叔叔还会有这么大的火气，且又发作得很突兀，便不知说什么好。可是她仅仅只怔了一会儿工夫，就镇定下来。她不由得怒从中来，她将大宝朝床上一推，站到叔叔跟前，说："你有什么话尽管直接说，用不着这样指着桑树骂槐树；这个家有什么亏待你的地方，你如不满意尽可以走；烧给你吃，做给你穿，我兄弟借书给你看，我妈这么大岁数给你带孩子，你有什么不满意的？你摆什么款儿？你拿上你的东西走好了，现在就走！"叔叔没有说话，像一头累苦了的牛似的呼哧呼哧喘着，两只手捏成了拳，关节捏得发白。叔叔是个敏感的人，他从这话里一定听出了两重意思：一重是他是这个家庭的受惠者，这个家庭收容了他；二是如他要离开这个家，他所能带走的仅是他自己的东西，也就是说，这个家里没有一点属他所有的东西。这一刻里，叔叔所受的震动是极大的，因他已经沉溺在这小家庭中很久，将鹰和乌鸦的童话埋在了心底，日常生活的温暖剥蚀了他的理想，使他越来越深地蜷缩进这避风的港湾。而在这一刻里，他发现了事实的真相，他发现他原来是一个一无所有的人，寄居在人家的屋檐下。他就站在那里无声地哭泣起来。像他这样一个身体魁伟的男人，一旦哭泣起来，可使人肝肠寸断，心如刀绞。他的流泪好比是流血一般，如不是真的心痛，是决不能哭的。叔叔的妻子被他的眼泪弄得心痛万分，由于心痛又更加气恼，她说：你哭算什么本事，我也会哭的！说罢真的泪如泉涌。孩子缩在墙角却不哭也不闹，静静地烦闷地看着这个场面。他脸上时常有这种烦闷的表情。叔叔哭了一会儿，就弯腰把扫在地上的书本拾起来，一本一本地摞在桌上。然后，他就坐下来看书了。叔叔的妻子便也不再多话，退回到床沿坐下，做她的针线活。她做着做着，就抬起脸望一望叔叔的背影，心里想道，他在想什么呢？她第一次关心叔叔心里想的东西，微微有点不安。在那时候，她就已经敏感到叔叔的思想于她生活的威胁。这一晚上其余的时间里，叔叔都沉默着，很晚很晚还不上床。她没有催促他睡觉，他也没在惯常的规定时间里睡觉。他的灯在这沉寂的小镇上亮了很久，在天亮之前格外黑暗的时间里，人们以为这是一颗启明星。这是在很多很多正常的日子里一个稍稍特殊的日子，可是这决不妨碍叔叔和妻子这一段生活总体上算得幸福，就如叔叔小说中所描写的那一个青年右派的婚姻一样。

还应当设想一下叔叔和孩子大宝的关系，这于故事的发展和结束有着至关重要的意义，孩子出生时，叔叔正在教室里上课，当人们来叫他，他告了假走在回家的路上，他对自己说，假如在路上遇到一个女孩，那就是生女儿；假如遇到的是个男孩，则生儿子。他不知为什么心里暗暗企盼遇到个女孩。在这条短短的回家路途中，他的美梦已经做开了头，他想他的女儿应当有一双什么样的眼睛，一张什么样的嘴，应当扎什么样的小辫，应当穿什么样的鞋袜。后来，当西方各种各样的心理学传到中国，中国也开始建设自己的有东方特色的心理学科的时候，人们分析说，这类现象其实是一种隐秘情结的下意识反映。他所设想的女儿的形象其实正是他梦中的爱人。所以，后来，当他得知落地的婴儿是个男孩的时候，他不由得生出一种失恋的心情，深深地失望了。从此，他对这个男性婴儿总有一种生分甚至敌意的感觉，好像一个外人侵入了他家，并且将他的家人驱赶了出去。这样，他和儿子的那种长久的疏远的感情便在此得到了解释。这时候，正当他走在路上等待一个女孩出现，来到跟前的却是一只肮脏的老羊，长长短短的毛上沾了一些野草的草籽，散发出腥臭气味，把他的好梦打断了。孩子是在日落的时分降生的。后来，叔叔曾经回想并考察那孩子降生的时刻，不知是凶是吉：火红的硕大的日头冉冉而下，一个男孩呱呱落地了。这情景有一种壮丽的令人心颤的含意，在后来的回想中，叔叔曾经饱含了热泪，可在当时，他只是想：是男孩还是女孩？人们欢天喜地地向他报告一个男孩的诞生的喜讯，他却在悼念他失去的那个女孩。那女孩在他回家的途中已孕育成熟，却夭折了。他甚至有些悲哀，望着那啼哭不止的男孩，他想：这婴儿和他有什么关系呢？由于他从开始就没有认同这个孩子，所以后来就一直视他为路人。当这孩子长到会说话的时候，他听这孩子的口音是与他妻子、岳母及妻弟一样的本地人口音，与他的口音绝不相同，他便更生出了排斥的心情。他本来给这孩子起了一个特殊的名字，可是妻子和妻子的母亲却另外起了小名，"大宝""大宝"地叫个不休，原来的名字倒忘了。他想：大宝是谁家的孩子？他不知道大宝是谁。

　　大宝最绚烂的时刻，随了他的降生而逝去，后面全是暗淡的路程，这大约就是他降生的那一幅日落景象的启示。这是叔叔后来多次回想与思考的果实，那是在他已经成为一名著名的作家的日子里，他和大宝及大宝的母亲分开生活了。当他自以为已经安全，不必担心大宝对他的侵入，他与大宝的关系再不须负起亲情和责任的重担，在他们父子解约的日子里，他以一个思想家和艺术家的兴趣和心情，才去想大宝的诞生和道路。可是大宝却将发起第二次侵略，这第二次侵略将严重损害叔叔的人生。

　　如不是后来的变故，也许叔叔还会有一个女孩，这女孩也许会缓解他与大宝紧张的关系。可是因为后来的事情，这女孩始终没有来临。后来的事情便是人人皆知的"文化大革命"。"革命"使沉睡很多年的小镇苏醒过来。小镇上的每一天，都像是过节一般，免费观看喜剧和悲剧。剧中凡是倒霉的角色，大家就都推举与他们关系疏离的外乡人来担任。在这些戏剧中，最吸引人们的自然是那些带有猥亵意味的隐私性质的情节。叔叔是个极好的人选，在运动开始不久，他便被推上了舞台。在批判摘帽右派的幌子下，对两年前那件奇异的往事进行了追究。叔叔被隔离在学校茶炉旁边堆煤的小屋里，接受审查和批判，不许家人探望。学校和镇上的造反派一起组成调查组，重新审理这个案件。他们寻找当时住在学校附近的人们谈话，寻找叔叔的家人谈话，一定要他们回想两年前的那个夜晚，那个夜晚在人们的回想里显得越来越不寻常。他们还不远万里，跑去找那个事发一年后嫁到新疆建设兵团的女学生外调。无奈那女学生拒不见面，经再三请求见了面后又拒不回答问题。无奈她丈夫是兵团里正掌权的干部，就不便逼得过紧。女学生已做了母亲，身上又怀了一个，脸上布满了褐色的孕斑，憔悴不堪，见了家乡来的人便流泪不止，使他们不免也鼻酸起来。两年前的事故就像一个谜，令人百思不得其解。他们悻悻然又怅怅然地回到小镇，在各方面收罗来的零星材料的基础上，开动了想象力，竟完成了这样一个故事。

他们说：这其实是一件阴谋，策划者是叔叔和他的妻子。他们陷害那女学生是为达到将她赶出家乡的目的。因为叔叔原先就与这学生有一段瓜葛，凡是在校的老师同学其实早就有所察觉。这段瓜葛继续到他结婚以后，还若即若离，藕断丝连。叔叔的妻子看在眼里，记在心里。那一晚上，叔叔说他要去学校一趟，她其实是知道他别有用心，却只装作不知道，也不多问。等他走后有半晌工夫，她来到那学生家中，说找学生借个东西，明日一早就要用。学生的母亲说，让她兄弟去找她回家。叔叔的妻子就说：要找到她，累她上我家来一趟，我家有奶孩子不等在这里了，说罢转身走了。她兄弟原以为妹妹是在要好的姊妹家玩耍，可找了几家却都说没有见着，这一来就有些疑惑，因在平时他妹妹确有一些不好的传闻，家里人也关上门揍过几回。这样，他就回到家中，把情形一说，她父亲便和他再一次出门找了。当他们几乎找遍了镇上的大沟小坎，终于找到学校里来的时候，就发现了最最不忍卒睹的一幕。不料叔叔的妻子先声夺人，使得形势大变。以此来看，叔叔是个大恶不赦的摧残女学生的流氓右派，而叔叔的妻子则是一个包庇者和帮凶，必须共同批判。那次批判会是小镇盛大的节日，学校的操场人山人海，水泄不通，有一些人是从邻近的乡镇赶来。人们在操场上等待了很长时间，开幕不断推迟，到了一点推两点，到了两点推三点，人们耐心而焦躁地等待着，这一刻终于来到了。那是叔叔和妻子在分别半年之后第一次见面。他们分别时是盛暑，现在已是严冬。他们两人从左右两侧被推上学校昔日的领操台。他们被人按低了脑袋，互相只看得见膝盖以下的部分，叔叔没穿袜子只穿了单鞋的双脚，长满了冻疮，又红又肿。当他们有时被揪了头发抬起脑袋回答问题时，却又避开去看对方。他们感到羞愧难当，他们不曾想到做人还会有这一课，他们想：做人有什么意思呢？有一刻，会场非常安静，能听见鸟在天空清脆的啁啾。

这是惊心动魄的一幕，当丑闻在光天化日之下揭露的时候。冬天的阳光有些苍白，寒气渐渐袭人。高音喇叭在人们空廓的头顶上回荡，人们耐心地聆听着，长久地踮起脚尖或伸长脖子望那对男女。他俩成了人海中的两只飘浮的虫蚁，被捉在这一具土台上示众。这一幕场景来源于叔叔的传闻。有了解叔叔过去的人，眼见叔叔成了明星之后，出于感慨或是羡忌，就将这一幕景象一传十、十传百地传开，在叔叔背后叽叽哝哝，窃窃私语。在传播的过程中难免走样，会有一些加油加酱，会增添一些有助于流传的刺激性成分，就像文艺作品的商品化倾向。而由于这一场面的丑陋、残酷与痛心，从未有人胆敢去问叔叔，当面向他核实。人们所认识的叔叔魁伟而尊严，拥有崇高的痛苦，无法与这委琐羞辱的伤害联系起来，在他跟前，有一丝联想都是不应该的。而我固执地选用了这一个以讹传讹的流言，为的是这提供给叔叔后来的离婚一个最有说服力且最深刻的理由，这理由就是，他要将这小镇从他历史上一笔勾销，而妻子是这历史的一个旁证，他必须消灭这旁证。这小镇将他一生的尊严都亵渎了。有了这小镇，他再也无法像人那样做人了。这一段做狗做猫做虫蚁的历史，将他一整个人的历史都破坏殆尽，为他的一生敲了丧钟，他决不允许它的存在。

所以，在那一刻里，当高压电流从空中湍湍而过，当鸟的啁啾清脆婉转，叔叔便丧失了神志。他茫茫地只来得及想一下：这是在做什么哪！便成了一根没有意志没有思想的木头。他站在那里，听着人海低沉的呼啸，肩背上挨着老拳，他甚至还微笑了一下。紧接着，他觉着腿弯处遭到突兀而有力的一击，他噗通一声，趴在了地上。这时候，他却被唤醒了，听见有人声嘶力竭地喊他的名字，是他妻子在叫。他这才发现自己的额头在往下滴血，殷红的血在灰色的沙土上很快地积起了一摊。妻子以惊人的力量挣脱了两个男人长大的臂膀，趴到了他跟前。他抬起眼睛看着妻子，叔叔的眼睛这时候分外明亮，他又微笑了一下。他想：他们这会儿聚首啦！在孤苦的囚禁中，叔叔无数遍地憧憬过和妻子聚首的情景，他想起妻子对他的般般好处，想到过去的时光是多么美妙。然而，在这一刻里，他只想着赶紧和妻子分开。他觉着，这样的夫妻相会太令人难堪，无法忍受。他拧过脸不去看她，脸上却挂着那个无名的微笑。他很感激那两条大汉，他们立即从他身上一左一右拉开了妻子，他这才轻松下来。妻子的哭骂声从很远的地方传来。这女人是比叔叔更能引起人残酷虐待的欲望的，她立即挨了揍。她是那样暴跳如雷，骂不绝口，拼力挣扎，人群中掀起波涛般的骚动，唏嘘一片。一幕戏剧到了最最激动人心的高潮处，太阳也就下山了。

  妻子对叔叔的忠诚，在这一事件中，证明是不容怀疑的。本来造反派是要争取她的同盟，可她毫不考虑便大骂出口。将她押上历史舞台，实是出于不得已，造反派们这样想。她将叔叔视作自己的生命。在对叔叔的爱的面前，她的自尊心，她的羞耻感，全都迟钝了，只有这爱是灵敏的，活泼的，力量无穷的。这是她与叔叔不相同的地方，叔叔视光荣如自己的生命。

  这场悲天撼地的戏剧结束在日暮时分，半月以后，叔叔便被放回了家。在那最最激动人心的演出之后，所有的场景都变得平淡无奇。叔叔这一个角色算是告一段落。而整个小镇在那惊世骇俗的场面之后，也平静下来，过了一段无风无浪的日子。

  经历了这些之后，叔叔和妻子的关系会获得什么变化呢？人们认为叔叔和妻子的感情增进了，他们成了一对真正相濡以沫的患难夫妻。所以，当叔叔日后要求离婚的时候，遭来了白眼。叔叔成了背信弃义的典范，所有的人都在骂他忘本。故事如果这样发展，难免落入俗套，成了一个道德训诫的故事。这样的故事，我想应当留给别人去讲，我要讲的故事是关于叔叔的痛苦方面，或者快乐方面的经验。因我以为人性最崇高的境界是欢乐的境界，快乐是比欢乐低一个级别。快乐还含有人感官方面的愉悦，但已经相当接近欢乐的最高境界了。欢乐是人的灵魂所能获得的最高愉悦，灵魂在最终获得愉悦的路途中，要经历些什么呢？历代的哲人相继歌颂欢乐，于是作为欢乐对立面的痛苦便也成为世世代代永远不衰的主题。痛苦由于是与欢乐对峙，因而也是一个崇高的境界。我却不知道像我们这些错过了古典主义和浪漫主义时期的末代子孙，是否有资格和可能接触痛苦与欢乐这样崇高的题材。人类的文明已创造出上万种互相践踏和自我践踏的刑罚；在伟大的历史记载中，个人的命运只是短暂的瞬间，草芥不如。我们的痛苦是那么卑微，那么毫无价值，简直称不上是痛苦，我们的快乐则只是苟且偷欢，过眼烟云，简直也算不上是快乐。我们是委琐而卑贱的人们，我们自相残杀，将白刃与红刃见于鸡毛蒜皮的琐屑摩擦之中，我们有无脸面写痛苦和快乐的故事？所以，也许我关于叔叔的故事，从根本立意上就是不存在的。我苦心经营一个不存在的故事，是为了什么？故事其实全都起源于那一天的一个突然的认识，一个人造成了我心如刀绞的经历，我想："我一直以为自己是快乐的孩子，却忽然明白其实不是。"从此，我常常在想"快乐"这一个力所难及的事情。然后，我就向叔叔借来一个故事。从现实出发，我只选用"快乐"这一个稍稍低级的题目，使我不致彻底失败。这是我第二次在叙述故事的起源，以后还将有第三次的叙述。

从我叙述的初衷出发，在经历了那一场患难后，叔叔觉得这婚姻和爱情不堪忍受。他觉得婚姻非但没有像通常所说的那样分担他身受的屈辱和不幸，反而加剧了这屈辱和不幸，并且使这屈辱具有了形式的外壳，永久地保存下来，没有遗忘的可能了。可是这只是叔叔灵魂上的看法，他的肉身上，却有许多有求于婚姻的地方，比如安全感，比如温饱，比如性欲。而且，为了使自己忽略灵魂的抵触，叔叔有意无意地夸大，强调，扩张他肉身的需要，使这需要成为第一位的，与生存联系起来。这是一个灵魂的休息的时期，叔叔变成了一个肉欲主义者，他变得贪得无厌。他学会了喝劣质的白酒，用报纸边缘卷粗劣的烟丝吸，到了夜里就力大无穷，花样百出，使得妻子彻夜无法安眠。他甚至学会了本地男人特有的传统本领，就是打老婆。开始，他是在自己屋子里打，关了门，不许老婆哭叫出声。后来，越演越烈，他们开始打到院子里来了。再后来，就打上了街。当人们看见叔叔手里握着一根拨火棍，满街撵着哭嗷嗷的女人，就好像撵着一头不肯回窝的母猪，这时候，人们便从心底里认同了叔叔，把叔叔看作是小镇上正式的居民。他们用他们那种亲昵而不无猥亵的语言议论和嘲笑叔叔，原先一个城市文化人在他们心目中那种又敬畏又排斥的地位，如今荡然无存。叔叔还学会了骂仗，这往往用于和他岳母之间。当他岳母刻毒地骂他"右派分子"或者"流氓分子"的时候，他便更为刻毒地骂岳母是"克夫命"和"绝子命"。有时候，他喝了酒，就骂骂咧咧的，说她们母女三代都是他养活着，几乎将他的血榨干了；他说他的婚姻简直就是一口陷阱，或者是一个圈套，他是永无翻身之日了；他还说他女人将他当作囚徒，为了她们的生计而使他失去自由。叔叔渐渐有些胡作非为，飞扬跋扈。他在家的时候，家里的气氛就分外紧张，大人孩子噤若寒蝉。也有他喝了酒反比较清醒的时候，这时候，他就捶打自己的脑袋和胸膛，骂自己不是人，没有本事和社会抗衡，与命运斗争，只能来欺侮女人，他是个窝囊废，孬种；他不再说这家庭榨他的血汗，反骂自己害了这家庭，使她们蒙受了羞耻和苦难。女人忍不住去劝他，他倒又变了脸，狰狞可怖，他使得凶悍的女人见他都怕了三分。这是他在家里的表现，到了学校则又变了一个人似的。他随和，谦虚，很好说话；如有人当面说了令他难堪的话，他也作听不见或听不懂；他还很会附和别人的意见，人们无论说什么，他总说"对，对，对"的。在后来的每一次运动的浪潮中,比如"清理阶级队伍",比如"一打三反",比如"揪出5·16",他的问题总要被旧话重提,再来一番批斗,可是这已远远不能刺激小镇的居民了,甚至对叔叔也没有强烈的刺激作用了。他走过糟蹋他的大字报前心里很平静,还有心情去欣赏上面的漫画。叔叔已变得麻木不仁,并且得过且过。

叔叔曾在小说中写过一个青年右派的自杀,他写他自杀的方法是利用煤气,最后煤气从门缝和窗缝弥漫出来,唤来了人们。这透露出一个信息,暗示我这是一次想象的自杀事件。因为在内地小镇生活了许多年的叔叔,对煤气一无经验。即便是在他曾经生活过若干年的那座中型城市,使用煤气也是近十年之内的事情。煤气自杀是一种都市化工业化的自杀方式,带有蒸汽机时代的特征。我估计这是叔叔从旧俄时期的小说,比如陀斯妥耶夫斯基的小说中得来的自杀经验,还有就是那些后来公布于众的发生于中国大城市的悲惨事件,有一个著名的诗人死于煤气,还有一个才华横溢的钢琴家死于煤气,这大约也给叔叔以启发。在叔叔那样的小镇上,人们用于自杀的方式往往是跳井或者喝"一○五九"之类的农药,像恬然长逝于有毒的烟雾之中这样优美的叫后人痛心的死法是绝少的。从中我得出两点结论:一是叔叔确想过自杀这一回事;二是叔叔想往的自杀是一个美丽的自杀。接下来的问题是,叔叔是当时想过自杀,还是后来;假如是当时想过的,又是什么原因使他放弃了这个念头?我想,在那灾难的日子里,想到死是很自然的事,所以我们不应当排斥叔叔是想过自杀这一桩事的。但是从叔叔所描写的自杀形式上看,则又感觉到叔叔与自杀这一件事的距离。叔叔是站在一个审美的立场上来写这一个自杀事件,这又不是当事人的态度了。叔叔将那个青年右派的自杀写得那样飘洒,使他能够从中得到两种享受:一是殉身者自我表现的满足;一是旁观者欣赏的满足。这是真正临了自杀的人难以顾及到的效果。所以,我们现在至少可以断定,如小说中那个自杀事件,并不来自于叔叔的经验。那么,叔叔自己的关于自杀的经验是什么呢?没有关于叔叔自杀的传闻。因此,至少是叔叔没有明显的自杀行为。叔叔本人没有提供给我们这方面的任何材料。于是我想，叔叔在当时，没有强烈的自杀念头。这判断还根据这样一个事实，那就是叔叔当时的处境还没有到达绝境。叔叔没有将自己那颗敏感、娇嫩、高傲，易受伤害的灵魂逼到绝路上，他让它中途就开溜了，而人的肉体可说是百折不挠。抛开灵魂不说，叔叔肉体的待遇还可说是比较好的，至少温饱无忧，至少性欲得到满足，再进一步，叔叔苦闷的心情也最终在打老婆骂岳母的活动中得到了有效的发泄。这说明叔叔具有比较强的自我调节能力。叔叔有极自觉的生命意识，他在灵魂上将自己放逐了。他没有灵魂的羁绊，保存了肉身，以待日后东山再起，魂兮归来。叔叔潜意识里，其实一直不相信灾难会是永恒；叔叔在潜意识里一直等待着苦尽甘来，祸福轮回；否极泰来的辩证思想根植于叔叔的世界观中。这就是支撑叔叔活下来的最重要条件。当然，还有一种可能，那就是叔叔确曾发生过未遂的自杀事件，却被他深深地缄默掉了，因为这事件没有美感，因为这事件腐蚀了崇高的情感。叔叔的审美从本质上说，是一位古典浪漫主义者。

那么就让我们尊重事实，就是说，叔叔没有自杀，他想：只要活下去，总归有希望；他想：总有一天，我会来拯救灵魂；他还想：他妈的好死不如赖活着。鹰和乌鸦的童话他压根儿忘了，或许，鹰和乌鸦的童话压根儿不是发生在他初当右派的年代，而是在远远的以后，我们同样没有根据说鹰和乌鸦的童话是发生在以前。所有会摧毁叔叔活下去的信念和勇气的童话，叔叔都下意识地回避，所有会唤醒叔叔骄傲和脆弱的灵魂的故事，叔叔全都装作听不见。生的意志是很顽强的。他使自己麻木、迟钝、粗粝，像动物一样，对生存持极低的要求。所有敏感，骄傲，灵魂不肯妥协和圆通的人都自杀了。那个岁月里，自杀的人成千上万。我就是在那个成千上万个人自杀的日子里，离开我所生长的城市，来到和叔叔的麦地接壤的那个邻近的省份里插队的。在我身后的城市的街道上，沾染着自杀者的斑斑血迹。我有个亲戚住在十层的高楼上，他们的顶楼成了自杀者的悲恸之地。有许多人从很远的地方来到这里，为避免怀疑，就不乘坐电梯，徒步走上十层的高楼，气喘未定便纵身跳下。下面是熙熙攘攘的人群,这城市里最著名的百货公司就在这里。那么多人死在闹市的中心。我想,如不是自杀的决心已定,他们是无法跨出这最后一步的。在他们跳下的那个位置上,可居高临下地看见这个城市浩如烟海的屋顶,人们在屋顶下做着各种活动,洗衣、做饭、浇花、放鸽子——当鸽子的哨音在云层里缭绕时,这些自杀者会想什么呢?他们是怎样克服自己的动摇的?他们曾动摇了吗?他们将自己逼上了绝路,一点后路都不留给自己了吗?在许多人自杀的日子里,叔叔活了下来。

就这样,叔叔活到了"文化大革命"结束。有关流氓的问题平反了;有关右派的问题改正了。叔叔开始写作一些散文和小说,起先是在地区的报刊上登载,后来登在了省里的文艺刊物,再后来,发表在北京的刊物上了。这是一篇影响极大的小说,关于一个青年右派。一些刊物转载了这篇小说,另一些刊物评论了这篇小说。叔叔为这篇小说所写的创作谈,远远超过了这篇小说的字数。叔叔继这篇小说之后,又写作了许多小说。许多刊物的编辑,来到这偏僻的小镇上,来向叔叔约稿。这小镇上从来没有来过县级以上的干部,这小镇的邮政事业也因此繁荣起来,来自北京的信件源源不断飞来。叔叔也开始越来越频繁地上外面开会去了。第一次开会是在一九八〇年的年底,冬天的时分,叔叔去北京开会。他背了一个简单的挎包,乘长途车到县里搭火车,乘火车到省城去和省代表队集合。这是一个全国性的会议,是文坛的一次盛大的集会。这是叔叔第一次走到外面的世界去。他在这个小镇过了那么长久的幽禁一般的生活,他将第一次知道外面的世界是怎么样的。叔叔成了这次集会的明星一样的人物。许多同行,编辑和记者在休会的时间里慕名来到他的房间,和他聊天,一聊就聊到了天明。后来,休会的时间显得不够用了,他们就在开会的时间留在房间里聊。来客中有一些年轻的女性,是最为他吸引的。她们大都天真无邪,涉世很浅。他所描述的生活与经历,于她们像是天方夜谭。她们的头脑又都很好,领悟力极强,凡事只须一点即通,言语也都极其机智新颖,可起到激发叔叔灵感的作用。五天的会期转眼间便过去,叔叔随了省代表队回到省城,再回到县城,然后一个人走在回家的途中，有一些凄凉的心情是很难免的。但对于潜心创作小说，这却是极适宜的心情。从此以后，叔叔的生活就变成了相得益彰的两部分：一是在小镇上的工作和写作，这是寂寞与安静的一部分；二是出门开会，开会总是热闹而喧哗，聚集起许多光荣与显赫，这既能补充思想，开阔眼界，也使得小镇上的生活有了补偿和安慰。同时，也正是因为那些寂寞的劳动，才换来了喧哗热闹来作回报。叔叔很快在这两种生活中找到了平衡的节奏，摆正了自己的位置。这一段时间，叔叔写得又多又好，几乎每一篇都能打响，引起社会的反响。叔叔的痛苦的经验，他虚度的青春，他无谓消耗掉的热情，现在全成了小说的题材。由于写小说这一门工作，他的人生竟一点没有浪费，每一点每一滴都有用处，小说究竟是什么啊？叔叔有时候想。有了它多么好啊！它为叔叔开辟了一个新的世界，在这个世界里，叔叔可以重新创造他的人生。这个世界里，时间和空间都可听凭人的意志重塑，一切经验都可以修正，可将美丽的崇高的保存下来，而将丑陋的卑琐的统统消灭，可使毁灭了的得到新生。这个世界安慰着叔叔，它使叔叔获得一种可能，那就是做一个新的人。叔叔厌弃他的旧人，他的旧人像一座山压得他喘不过气；他的旧人还像乌云笼罩，使他见不到阳光。他要重写他的历史。小说使得叔叔的妄想成为可能的了，这大概也就是叔叔让那个青年右派自杀的真相。

众所周知，小说中那个青年右派在煤气呈淡绿色的烟雾中丧生之后，有一段关于灵魂的著名描写："灵魂扶摇直上，像鸟儿似的，望着大地，想：人世间多么龌龊啊！想罢之后，便唱着歌儿飞走了。这歌儿是青年右派一生中从未唱过也未听过的快乐的歌儿。"我想，叔叔在此将自己处决了。所以，叔叔的新生是从一个青年右派的死亡开始的。

我是和叔叔在同一历史时期内成长起来的另一代写小说的人。我和叔叔的区别在于：当叔叔遭到生活变故的时候，他的信仰、理想、世界观都已完成，而我们则是在完成信仰、理想、世界观之前就遭到了翻天覆地的突变。所以，叔叔是有信仰，有理想，有世界观的，而我们没有。因为叔叔有这一切，所以当这一切粉碎的同时，必定会再产生一系列新的品种，就像物质不灭的定律，就像去年的花草凋谢了，腐朽了，却作了来年花草繁荣的养料。而我们，本来没有，现在没有，将来也不会有。因为叔叔有他对世界的基本看法垫底，当他面临一种新的不同的看法的时候，他便也面临着接受还是拒绝这两种选择。他要为这选择找到理论与实际的依据，他还必须在他感情和理智的具有分歧的倾向下进行这选择，选择的对与否将在很长的时间里伤他的脑筋，动摇他的固有观念。这种选择往往是包含着抛弃这一桩苦事。他还难免会有患得患失的心理，惟恐选择的这一样东西其实并不对他合适，而旧有的已经失不再来了。是保守还是进取，将成为他苦苦思索的题目。而我们呢？接受什么只是听凭感觉，对自己的选择并不准备负什么责任，选择和放弃于我们都是即兴的表现。我们在一个文化荒芜的时代里长成，然后就来到一个八面来风的日子。二十世纪包括十九世纪末期的一百来年的思想，最最精粹的果实以及残羹剩饭，在同一个时刻里向我们奔涌而来。我们选择的高低往往听凭于我们的天赋和运气。可是，在表面上，我们却呈现出日新月异的气象，并且似乎总是走在时代最新潮流的前列。这使得叔叔那一类人会产生一种落伍的危机感，他们往往是以导师般的姿态来掩饰这种感觉，就像我们，总是用现代派的旗帜来掩盖我们底蕴的空虚。我们这两代人在当面互相夸赞之后，是互相的藐视，这妨碍了我们的交流和互助。他们在肯定我们的成绩时，有时候会说我们遇到了好时候，言下之意是他们没有及时地遇到好时候，而我们的成绩只是依仗了好时候罢了。我们占了年龄上的便宜，有时候对他们态度宽大，说一些崇拜他们经验的好话，弦外之音则是除了经验而外他们并不比我们多出什么。我们心里其实是不承认他们精神领袖的地位，在我们看来，精神应是共和制的，没有什么领袖不领袖。他们的作品在我们看来，总是思想太多，似乎小说只是个盛器。他们总是被思想所累，样样无聊的事物都要被赋上思想，然后才有所作为。我们认为天地间一切既然发生了，就必有发生的理由与后果，所以，每一桩事都有意义，不必苦心经营地将它们归类。认为所有的事物都有含义是我们一种极端的看法，另外还有一种相反的极端看法，则是一切都无意义，意义在于视者自己，一切存在只是我们个人意识的载体或寄存处而已。这是两种好逸恶劳，不肯动脑筋，不愿劳动的对世界的看法。而叔叔他们则在这两者之间。他们首先承认事物客观的意义，再求于人的主观发现。他们自找麻烦，选择这种耗时又耗力的观念，还使得下一代对他们议论纷起，认为他们强加于人。他们背负着思想的苦役。我们主观主义地认为，他们的受苦有一部分是因为他们选择了错误的思想方式，活得不够洒脱。那时候，我们还没有意识到，人所受到的制约是多么不可违抗，若说是人选择了思想方式，不如说是思想方式选择了人。我们以为什么都可随心所欲，做游戏也可不遵守规则。小说这世界给予我们的是一个假象，我们以为现实也如小说一样，可以任意指点江山；我们以为现实和小说一样，也是一种高智力的游戏。小说给予我们和叔叔的迷惑是一样的，它骗取了我们的信任，以为自己生活在自己编造的故事里。这一个虚拟的世界蒙骗了我们两代人，还将蒙骗更多代的人们。

  叔叔在"文革"以后的故事就是在此基础上发生的。我虽然是采用了顺叙的手法，其实质却是倒叙。我是在了解了故事结局之后，才开始选择故事的材料，组织故事，设计叔叔的心理动机。所以，我现在就可以断定，叔叔"文革"后的故事的性质。在当时，我们一无了解，我们将它看作是另一桩故事。"文革"结束的时候，叔叔正好四十岁。四十岁的男人正在当年，成熟却依然青春勃发。叔叔留了络腮胡子，眼角和额头有刀刻似的皱纹，这使得二十多三十多的男性在他面前成了儿童。后来，络腮胡子风行不衰，不知道这除了重映三十年代美国西部片的原因外，是否还有叔叔的一部分功劳。叔叔说话有低沉的喉音，语调有几分温柔，会用俄语唱俄罗斯民歌，具有西伯利亚茫茫草原的风味，虽然谁也没有去过西伯利亚。叔叔的形象和声音有一种受难的表情，这是他的真正魅力所在，所有的白面小生在此魅力之光的照耀下都显得轻佻，浅薄，好像一块一口一个的甜点心。叔叔的身材高大伟岸，如一个体力劳动者的身体，可却有思想累累的头脑。叔叔后来从小镇调到了省里做职业作家，在他的家属没有调进省城时，他自己住一间小屋。许多女人从很远的地方乘了火车或者轮船来到这小屋，叔叔只得在门上贴了谢客和探访规定的条子，就是这样，也阻挡不了源源而来的人流。

现在的事情，越来越接近于叔叔的隐私了。可是因为这于叔叔的故事非常重要，难以回避。要把这一个故事说得清楚、完整、合乎逻辑，成了我这一阶段生活的唯一目标。我想没有一个别的故事，可以像叔叔的故事这样表达我目前的心情了，我在许多故事里选择了很久，叔叔的故事胜过了一切。

我想，和叔叔有亲密关系的女人有两个。一个是某刊物的编辑，比叔叔小一岁，人们有时候叫她大姐、大姐的。她除了编辑小说之外，还写一些散文，文字相当优美。她瘦削，苍白，稍有一点病态，使她看上去楚楚动人。她是在一个离婚率很高的城市里，不久前，她也离了婚，过着单身女人的生活。她和叔叔的来往形式主要是书信，每年有两度或三度，叔叔去看望她。他下了火车，先在她家附近找一个招待所住下，然后打电话给她，两人说好一个地方，就在那里见面。每一回见面，都可给他们双方留下很长久的回忆，所以，除了书信而外，他们的交往还在回忆中进行。叔叔和大姐的关系，有一种冰清玉洁的味道，他们从一开始起，互相就建立了默契，决不亵渎他们间美好的关系。他们甚至从没有过性的接触，但是在情感与思想上却相互介入得极其深刻。他们还从不互相点穿他们之间的关系，说话也从不涉及对方的家庭和婚姻，这是他们的禁区，稍一涉及便会有世俗与不洁的气息。有一回，叔叔喝了些酒，就有些多话，他对在座的我们说过这样的话，他说：他对女人有爱和喜欢两种，他爱的女人，是不会有性的要求；但对喜欢的女人，则有此要求。而后，他又补充一句道：女人是不配爱的。我想，大姐是世上极少数的他爱的女人。叔叔喜欢的女人则非常多，其中与叔叔保持了不寻常的亲密关系的是那个叫作小米的姑娘。她是作协机关的打字员，当作协开会的时候，就做些会务方面的工作。她仅十九岁，是那种活泼可爱甜蜜娇憨类型的女孩。她使叔叔想起了多年前诞生于他的想象且又夭折的女儿,就好像在向叔叔还愿似的,出现在叔叔的生活里。只要叔叔给她办公室打个电话,当天晚上她便来到叔叔的小屋里。这样的时候或是叔叔情绪好,或是情绪不好,或是东西写得不顺利,或是写顺利却又写累了。叔叔要她来,往往是为了做那样的事。做过之后,叔叔却心疼得唏嘘不已,将她抱在怀里,哄她,唱歌给她听,讲故事给她听,唱着说着,思绪就飞远了,好像是在唱给说给很远处的另一个人听。在另一种时候,叔叔就会赶小米走路,无论小米是多么兴致勃勃。这或也是叔叔情绪好,或情绪不好,或东西写得不顺利,或写顺利却又写累了。但无论叔叔是怎样无情无义,当下一次叔叔要小米再来的时候,小米还会再来,并不摆一点架子。大姐从不向叔叔问及小米,虽然她无法不知道小米,叔叔和小米的事搞得很是纷纷扬扬。而小米时常问叔叔,为什么定期要到那个城市去,是不是那里有一个女人,小米发誓她决不吃醋,要叔叔把这个女人说出来。叔叔微笑不语,然后就狼一样将小米抓进怀里,不让她再多话。叔叔从来不给大姐买什么,却时常给小米买。小米常常在街上看见一件衣服或者一双鞋,是她喜欢的,就跑到叔叔这里来,说那里有一件衣服怎么怎么,有一双鞋又怎么怎么。叔叔问了价钱,把钱给了她,她便立即转身去买。买来后穿给叔叔看,叔叔有时说好,有时说不好。下次小米来报告衣服和鞋的情况,他依然给钱。大姐在叔叔心目中是很圣洁的,他对她摆脱不了一种仰视的心情,大姐对他的情感为他视作珍宝一般,使他的人格增添了价值。见不到大姐时他非常想她。一旦在了她跟前,他又紧张,有一种自惭形秽的感觉。他一举一动就都小心翼翼的,惟恐有哪一点闪失而使大姐对他失望,他不舍得使大姐对他的情感遭到损失。离开大姐时,他忍不住会松一口气。假如这一回同大姐的相处比较圆满,他表现得也比较出色,那么他就会心情愉快地度过这一段和大姐分离的日子;否则,他便垂头丧气,好像打输了仗的败兵一般。他在小米面前,则能够尽情地享受他的成就感。小米对他的依赖,无论是肉体上还是物质上,都令他心醉。小米对他召之即来,挥之即去的服从,使他认识到自己一个男人的价值。在小米身上,集中地体现了他的能力，魅力，以及生命力；而在大姐身上体现的则是他的思想和智慧的力量。这也是使叔叔与她们保持了亲密关系的根本原因。如没有她们两个人的存在，叔叔的价值就没有了载体似的，无法实现了。从这个意义上说，"文革"以后的叔叔是大姐和小米共同创造的。大姐和小米共同创造的这一个叔叔要比小镇上那个叔叔成功多了。叔叔的离婚事件，就是发生在这个时候的。

叔叔的离婚事件，在当时几乎成为一件桃色新闻。原先人们私底下议论着的叔叔和大姐、小米的关系，忽然之间暴露在光天化日之下。所有的人都在街头巷尾讨论这事，并且猜测叔叔离了婚后和大姐结婚，还是和小米结婚。叔叔原以为他和她们，尤其是和大姐的关系保护得很好，没料想原来人人皆知。当他辗转听见人们对他和大姐的议论时，几乎心痛如绞。他觉得他和她苦心保护的一件珍品，被粗暴地打碎了。他好像看见黑暗里大姐的一双幽怨的眼睛，注视着他，然后泯灭了。小米则抱有和叔叔结婚的期望，她问叔叔：你离婚为了我吗？叔叔想说什么，却又觉得对她说什么她也未必懂，就苦笑着说：这不是一回事，小米；这是两回事，小米。他把小米搂在怀里，轻轻摇着，像摇一个心爱的婴儿。这时候，叔叔感到了孤独，他想：有谁能说清呢？他为了什么离婚？为了想通他为什么离婚这个问题，他不得不将他过去四十年的生活重又拾起想了一遍。这一个夜晚，他久久不能入眠，往事如同隔世。一幕一幕在他眼前演出的，好像是别人的故事。那个人是我吗？叔叔不断地问自己。其中有一些令人心悸的篇章，叔叔想回过头去不看，可是不成。这种回顾往事的活动，一夜间就耗尽了叔叔的心血，平添了白发。从此他再不做这样的回想，他要把往事全部埋葬，妻子便做了陪葬品。所以，他更加只有离婚这条路可走了。而他苦就苦在，他不能将这些对人说，即使是大姐，也不行。这不是他对大姐的理解力有所怀疑，而是因为他不能让大姐和过去四十年里的那个叔叔认识，他不能让任何人和那个叔叔认识，和那个叔叔认识的任何人他都要消灭，杀人灭口似的，连他自己也要消灭。消灭自己是多么困难。他在他一个人的深夜里，吞噬着四十来年的自己，一点一点的，这是一个秘密的工作，谁也帮不了他。

妻子说，其实她早想到有这一天的，因她早看出他是虎落平川。可她就是要降伏他这头虎呢，要是只猫又有什么意思？说到这里，她骄傲地笑了一下。这一笑不由使叔叔对妻子刮目相看，觉得十多年的相处都不如这一瞬间了解这个女人。妻子继续说：所以，她不拦他。然后她就说了叔叔后来告诉我们的那句话：人落难时，当拉人一把；人往好处走时，则当松开手。但是，她有个条件——叔叔便抢在前边说，他早准备给她和大宝一笔钱，虽然，这话听起来他有些卑鄙了，但这也是事到如今他为她们母子唯一可做的事了。妻子听了一笑，说她要提的倒恰恰不是钱的事情，钱的事情可以放在以后再说，但她要提的也是他可做到的事，只要他愿意。叔叔问，那是什么事呢？妻子说，当年因为他的事，可说是天翻地覆，说到这里，她停了一下，才又接着说：可不是天翻地覆？这些年总算安静下来，却再要离婚。人家早就等着看热闹，看不着急得眼红呢！这一下可不又要天翻地覆了？所以他要把她们母子调到省上去，离开这个是非之地，到那时，她立即和他离，如他不相信，现在就可以立下字据，签字画押。这样做也是为了大宝的前程，从此可做省城的居民，不必窝在这鬼孙地方了。叔叔听了这话不由怔住了，妻子说得有理有节，不容他反驳，可这正触及到了叔叔的难言之隐。他调到省城已有三年，其间调动家属的机会虽说不多，却也并非绝无仅有，他总是一拖再拖。这三年内，他甚至没让妻子儿子上过省城一次。这时候，他慢慢地镇定下来，想象着和旧日妻子生活在同一个城市里的情景，发现这要求是万万不可答应的，宁可不离婚。他态度很坚决地说：这怕是难了，因为离婚的事现已众所周知，上级自然不会再给家属户口，这样的户口每年是有一定的名额，只会少不会多。妻子轻轻一笑，说：就说现在不离了呢？你那支笔，能把死的写成活的，活的又写成死的，改一改口，谁能不信？叔叔不说话了，临到走的时候，妻子又说道：这是为你儿子，离婚离得了女人，离得了儿子吗？这句话在当时，叔叔气愤填膺的时候，并没有完全听懂，只当是一句要挟的话。几年以后，他才又重新想起了女人的这句话，感慨万千。这时，叔叔拿了自己的东西，气恨恨地走了。这一次关于离婚的谈判没有成功。之后有三个月的僵持时间。在这三个月的僵持时间里，叔叔想过起诉的方法，可他一想到出庭的场面，就立即放弃了这个念头。他只有耐心地等待。可他没有心思写作，整天和小米在一起，事到如今，他也不顾及外界的舆论了。到了往年应去看望大姐的日子，他却犹豫了许久，决定不去，可临了还是买了张退票登上了火车。随了火车逐渐接近大姐的城市，他的决心逐渐动摇。下了车后，他又在大姐家附近，他常住的那家招待所门前徘徊了许久。最后他没有定房间，决定当晚就回去，借了服务台的电话把大姐约在了一家个体户餐馆里。他们吃了一顿晚饭，然后就分了手。两人都没提及叔叔正在进行的离婚，只说了些无聊的闲话。当她对他说"保重"这两个字的时候，叔叔明白这是最后的晚餐了。他们间的纯洁关系被舆论扼杀了。这些舆论使得他们神圣的情感变得无聊而低级，抹杀了其特殊的性质，如同这时文坛上越演越烈的所有男欢女爱的奇闻轶事一样。大姐是最容不得庸俗的，他和大姐的关系也是最最容不得庸俗的。僵持了三个月后，他又回家一次。这一回，妻子退了一步，说她的户口可以留在镇上，反正她这一辈子早被人说够了，再说也没什么可说了，可是他必得将孩子的户口办到省上去，儿子可以只在名义上算成跟他生活，实际上一分生活费也不要他出，但是，他必须带儿子上省城。最后，她又说：你撇得掉女人，撇得掉儿子吗？这句话也是在后来使叔叔感慨万千的。

　　在叔叔的离婚事件僵持的时间里，叔叔几乎没有写什么文字。由于这段时间持续得较长，所以人们注意到了叔叔这段沉寂的时期。人们怀了兴奋的心情，等待着叔叔新的作品，心想这大约是一篇和婚姻有关的东西。但在停笔一年半之后，叔叔写的第一部作品是出访西欧某国的游记。游记写得有些乏味，其间没有奇遇，也没有新鲜的发现，只是泛泛地描写了一些旅游和参观项目，以及一些欢迎或欢送的仪式，还有一些当地的人物。叔叔向来深刻的思想在这里一无用武之地，文字也显得贫乏无力。其实游记这一类东西，就是将平日的所思所想，装进所见所闻，再以其时其地的心情打一个包装。而这与叔叔整个生涯毫不相关的景物，只在匆匆一瞥之间，能激发起叔叔多少心情呢？离婚这一桩事，耗去了叔叔的时间和情感，而出国访问，除了刺激一下叔叔的好奇心和虚荣心外，并没有向他提供多少经验，甚至还抵不上一次国内的深入的旅行。从叔叔的游记里，我感觉到这次远行并没有构成叔叔的人生经历，叔叔的所见所闻，都有些像拉洋片似的，在眼前历历走过，并没有激荡起叔叔多少感情。我想，这是因为第一，叔叔不懂外语，无法和人直接交谈，通过翻译只能得到些外交辞令和导游手册语言；第二，叔叔长期生活在一个封闭的国家里的一个封闭的小镇，对西欧某国在思想和情感上都一无准备，产生不了共鸣；第三，叔叔是作为一个代表团的成员出访，行动无法根据自己的选择。这样，叔叔写这游记似乎仅仅是为了告诉人们，他最近去了一趟西欧某国，还有就是告诉人们，他写了这些游记。然而，这时期叔叔的重要经历：离婚，却没有留下记载。我的这些关于离婚的叙述，是根据事情的结局反推而至的。

　　叔叔在这段时间里，除了和他的代表团团员在一起，就只和小米在一起。小米劝他：让儿子来省城就来省城吧！叔叔就说：你不懂，小米；怎么和你说呢？小米。后来，叔叔和妻子达成的协议是：将儿子户口调到省城，但他仍然在原地读完最后一年高中，然后高考，有本事，他考进省城大学，如考不上大学，在找到工作之前，依然留在家里跟母亲生活。叔叔说，他无法照顾孩子。就这样，叔叔终于离婚了。叔叔离婚后没有和小米结婚，也没有和任何别人结婚，这才使得叔叔的离婚事件带有了心理学的神秘色彩。

　　叔叔最后一次从那个小镇回来，期待了长久的事情一旦解决了，他反有些怅然。一件负了很久的重荷突然卸了下来，难免有一种丢失了什么的错觉。但叔叔总的心情是轻松的，他花了时间，将新分给他的三室一厅的房子装修了，在书房的墙上挂了他从各地带来的纪念品，比如甘南的牛角，内蒙的马刀，陕北的布老虎，贵州的蜡染壁毯，看起来就好像是一个民俗博物馆。这时节，比叔叔年轻的一代作家正兴起寻根的热潮，试图从民间的艺术里找到中国文学的表现形式，这大约是拉丁美洲文学大爆炸以及美国的南方文学带给我们的影响和启发。我们步行或者骑车来到最偏僻的农村，收集农民的谚语、民歌、传说，听年逾古稀的老人讲村庄的历史。我们追寻中国文化最原初的面貌；追寻几千年来为中国士大夫排斥了的文化自然状态；追寻几千年来为政治和权力使用而狭隘萎缩的中国文化的原始生命力。这追寻是出于新文学运动迅疾发展所带来的能源危机：思想、故事和语言在很短的时期内全被用尽了，于是我们不得不进行新的开发。这种严肃的文学运动很快被世俗化，使得民俗成为一种时尚。叔叔在这方面往往能做到先发制人。由于他的社会经验永远比我们丰富，有时候他参加我们讨论，往往能占据中心的地位。他善听又善辩，总是使人折服，可是结束后，我们却发现，这讨论已被叔叔引导到另一个方向，距离初衷很远。因从本质上，叔叔是与这场运动隔膜的。中国几十年的政治生活充满在他个人的遭际和命运里，使叔叔对世界的看法总是持一种现实的政治态度。国家与政权概括了整个世界，是人类活动的大背景，人们的行为模式是社会生活的代表。文化的意识总使他感到抽象，艺术在他看来，也具有实际的政治的功用。寻根运动只在某一点上与他合拍，那就是他可为政治在文化中找到更深一层的解释。任何事情，叔叔都要求得到解释，解释不清的事情叔叔绝不承认，他认为世界是可知的，不可知的观点总被他排斥。叔叔把寻根作为对世界的一种新的解释方法，而我们则以寻根来追索世界的原来面目。这就是叔叔这代人，这就是叔叔。在我们成熟起来的日子里，叔叔与我们拉开了距离，产生了差异，叔叔的危机感就是从这时候开始的。

  产生这危机感的背景基本由三件事情组成，一是叔叔作为中国作家代表团团员，出访西欧某国，这使叔叔的社会地位和荣誉感上升一级；二是叔叔终于完成离婚这件大事，与过去的生活一刀两断，从而可以一无羁绊地开始新生活；三是文坛上兴起寻根运动，这运动发端于比叔叔年轻一辈的人们。俗话说月满则亏，叔叔觉着自己如今就是在这个当口了。叔叔的危机感表现在当讨论寻根这个问题时，叔叔太过急于掌握主动，太急于发言，参与意识过强。在这段时期里，叔叔的写作又搁浅了，他在他极似民俗博物馆的书房里坐着，每天早起都想：我要写东西了，却始终写不出什么东西。他对世界的看法使他有些惭愧，好像落伍了似的。可是要改变这看法，却是一个巨大的工程。因叔叔不是一个轻易改变自己的人，何况，于任何人，成立对世界的看法都是一项基本建设，有些人一生都没有进行建设，比如我们，或者说世界是世界存在的样子，或者说，世界是我们看见的样子。我们在这两面幌子下逃避劳动，狡猾地不肯说出一句具体的判断，为日后的撤退和转移留下了退路。叔叔却没有退路。除此以外，还有一个迹象表明了叔叔的危机感，那就是，叔叔来抢我们的女孩了！

这时候叙述叔叔的故事，有过去所没有的方便之处。因为叔叔已成为了众人瞩目的明星，他的生活一半趋于公开化，几乎难以保存隐私，几乎一步一趋都可在日报或晚报上找到踪迹。材料不再像前阶段那样匮乏，需借助不负责任的流言。但困难则在于这个众目睽睽之下的叔叔是不是真实，真实的程度如何。所以我们必须分析那些现成的材料，作各种推测与猜度。

现在，叔叔来抢我们的女孩了。我们这些人中的相当一部分，在婚姻以外，还有着关系亲密的女孩。我们和这些女孩保持着情歌里所唱的哥哥和妹妹的关系，亲热的行为也是不可少的。但我们决不使这种关系危及到我们的婚姻家庭。这种没有受到琐碎生活侵蚀的纯洁的关系可以激发我们的想象力，安慰我们因为社会职责而疲劳不堪的身心。在性的问题上，我们绝对强调自觉自愿，在彼此都有热切渴望的前提下才可进行，如有一方抱了吃亏思想，就难以达到这种快乐销魂的境界。我们总是好离好散，尽可能不弄得凄凄婉婉，黯然神伤。我们认识到一切过程都不可能成为永恒，就像生命那样。但是，在此过程中，我们却也注入了真情，决不允许卑鄙的玩弄的倾向。这样的关系往往发生和建立在出版社组织的笔会上，因此这些关系往往跨越省市和地区。笔会是人生中难得一度的偷闲机会，在这样的时候，我们把所有的事情都搁置脑后，并从各人所处的社会关系中解脱出来，暂时地成立了一个小社会，重新组合人际关系。笔会的生活是一种戏剧化文学化的生活，它有模糊人虚实感觉的作用。它使虚拟的世界现实化，又使现实的世界虚拟化，它是我们在那些年里生活的象征。那些年里，笔会是特别的频繁，由于小说事业和出版事业的蓬勃发展，出版社们就频频举办笔会，以报偿小说家们的劳动。我们一旦写累了，便从信兜里翻出一张请柬，同家人说：我去开笔会了。笔会使我们的生活丰富多彩，歌舞升平。在那么一段时间里，我们竟完全忘了，这个世界上还有饥饿和霸权。而我想，叔叔应当是没有忘记的，他应当有提醒我们的责任。可是在这段日子里，人们实在高兴得太过，人们的欲望太多的得到了满足，被刺激了生长，于是就有些欲望无边。叔叔非但没有尽到兄长的提醒的职责，还来抢我们的女孩。

在我们中间有一个青年，他很爱一个女孩。这女孩长得不怎么样，但是气质迷人。这个青年爱她已爱入骨髓，却迟迟不敢举步，这非常违反他平时的穷追猛打的龙虎精神，对这女孩的爱情将他变成了另一个人。当他渐渐接近目标，胜利在望的时候，那女孩却投入了叔叔的怀抱。人们都知道叔叔还有小米，两人一个不娶一个不嫁地过了若干年，小米和叔叔的关系已经刻骨铭心。叔叔对这女孩采用了快速战的打法，有一次，身边没人的时候，叔叔忽然从后面紧紧抱住了女孩的肩膀，将下巴抵在女孩的发上。后来，女孩回到青年身边时，说：叔叔突如其来的行为，使她以为叔叔爱她爱得很深，很强烈，不可遏制，这使她感动，并使她的虚荣心得到极大满足。要知道，女孩要别人爱她是要个没够的。青年说：我是多么爱你啊！女孩很伤感地看了他一眼，说，她以为被一个成年男人所爱，是一种独特的经历，她为独特性所吸引。有一次，他家电梯停电，胆小如鼠的她竟走上十二层黑暗的楼梯去看叔叔，可是叔叔没在家。后来，女孩知道了叔叔有许多女孩，进攻的方式几乎同出一辙，专是乘其不备，从后面紧紧抱住女孩的肩膀，这女孩的经验就变得一般化了。她夸大了这从背后猝然拥抱的动作的含义，叔叔是没有责任的。其间，叔叔已成为征服女孩的能手。他在女孩方面的故事越传越盛，战绩辉煌。在他面前，我们不禁充满了失败感。他以一个成年男人的经验的魅力击败了我们。他好像是一个现代的普罗米修斯，他崇高的苦难是他的宝贵的财富，供他作出不同凡响的小说，还供他俘虏女孩。个个女孩都爱戴受过苦累的男人，就像喜欢在传奇中扮演女主角。但时间渐进，这种掠夺的故事演出多了，却使我们感觉到，叔叔这样做的兴趣似乎并不在女孩们身上，倒是在我们这些青年身上，他似乎是在同我们作一种较量，这较量是什么呢？

有一天，我发现了这较量是什么了。这是一个偶然的发现。那是在一个夏季，我们应邀去一个靠海的城市开笔会，我们每天下海游泳。我不知道为什么在笔会开头的游泳的日子里我没有发现，却发现于笔会最后的一个下海的黄昏里。大约是黄昏的光线的作用；或是黄昏的气氛的影响，在我们下海的那时刻里，叔叔走在我的前边。在大海面前，我们变成了孩子，一齐向海水的深处走去。沙滩温柔地摩擦我们的脚心，海水一层一层覆盖了我们的脚背，有人忽然唱起了弄潮的歌，一呼百应。这一刻确有些激动人心，我们不由整齐了脚步，奋力跋涉在涌动的海水里，朝深处走去。就在这时候，我发现叔叔老了。我看见叔叔手臂上松弛的肌肉，看见叔叔臃肿的腹部，看见叔叔颈后开始堆叠起一些肥肉，叔叔的皮肤渐渐失去了光泽。在这一刻里，我为叔叔感到悲哀了。我忽然之间想通了一个问题，那就是叔叔在同我们较量什么。

叔叔终于获得了新生，可是他却发现时间不多了，他心里起了恐慌，觉得时间已不足以使他从头开始他的人生，时间已不足以容他再塑造一个自己，他只得加快步伐，一日等于二十年！我不知道他有没有被我们中的青年击败的经验，如有一次，就将激起他一百次的反攻。我还想，叔叔在性上有没有失败的经历。我回忆着所有的关于叔叔的传说，我猜想叔叔一定有过至少是一次失败的经验。因为有了这一次失败，他必须用一百次胜利去挽回，他必须加倍表现他攻无不克的旺盛战斗力。我还从概率的概念推测出叔叔至少有过一次的失败的经验，因为百战百胜的情形是非常难得的。我想象这次失败的经验是发生在他和大姐或者小米之间，因为只有在与他有亲密关系的女人间发生这种事，才有可能为他严守秘密。

我想，叔叔最后一次去看大姐，并不是像我们原先以为的那样，当天晚上就走上了归途。其实叔叔是在大姐那里度过了一夜，这是他在大姐那里度过的第一夜和最后一夜。后来，叔叔回想这一夜，才明白，其实那是他生命的十字路口，几乎是决定命运的前夜。假如事情不是这样发生，而是那样发生的话，叔叔的生活许就是另一番情景了。那天，他们在街口个体户小馆吃晚饭。开始，他们只是说一些平常的话。叔叔本来确实想好不对大姐提一个字关于离婚的事情，大姐也是这么准备的。可是，事情却不像他们想的那样简单，他们之间的关系也不像他们所设计的那样宁静致远。叔叔和大姐面对面坐着，围着一盏火锅，火光映着大姐苍白的脸庞。小馆里没有别人，因为那是一个下雪的夜晚，人们都在自己家吃火锅，只有他们来到这小馆里吃火锅。叔叔忽然感到一阵揪心的疼痛，这种揪心的疼痛发源于"文革"中的日子。他觉得他有些不行了，那些日子里他的烦恼和委屈一下子涌上了心头，他想他那么压抑地孤独地过了这么些日子，现在还不能说吗？他如不说出来他就过不去这个夜晚了。可是要说却又不知从何说起，事情是那么复杂，那么混乱，那么琐碎又卑微，他忽然鼻子一酸，落下泪来。只这一落泪，大姐便什么都明白了似的。她一言不发，只见眼泪一颗一颗落在了面前的葡萄酒杯里。这样，他的眼泪就更汹涌了。叔叔知道，大姐是最能理解自己的人，因此，大姐便也成了他最看重的人。正因为大姐是他最看重的，他便也最不能在大姐面前和盘托出，他必得在他看重的大姐面前伪装。他晓得大姐是最纯洁的，他就不能将自己肮脏的那部分显露出来；他晓得大姐是最高尚的，他就不能将自己卑微的那部分显露出来；他晓得大姐是最骄傲的，他就不能将自己屈辱的那部分显露出来。他不得不在大姐面前左藏右躲，努力使自己美好一些，可以接近大姐，爱大姐，并被大姐爱。这样，他本想和大姐近的，结果反倒远了，结果，最能理解他的大姐反成了与他最最陌生的人。他心里其实苦得要命，却又说不出来。大姐心里想的是：叔叔把她当作了女神，岂不知她是活生生一个女人，她的一个又一个苦苦思念的长夜，叔叔是否知道呢？叔叔在她这里享受精神的亲爱，又在小米那里——大姐经常想小米这个人——在小米那里享受肌肤之亲，却不知对于女人，尤其是对于大姐那样的女人，这两者必须是一体的。而由于叔叔对她情感的圣洁，竟使叔叔这个最爱她的人，成了最不能爱她的人了。他们的这一个晚上，就好像都知道彼此心里在想什么似的，等火锅里的水干了，滋滋响着的时候，两人一同站起。大姐在前面走，叔叔跟在后面，两人一径来到了大姐的家里。大姐家的墙是洁白的，大姐家的床单是洁白的，大姐家里瓶中插的花是洁白的，叔叔觉得自己很龌龊，他站在洁白如雪洞的屋中，不知做什么好。后来，他们经过洗澡更衣等等手续，终于躺在了床上。叔叔的心像擂鼓似的，浑身颤抖。他变得非常笨拙和鲁莽，撕破了大姐洁白的内衣。他激动得厉害，并且充满了犯罪般的不安。可是，到了那关键的一刻，他却忽然心静如止。他陡然地做出冲动的样子，却一事无成。他听见大姐在他身底营营的哭泣声，简直无地自容。他一身冷汗接着一身热汗，很快就虚脱了。可是心里却还无比歉疚地想到：我把大姐的床单弄脏了。黎明前最黑暗的时候，叔叔走出了大姐的家，蹑着手脚走下伸手不见五指的楼梯，叔叔的骄傲和自尊荡然无存。他自卑得痛心，他想他连个男人都做不成啦！假如这天晚上，叔叔获得成功，他也许会娶大姐做妻子的。大姐是唯一能做叔叔妻子的人。可是这是个失败的夜晚，决定了叔叔和大姐各分东西的命运。

　　从此，叔叔便到处尝试他做男人的功能，他获得了一次证明不够，获得了十次证明不够，一百次证明还不够，要多少次证明才可推翻和大姐的那一夜晚的经验呢？他一定要克服他这可怕的自卑，这自卑是他历史的遗迹，他负了这沉重的遗迹，如何走向新生呢？从这一点上，他妒忌相对来说历史遗迹要轻松一些的我们。而我们中间有些人又轻佻又狂妄，这无疑更加刺激了叔叔，他就来抢夺我们的女孩了。

然而，也许和大姐的最后的会面并没有发生这样不同凡响的事情，仅仅是如我们原先所叙述的那样，各自分手。事情是发生在叔叔和小米之间。在叔叔漫长的离婚过程中，小米是他唯一的寄托和安慰，他们几乎夜夜一起，通宵达旦。小米在和叔叔的接触中，从女孩成长为女人，她身体结实，精力旺盛，反应灵敏，魅力无穷，令叔叔神魂颠倒，不能自已。有时候，叔叔看着小米，会叹一口气，忧愁地说：小米，你越来越年轻，我却越来越老，怎么办呢？话是这般说，叔叔心里是不认为自己老的。叔叔力大无穷，敏捷过人，与小米旗鼓相当，不相上下。但终于有一夜，叔叔败下阵来了。小米说：没什么，那是因为次数太多的缘故。可是，这并不能安慰叔叔。小米说，没什么，这是经常会发生的事情。这也不能安慰叔叔。叔叔从此再不说自己越来越老这样的话了。有一段时间，他还出现了虐待小米的倾向。他恨小米，觉得是小米造成了他的失败。他想：他们以后不再是平手了，而是有了胜负的记录。他好像是有意要小米受伤似的，去和别的女孩要好，并且专找那些十分年轻的。叔叔很少有碰壁的时候，年轻的女孩都富有历险精神，并且以活得洒脱为理想。她们充分认识到生命很短促，青春更短促，应当过得轻松自由。和叔叔来上那么一段，可以增添青春的色彩。这是一个推翻一切准则的短暂的自由时代，我们没有法度，没有宗教，只有前辈们痛苦的经验警戒着我们，使我们格外地向往快乐。就这样，我们的女孩就和叔叔做成了快乐的伙伴。叔叔和我们的女孩在一起，有时候会有幻觉，他想：他其实是和她们一样的男孩，有着同样的快乐的理由。他们到舞厅去跳舞，到卡拉OK去唱歌，他们做着青春的游戏。逐渐的，叔叔离不开我们的女孩了，他需要这些年轻快活的灵魂的陪伴，就像禾苗需要雨露。其中不乏一些快活的技巧还不到家的女孩，她们渐渐地就动了真情。她们不明智地要从叔叔这里得到允诺，要做她们的前辈——叔叔的贤良的妻子。这给叔叔出了难题。他见不得她们伤心难过，心疼得厉害。因她们统统使他想起他那夭折在想象中的女儿，世上没有一个父亲忍心伤害自己的女儿。可她们的要求实在是他力所难及，婚姻这桩事太过庄严神圣，是一道人生的难题，和他们玩耍的快乐气氛很不相符。其中有一个女孩，亲家不成便成仇家，她眼里流泪心里流血地书写了几十份控诉信，寄往叔叔的单位以及他经常发表作品的杂志社出版社，信中说，叔叔把她快乐的机会全部毁灭了。和叔叔好过的女孩都有曾经沧海难为水的心情，将来很难再有幸福的婚姻。和叔叔短促的接触，使叔叔的魅力得以集中表现而光辉灿烂，如同月亮将星光遮暗。叔叔又魁伟又细腻，又粗犷又温柔，又深沉又幽默。于是叔叔便造就了许多独身的女人，怀了一个梦想的男人度着寂寞的时光。

经历了一个低潮，叔叔的创作再一次进入活跃时期，我们从一些过早撰写的名人年表和作家辞典中可以看到这个记载。叔叔写作的手法有了很大的变化，反映了我们这个时代多姿多彩的文化背景。几乎一百年的西方文化在十年内涌进我们的中国，通过饥不择食的选择和粗通文理的翻译。那些新型的名词和概念折磨着我们的翻译家们，他们绞尽脑汁，挖空心思造出新的汉语词汇。翻译这个行当成了英语盛行的当今世界一个普及性的事业。初通外语的人们捧着一大堆字典，做着打通两种文化的工程，谬误重重。批判现实主义还未成为人人面对的现实就已被冲击到历史的角落，被各种各样新型的主义替代。在这样的历史条件之下，叔叔的小说出现了崭新的面貌。叔叔的小说不再是过去的故事，而是现在的故事。他以黑色幽默的态度及时空交错的手法描写一个纷繁的大千世界，人人在渺小的舞台上演出各自的悲喜剧，人人都非常的严肃和认真，总起来看却可笑无比。叔叔对世界有了一种新的宏观看法，他似乎不再被他个人的遭际所缠绕，而是脱出身来，如一名国际人或宇宙人那样省视世界，一切都是那么无谓和无聊，有一种世纪末的绝望情绪。读者们拍手欢迎叔叔的重新出场，他的沉寂太长久，已使人们等得不耐烦。而叔叔的再次来到已成了一个新人，使人们无比惊喜。这时候，叔叔充分显示出他作为一个作家的才华，他挥洒自如，如天马行空。众生百态，全由他描写得淋漓尽致且游刃有余。他随心所欲，却点石成金。一旦开了头，叔叔便一发不可收拾，作品源源而出，涉及各种领域。叔叔好像一个世界霸主，将未开发的地区全抢先占为他的领土。

　　叔叔的世界观经历了一次转变和完成。这一次的转变和完成和以往有些两样，似乎是受命于叔叔的小说。当叔叔在他的书桌前坐下的时候，他的思想还没形成，随了他小说的逐步推进，他对世界的看法才逐步明晰和完整。在最后的时刻，叔叔非常欣喜地发现，他对世界的看法原来是这样崭新而高超。他想：这便是一个真正的作家的思想历程，世界观的形成不仅来自于个人生活的经验，还来自审美的进步和选择。艺术的审美活动已成为生活的方式啦！叔叔欣喜万分地想道。他不仅仅是一个由生活经验塑造的艺术家，而是由艺术创造构成生活经验的人。叔叔觉得他终于做成了一个新人，一个艺术家。过去的苦难全是为了这个艺术的目的在做准备，犹如一种素养的训练。从此，现实的生活不再是真实的，而是在为小说创造素材，艺术才是全部的真实的生活。叔叔沉浸在他的小说世界里，观望着现实世界，好像上帝俯视苍生。

　　这样，叔叔就非常成功地完成了两个世界的转换。就是说：原先小说是一个想象的世界，叔叔可在小说的世界里满足他心情上的某种需要；如今现实则变成虚拟的世界，为小说的现实提供依据和准备。从此后，叔叔庇身于小说中的生活就变得非常安全，他不会再遇到什么实际的侵害，所有实际的侵害会被他当作养料一般，丰富他的小说世界。由于这安全的地位，他便对现实的世界生出超然物外的心情。什么样不合理的事情，都被他窥察到了合理的因素；什么样痛苦的事情都被他觑破了没有价值之处；残酷的事情被他视作历史前进的动力；美丽的事物则被他预言了凋零的命运以推断其腐朽的本质。样样事物都被他看到了反面，再由此推出发展的逻辑。叔叔变得越来越冷峻，不动声色，任何事物都被他看得很彻底，已经到了境界。叔叔在精神上终于脱俗，他不再担心平凡的生活对他会有所侵害，所以他在行为上反比往常更具世俗化的倾向，也不再讳言他身上所隐藏的平常人的素质。他有时候会和我们一起谈女人的事情，口气中不无猥亵。他还相当露骨地表示他对金钱的兴趣，告诉我们他心底里的一些卑鄙的念头。有人说叔叔又坦诚又勇敢，有人则说叔叔是地地道道的无耻。无论是坦诚还是无耻，都是需要本钱的，叔叔已有足够的脱俗的本钱而去做一些俗事了。

　　大姐已成为叔叔的过去。大姐去美国了。她初恋的情人已是一个发迹的商人，几经坎坷后，又与她重叙旧情。人们说大姐是为了女儿的前途而出国的。大姐出国的消息传来的那一天，叔叔黯然神伤了一个晚上。我猜想，这是叔叔与大姐分手后传来的大姐的第一个消息，也是最后一个消息了。从此，大姐就将在叔叔生活中销声匿迹，叔叔难免会有些感慨。这时候，唯一可能理解叔叔的人也走了，人们理解叔叔的可能几乎没有了，理解叔叔从此后只可能等待一个契机，这个契机什么时候才能来临呢？就这样，叔叔生命中刻骨铭心的事物全部埋葬了，所有的知情者都退场了。小米也成为叔叔的过去。小米结婚了，在她结婚前，已有一段和叔叔疏离的时期。她不能忍受叔叔和那么多女孩有那样的关系。虽然她也知道大姐，可是她觉得她和大姐是可以共存的。大姐占有叔叔的那部分恰是她小米无法占有也自知无能力占有的，而她占有的那部分则是大姐无法占有或者不屑占有的。大姐不会侵略她，她也不会侵略大姐。小米心里暗暗对大姐怀了尊敬。可是其他那些女孩就与大姐不同了。当小米斥责叔叔的时候，叔叔说：那是不同的，小米；那是两样的，小米。他还不怕小米听不懂地、很深刻地说：他和小米相处的是他最独特最个人的部分，是一个谁也进入不了的部分，而与其他人，则是使用他最一般化，最社会化，最普遍化的部分。他的话，小米不能说完全不懂或不相信，可是她受不了叔叔和别的女孩做爱情景的想象，这种想象折磨着她。当小米终于一去不回的时候，叔叔感到了孤独。有一天，他被人发现在一个小馆里喝酒。那是个陌生的小馆，不是叔叔时常光顾的那些，又离叔叔的住处很远。叔叔为什么一个人到这里来？唯一的解释就是叔叔不愿意被人发现。人们还注意到，在这次独斟独饮之后，叔叔又有较长一个时期没有和女孩们往来。他过着清心寡欲的生活，有时和我们，有时是他自己，度过夜晚的时光。我们猜想所有的女孩全像是小米的附丽一样，一旦没了小米，她们便也无所依存了。小米对于叔叔已是唯一一桩习惯的事情。人总是需要和一些习惯的事情在一起，这可使人有安全和稳定的心情。现在，小米这一桩最后的习惯退出了叔叔的生活，叔叔的生活里再没有一桩习惯的东西了。叔叔有时候早上睁开眼睛，他须想一想才明白，自己是睡在自己的家里。

小米离开之后的消沉的时期，很快就过去了。叔叔有意寻找一个能够替代小米的女孩。可是叔叔很快发现，寻找小米那样女孩的时期已经不复存在。他总是非常容易对一个女孩熟悉，继而厌倦，然后就去找下一个，再重复一次从熟悉到厌倦的过程。这种周期眼见得越来越短，于是，寻找小米那样的女孩便也越来越不可能了。叔叔回想当初与小米要好时的情景：那时候，自己尚有婚姻在身，名声也远不如现在，同小米的一切都须掩掩藏藏，心理的压力颇大。此外，自己一个乡巴佬，刚进省城，周游的范围较现在狭隘得多，选择的机会很少，倒反碰上了小米，两人立即如火如荼，并维持了这样长久。叔叔现在是一个自由身，选择的范围开拓得极大，与人交往便有些蜻蜓点水似的，难以深入，深入了会浪费时间，耽误了选择似的。叔叔有意纠正自己这种心态，回到与小米要好时的情景，可惜时光不能倒流。

大姐和小米的回忆是叔叔历史中那个古典浪漫主义时代的遗迹。与她们在一起的快乐时光，有时在回想中温暖与激动叔叔的心。而她们各自的离去，以及离去前后的情景，使叔叔还保留有心痛的感觉。如今的叔叔已不再会激动与痛苦，悲恸只是一个文学的概念。这是叔叔成为一个彻底的纯粹的作家的标志。他在小说中体验和创造人生，他现实的人生舞台已不再上演悲喜剧了。这是一个短暂的自由的日子，给予人们许多随心所欲的妄想。待这日子过去，叔叔才可明白，他做一名彻底的纯粹的作家原来是一个妄想，是一场漫长的白日梦。到了那时，他会想：我原来是想从现实中逃跑啊！这段日子里，企图从现实中逃跑的人其实很多，很多人不以为这是逃跑，而以为这是进攻。这一场胜利大逃亡确实有一种进攻的假象，迷惑了许多像我这样的人。摆弄文字的成功感使我们以为，做什么都可能成功，小说中的自由被我们扩张到整个人生。我们将这世界看成了由文字摆成的一盘棋，可由我们愉快地游戏。我们甚至将爱情和政治这两件严肃的人命攸关的大事来做游戏。由于人生成了一场游戏，我们便又感到虚空，不明白为什么而人生。但不明白只是有时候倏忽而过的思想。由于我们正当年轻，很有希望，生活中还有许多有待争取的具体目标，比如房子，比如职业的调整，比如经济方面的困难，比如和父母的代沟问题、非要争个谁是谁非，比如某一个女孩终于打入了我们修炼不深的情感。所以我们只是在虚无主义的深渊的边缘危险地行走，虚无主义以它的神秘莫测吸引着我们的美感。而头脑其实非常现实的我们，谁也不愿以身尝试。我们是彻底根除了浪漫主义的一代，实用主义是我们致命的救药，我们不会沉入的。我们中的极个别人才会在火车来临的时候躺在铁轨上，用生命去写最后一行诗，据说这还包含了一些债务的原因。也正是由于我们的安全有了保证，我们才发动或者投入这一场游戏事业。我们以人生宏观上是游戏、微观上是严酷斗争来解释我们行为上的矛盾之处，并且言行结合得很好。因为我们压根儿没有建设过信仰，在我们成长的时期就遇到了残酷的生存问题，实利是我们行动的目标，不需要任何理论的指导。我们是初步具备游戏素质的一代或者半代。这游戏对于叔叔则是危险的，因为叔叔是将游戏当作了他的信仰。叔叔是无法没有信仰的，没有信仰就失去了生命的意义。当他失去了一桩信仰时必须寻找另一桩信仰；当他接受一种行为原则时必须将它放在信仰的宝座上，然后再经历争夺宝座的战争。游戏态度本不足以成为信仰，它是人们逃脱责任的盾牌。叔叔这一个半路出家的，已过了最佳学习时期的游戏家，他便真正面临了虚无主义的黑暗深渊。叔叔游戏起来不是像我们这样有所保留，只将没有价值的东西，或者与己无关的利益作为代价。叔叔做不到这样内外有别，轻重有别。叔叔做游戏的态度太认真，也太积极了，这便是我们的看法。我们当时就预感到叔叔为他的游戏牺牲了太多的东西。游戏本来是和牺牲这类崇高的概念没有关系的，它只和快活有关系。

　　这样，叔叔早晨醒来的时候，他就想一想：这是在什么地方？地道的游戏家是从来不想这类问题的。然后，他又想：他今天应当做什么？这是两个时常会来困扰他的问题，使他陷入茫然，但时间不会太久，游戏的精神很快就来拯救他，替他解围。他就想：管它在什么地方；管它做什么事情！已经没有一件责任来规定叔叔的作息时间了，他的懈怠和紧张都不会影响什么人了。叔叔只在小说中才可建设一种生死攸关的人际关系，这类人际关系于叔叔只是文学的概念了。这时候，叔叔的小说被翻译成许多种文字，在许多国家重要或不重要的出版社出版。时常有国外的学术界，艺术界，出版社来邀请叔叔去作访问和演说。出国对于叔叔已是平常的事情。他穿着茄克衫和旅游鞋，背着背囊，从一个国家的机场飞到另一个国家的机场。他虽语言不通，可由于旅行的经验也行动自如。这样的时候，叔叔便成了一个国际人，他开始站在国际的立场上分析中国的问题，他甚至站在宇宙的立场上分析国际的问题。所有的这些国内国外的问题全在他的俯视底下，这给他的小说带来了人类的背景。这背景产生于他的旅行中的见识，而与人生经验无关。旅行构成不了叔叔的人生经验。在异国他只是一个观光客，一无生存的任务，便只有在人家生活的边缘走过。他在大学的教室，书店的厅堂和人家的客厅里讲着中国的问题，回答对中国有兴趣的人们各类问题，好像一个中国问题的专家。由于他对所去访问的国度没有生活的经验，于是也产生不了问题，当人们说：您也可以向我们提问时，他便傻了眼，支支吾吾的。出国的日子倒更像是在国内，充满了关于中国的内容。他对国外的了解来自于走马观花和道听途说，组成他思想的国际背景显得材料不足，叔叔便靠阅读和召集留学生对话来做补充。这些世界旅行其实是消耗了叔叔获得人生经验的时间，叔叔作为一个观光客的旅行其实造成了他人生里的空白。这些越来越频繁的空白分割了叔叔的人生，使他的人生断断续续，零零碎碎。它们使叔叔人生中有一部分时间做了旁观者，而叔叔对这段旁观者部分的时间却给予了莫大的重视和期望，将其余部分反倒忽略了。按我们的话，叔叔是以积极认真的态度，过一种虚无的生活。我们尽管对叔叔的出国旅行做此种批判，这却不妨碍我们积极地要求也来一次或几次出国旅行，因为旅行是人生一大乐事，尤其是公费国际旅行。

在这种国际旅行中，叔叔有否发生过情爱的故事，是我们经常议论的话题。在叔叔所写的观光文章中，有过几位使叔叔怀有亲切心情的女性。她们中有一位是台湾的作家，一位是香港的作家，另两位是从事汉学研究的德国人和美国人。这些女性全是能够操纵汉语的，从而也可使我们想象，如不是语言的问题，叔叔是可获得更多的情爱的机会与可能。语言的问题使叔叔情爱的范围缩小了。叔叔以他热情的笔调描写这些女性，以及他和这些女性间的友爱关系，怎样的你来我往，情意绵绵。在这些公开的友爱之下，是否还会有一桩刻骨铭心的国际恋爱呢？我们曾问过叔叔。叔叔既没有说有，也没有说没有。他的态度模棱两可。然后他就向我们讲述以上那几位女性的故事，以此说明，他与她们的情谊其实已很深了。然而，这些交往总给人萍水相逢的飘浮之感。我想，假如我一定要讲述一个国际恋爱的故事，这便是故事的基础了。

现在，我要来讲一个想象的故事了，这是关于叔叔和一个外国人的情爱的波折。我将根据我已有的叔叔的材料，尽可能合理地想象这个故事，使其不至离题太远。关于叔叔的叙述到了这里，我非常需要这一个想象的故事，否则，叔叔的故事就不完整了，对于我们讲故事的人来说，无疑是个很大的遗憾和失职。我决定让那个德国女孩来充当这个角色，因为这个故事我用以强调的是民族的隔离感以及民族的孤独感，日耳曼民族将比美洲新大陆的移民更好地担任这个任务。我想象这女孩有一副很纯粹的日耳曼血统的形象：皮肤白净，金发碧眼，神情严肃，她是某大学研究院的学生，正攻读博士，论文是关于中国古代哲学家朱熹或者柳宗元的。她虽专业于中国古代哲学，对中国当代文学也颇有兴趣，翻译过一些文学作品。在叔叔旅行德国的日子，正逢假期，她就为叔叔做陪同和翻译。她以德国人惯有的严谨认真的工作作风，博得了叔叔的好感。在那些座谈会和报告会上，叔叔机智幽默又锐利的言辞也使得这个女孩十分兴奋，这对她从书本上得来的温良敦厚的中国人印象是一个生动活泼的补充。叔叔的言辞也激发了女孩的灵感，使她甚至重新领会到她本国语言中的机智、幽默及锐利。她非常迅速地将叔叔的语言翻译成她的语言，这时的感觉就好像她也进入了一种美妙的创作状态。叔叔虽然不懂德语，可是那些热烈的反应却正是他所预期的，因此，他猜出女孩的翻译非常出色。这些报告会总是使他们兴奋不已，每每结束了还会谈论很久。每一次报告会上，叔叔穿了黑色的西装，女孩则是一袭白裙，端坐在讲台，给人们美好的感受。他们配合默契，各自发挥都很自如充分，获得了极大的成功。工作之余，他们也会谈论一些个人的事情，叔叔告诉女孩在中国的"文化大革命"中，人们悲惨的遭际，以及今天的思考与反省。女孩听得非常认真，严肃的神情中没有一丝轻佻的惊诧和浅薄的怜悯，有的只是对一个民族身受的灾难的尊敬的理解。然后，她说，在她的祖国德国，也曾经有过这样残酷的历史，那就是希特勒的时期。虽然那是在她出生之前，可是她的父辈却都是亲身经历。她说她却从未听过父亲们讲述二次大战中的遭际，这是他们的痛处，他们用四十年的时间去治疗它却也无法彻底痊愈。女孩的话使叔叔深受触动，他想：德国人的痛感是要比他本民族更为强烈，许多中国人将自己的伤疤视作光荣，这是一种什么民族习性呢？他将这个意思说了出来，女孩则认为是她的民族勇敢不够。两人讨论了很久，你驳斥我，我驳斥你，然后渐渐达到一致。这时候，叔叔和女孩都有一种感动的心情，他们觉得他们接触到了一个深刻的问题，并且在这问题上达到互相的理解。当时，他们都还没有意识到，其实他们对彼此理解的要求都是不高的：他们操纵两种语言的人，能够通话就已惊喜万分了。他们都没有意识到：他们为了对方听懂，是在用孩子一般的简单幼稚的语言通话。他们尽可能将各种复杂的思想简化，简化到可以用儿童语言交流为止。可是，在当时，他们的感动也是真实的。他们无形中将这种理解上升到了很高的境界。

他们觉得，他们不仅是个人对个人的对话，而是代表了两个多灾多难的民族的对话。这一次对话，无疑是加深了他们间的友谊。当他们离开了一个城市，去另一个城市进行旅行演说时，他们已成为好朋友了。他们各自背一个背囊，手里则提了西装的袋子，登上火车。叔叔心里不免会有一种登上国际舞台的心情，他想他的生活已是一种国际化的生活了，在这种生活中，他多么自如啊！他望着他的德国伴侣，尤其觉得骄傲。他觉得这一个德国女孩的友谊和理解就像一架桥梁，沟通了他和世界民族的关系。他已经融入了人类，而不再是一个经过长期隔离而离群索居的孤独的中国人。而叔叔也很明白这样的道理，就是人类性和民族性的对立统一关系，于是叔叔反比以往更坚持他作为一个中国人的某些特性，比如：喜欢喝茶，喜欢中国菜，喜欢中国诗词，弘扬老庄的哲学，他随身总带有一些中国民歌的录音带，汽车一上高速公路，他便插入一盘，顿时，中国的歌声响起在异国的土地上。

这一天，由于叔叔要看看托马斯·曼生活过的地方，他们从汉堡到了吕贝卡，又从吕贝卡去了海边小镇特拉沃明德。这是一个阴郁的黄昏，游人们都回家了。风呼啸着，海水显得非常苍凉。他们决定在特拉沃明德过夜，明天一早再驱车赶回汉堡。他们找了一家旅馆，要了两个单人房间。这是一个家庭旅馆，共有三层，底层是客厅，由于天气寒冷，壁炉里生着火，火光映着炉前波斯花样的地毯。他们懒得出去吃饭，就让房东做了些汤，吃了些面包和炸土豆条，然后就坐在炉前地毯上烤火。这里的黄昏特别长久，暮色总是那么明亮。客人们都去那游娱场玩耍了，房东也不在，客厅里只他们两个。窗外听得见风声和海浪的呼啸声，屋内却很温暖。叔叔忽然想到：我这是在哪里啊！他觉得像是一个梦境，又像是一帧图画。他们随便地扯了些闲话，两人都有些疲倦似的，谈话中的停顿很多。火光映着德国女孩细腻的脸颊，使她的表情柔和了许多。她穿了一件粉色的羊毛衫，脱鞋着一双白线袜，蜷腿坐在地毯上，背后靠了一个软垫。叔叔看了她一会儿，便想要去吻她。在叔叔产生接吻这个念头之前，他们也有过类似拥抱这样的行动，所以叔叔才会有接吻这样的念头。而其时，叔叔只是想接吻还是有更进一步的想法，接吻仅仅是开端的仪式，大约连叔叔自己也不甚清楚的。再则，叔叔想接吻是出于感情难以抑制的冲动，还是一种行为的有意味的选择，这也是连叔叔自己也不便向自己承认的。但是，叔叔这时候确实有了一个接吻的念头，叔叔当时并不知道这个念头会给他带来什么样的后果。他心里怀着悬念，便有些迫不及待了。他本来是坐在女孩的对面，即壁炉的另一侧，这时候，他便将自己的位置挪了过去，到了女孩的身边。他坐定后，先将手围住女孩的肩膀，如同他有时候所做的那样。女孩没有动，只是注视着火光出神。叔叔看着她垂着一颗红珠子耳环的耳垂，好像是在酝酿胸中的激情似的，他还看着她鬈曲的金发，凌乱地贴在脸颊上。然后，叔叔就用围着她肩膀的手扶住她的脸颊，让她和自己脸对着脸。女孩眼睛里闪过一丝惊惶与困惑的表情，但她立即以坚决的态度挣脱了叔叔的手，并且要站起来离去。其实，叔叔本可以拍拍她的肩膀，让她过去。这并没什么了不起的，不过是一场逢场作戏而已，其中并无多么重要的、要不得的内容。可是她的拒绝却使叔叔感到了难堪，几乎无地自容。这一刻里，叔叔甚至是后悔了，他想，他是多么愚蠢和冒失啊！同时，一种背水一战的心情攫住了他，他想，他反正是丢人了，于是，便一不做二不休地抱住了女孩。叔叔的动作由于紧张笨拙而非常生硬，大大地过了火，这使女孩以为面临了极大的危险，她奋力要推开叔叔，却推不开。女孩恐惧万端，却又无比高傲，她大声嚷了起来。情急中，她嚷的是德语，叔叔一句也听不懂。到了此时，其实还是有退路的，叔叔可以戏谑的、调侃的、像一个长者对幼者的，在女孩脸上亲一下，然后放开了她，就完了，事情就有收场了。可是，叔叔心里却充满了绝望，他觉着他完蛋了。他好像一个亡命徒似的，什么都不顾了。忽然间，对这女孩充满了刻骨的仇恨。由于这女孩固执的不服从，叔叔竟劈脸给了她一巴掌，紧接着，叔叔脸上也挨了狠狠的以牙还牙的一巴掌。女孩用德语说着些什么，他一句不懂。他看见这女孩忽然变成了一个陌生人，一个陌生的、高傲的、冷漠的外国人，他们之间丝毫不了解。叔叔不禁困惑地想：他们是怎样到得一处来的呢？女孩趁机抽出了身子，跳在一边，瞪着叔叔。叔叔看见了她的眼睛，她的眼睛里已没有恐惧的神情，却充满了厌恶和鄙夷的表情。叔叔突然破口大骂起来，他不知不觉中骂的全是他曾经生活过的那小镇里的粗话俚语，是那女孩从未学习过的，也是一句不懂。她狐疑地看着叔叔，觉得他也变成了一个陌生人，一个陌生的、粗鄙的、丑陋的中国人。叔叔使尽最刻毒的咒骂女人的话骂着，骂了个痛快淋漓。那女孩一扭头，跑上了楼梯，将卧室门摔了"砰"的一声响。叔叔还不饶不休地骂着，他好久没有这样骂人了，骂人的日子已经过去很远，恍如隔世。这时候，叔叔有一种时光倒流的感觉，他觉着自己好像又回到了很久的过去，重又变成那个小镇上的倒霉的自暴自弃的叔叔。他骂了好久才住口，站起身走过客厅，去到厨房，从冰箱里摸了一罐啤酒，再又回到客厅。他走起路来有些摇晃，酒醉了似的，脚底下被什么绊了一下，就跌倒了。他顺势躺在地上，脑后枕着垫子，两条腿伸开着，躺了个大字形。他一口一口地喝着啤酒，一会儿就喝完了一罐，头便有些昏沉。然后，他非常野蛮的，用脚趾头揿开了电视，嘈杂的声音顿时充满在安静的房子里，他什么也看不懂，却还哈哈地笑着。他有些装疯似的，心里却很明白，他觉得自己无可救药了，一无希望了，希望不知在什么地方被戳破了，希望原来像个汽球一戳就破，希望原来是个纸老虎，不堪一击！这是个无比黑暗的波罗的海的晚上，一个跨国界的波罗的海沿岸的情爱故事粉碎了，叔叔的梦幻破灭了。后来，叔叔躺在地毯上呼呼大睡过去，当他醒来时，天已黑了，客厅里没有开灯，电视已关了，角落的沙发上坐了一个白发苍苍却雍容华贵的老太太。她一动不动地坐着，叔叔想：她是在赌场里输了钱吗？然后又睡着了。他乏得很厉害，好像几百年没有睡过觉了似的。再一次醒来，他便嗅到了早餐室里飘来咖啡的香味。他这才起身上楼回到自己的房里，他的行李和刚到时的那样静静地立在房间中央，阳光照进窗户，他看见了海边沙滩上五颜六色的空着的帐篷。海边空无一人，旅游者还在路上呢！他头痛欲裂，想不起昨晚上发生过什么了。

这是一个可怕的夜晚,这个可怕的夜晚是用来提醒叔叔,告诉他:他其实是不幸的!可是这夜晚转瞬即逝了,没有成功。然而,这毕竟是一个序曲,或者说是引子。在距此不远的日子里,叔叔终究要明白他命运的真实面目了。叔叔明白他命运的真实面目的日子不远了,即将来临了。我已经将这个过程叙述得太久,有些失去耐心,这日子终于要来临啦!这最终的日子也是由一个孩子带来的,但这是一个中国孩子,一个男孩子,他的名字叫大宝。这时候,我才发现,我们几乎要把大宝遗忘了。在到此为止的叙述中,大宝总共才出现过寥寥几回:一是他的不被叔叔欢迎的出生;二是在叔叔的离婚事件中,他作为一项补偿条件为叔叔勉强接受;等到他第三次出现时,他已是一名青年了。

大宝没有考上大学。叔叔通过熟人给他找了份临时工的活儿干,说好干长了可以转正式工。铁矿离省城还有一小时的火车路,矿上有集体宿舍。叔叔这么安排是因为既对大宝尽了责任,大宝也不会妨碍他的生活。大宝是个沉默寡言的孩子,听凭父亲和母亲这样安排他的归宿问题,他不说一句反对的意见。他到了铁矿之后,从不和父亲联络。节假的日子,他也不往省城父亲处去,而是回小镇去看母亲。好像是有意避开父亲,他甚至不到省城搭火车,宁可乘长途车到另一个城市搭车。叔叔也好像有意避开大宝似的,过去有些时候还去铁矿走走,因为他是那边一本文艺杂志的顾问,如今却也一去不去了。渐渐地,他们父子就断了音信,他不知道大宝在那里做什么工作,工作得如何,有无转正的希望,内心也并不想知道,知道了又如何?知道一切都好,没什么;倘若不那么好,他又能做什么?因此倒不如不知道的好。他也不常和人提起儿子,当叔叔的离婚事件过去之后,人们多半记不起叔叔还有一个叫作大宝的儿子,以为叔叔是一个无牵无挂的单身汉。做一个无牵无挂的单身汉已成为时尚,我们中间的某些人,为此而不结婚,不成家,甚至也不工作,只写小说。他们不愿意在现实生活里肩负一点责任,责任使他们沉重,并且有失去自由的危险。而小说这一桩事,既可使他们在模拟中享受起伏跌宕的人生,又不必负责任,可避免伤筋动骨。但叔叔这一个无牵无挂的单身汉和他们是有着本质的区别。叔叔并不是像他们那样没有责任心，恰恰是相反，叔叔有着太重的责任心，他将责任这一桩事看得太重要，他将许多是他的或不是他的责任都揽到自己身上，以致彻底地被责任压倒，击垮。当他退下责任的舞台时，他感到怅然若失，于是，他便需要在一种模拟活动中承担责任，这模拟活动便是小说。因此，叔叔的无牵无挂之中有着一重失败的经验，而我们中的某些人却并没有。但是，叔叔和我们都没有充分意识到这区别，互相以为是做了同一战壕里的战友，找到了知音。所以，在内心里，叔叔是喜欢人们认为他是个无牵无挂的单身汉的。也因为这样，叔叔就愈加不提儿子大宝，也愈加不想儿子大宝了。大宝在叔叔的生活里又一次销声匿迹，保证了叔叔的自由。叔叔渐渐的，真的把大宝忘了。他似乎真的想不起自己有大宝这一个儿子了。他过着他的自由自在的生活，写着那些超脱于个人经验之上，俯瞰苍生的小说。有许多女孩以她们纯洁的爱情陪伴着叔叔，使叔叔不致彻底的孤单。他平均每年有一个季度的时间在国外度过，有此喧腾的生活做背景，写作的寂寞便也释解了许多。可是，就在这时候，在叔叔已经形成他崭新的生活方式的时候，在叔叔于他新型的生活方式中已找到节奏并适应的时候，在叔叔以为万事如意、高枕无忧的时候，却发生了一件事。

　　大宝得了肝炎，被矿山解除了临时工合同。他并没有告诉父亲，自己扛了铺盖回了母亲那里。叔叔是从大宝母亲的来信中得知这事的，他接信后就寄了一笔钱去，说给大宝养病，然后就再没有信来，叔叔以为这事就这样过去了，再没别的事了。他一点没有去想，大宝的病好了之后的事情，或者是大宝的病好不了之后的事情。大约是半年之后，大宝突然地出现在他的门前了。当叔叔看到这一个瘦弱的，脸色干枯，神情萎顿的青年站在他门前时，竟没有很快认出他来。他想：这是哪里来的文学青年呢？文学青年是叔叔这些年里所接触的唯一类型的青年。这类青年总是以学生和读者以及崇拜者的面目出现在叔叔的生活里，使叔叔以为所有的青年都很爱戴他。他看见一个青年站在门前，刚想问他从哪里来,那青年却递上来一封信。他认出了他前妻的弟弟的字迹,也就是他昔日的学生的字迹,凡是叔叔前妻的信,都是由他代笔的。他这才认出了大宝,脑子里却恍恍的,好像做梦似的。但是,有一个感觉则从这时便平地而起,伴随着以后的日子,这是一种不吉祥的感觉,一种灾祸的预感,这预感告诉他:他的好日子已经过到头了。他接过了信,嘴里却反复地说:"进来,进来,进来。"大宝经他反复邀请,才迟疑地举步。然后他又说:"坐,坐,坐,"大宝也是经反复邀请,才将半个屁股搁在椅子上,然后慢慢地转动头看父亲的房间。这是他第一次来到父亲的家,父亲的家看上去有点古怪,有一半东西是他看不懂的,那都是父亲从国外带来的日用品或者摆设。比如像大棒槌似的日本木头娃娃;比如没有写钟点的挂钟。父亲床上用的被褥不知怎么是粉红的,枕头、床单都缀有半尺长的花边,看上去花团锦簇,好像新嫁娘的床。大宝对了那床看了很久。后来,大宝对他父亲的仇恨,其实,都是从这一刻里由这张床引起的。这一年,大宝已经二十一岁了,在矿上做工时,耳朵里常听进一些关于男女间事情的粗话。所以,这时候,他心里想:父亲在这样的床上做什么呢?这时候,叔叔已经读完了信,他反复将这信读了两遍,才明白信里的意思,这意思是:大宝的病已好了一大半,让他回到父亲处再养养,同时,也帮大宝再找个省力的工作,因得过这场病后,做工是做不动了。叔叔将信搁在桌上,他感到头很痛,这是比他平时起床时间提早了两个小时的时间。他用两个大拇指按摩着太阳穴,按摩了很长时间。等他放下胳膊时,看见了大宝迅速逃开的眼睛。这使他产生一丝不快的心情,他觉得大宝在窥伺他。他还看出了大宝有一种委琐的神情。他就像大宝刚出生的时候那样,又一次想到:这孩子与我有什么关系呢?然后,他对大宝说:你休息一会儿,我去洗个澡,我们去吃早饭。大宝听见洗澡间里响起了水声,这水声不知怎么会使他产生一些猥亵的联想,他想:为什么要早上洗澡呢?

　　关于叔叔和大宝见面的情节,是由我根据后来发生的事情,想象而成的。后来发生的事情提供了很大的想象的余地,足够很多人编很多故事。我的故事马上就要接近最重要，也是最高潮的段落，所有的准备都按我预先的布置做好了。这故事看起来不像是叔叔的故事，倒像是我策划的一个阴谋，这个阴谋就是叔叔的命运的真实面目。叔叔走出了很远，最终却还是堕入了他命运的真相的陷阱。为了逃避厄运的阴影，叔叔做了偌多的努力。所有的人，包括叔叔自己，都以为叔叔是个幸运的人。命运为了模糊叔叔的视听视觉，造成误会，不惜给予了叔叔偌多年的幸运。这样做又好像是蓄意要在叔叔最不防备、最最大意、最最歌舞升平的时候，给予致命的一击。那偌多的幸运，不过是苟且偷欢，不过是一段插曲。可这一段插曲是多么激动人心，令人鼓舞，使人陶醉。最近的哲学要我们相信瞬间的意义，告诉我们历史由瞬间组成，每一个瞬间都是真实的，我们只须尽情享受这片刻的快乐和含义。可是叔叔这一代人已将瞬间与瞬间联成因果的锁链，拆链子的工作是应由另一代人来完成的。叔叔已无法面对独立的瞬间，叔叔的不幸的瞬间有着巨大的覆盖力，它将所有快乐的瞬间覆盖。因为不幸的瞬间是命运，是宿命，是逻辑；而幸运的瞬间是沙上的城堡，是海市蜃楼，是逻辑里美丽的歧义。叔叔终于说：原先我以为自己是幸运者，如今却发现不是。发现不是的这一天我们马上就要接近了，但我们还须耐心，其间还有一些来源于想象和推理的细节。这是我们编故事的人最容易激动又最容易性急的时候了。而我一直以为自己是快乐的孩子，却忽然明白其实不是的这一日情景陡地回到眼前，我重又经历了心如刀绞的日子。这痛楚使我体验到了叔叔的痛楚，叔叔的故事从我的故事上历历地走过，使我的个人情感的无聊的故事有了意义，这就是我们讲故事的人通常所要做的。

现在，我故事使用材料的选择范围越来越窄，许多种可能和机会都排除了。故事已经到了这样的地步，它自己已具备了发展的动力，不允许任何犹豫不定和模棱两可，它只有一种选择了，无论对与错，它已别无选择。

现在，大宝和叔叔坐在了一家新开的餐馆里喝广式早茶了。叔叔总是对大宝说"请"啊"请"的，使得大宝拘束不安，每件点心，只略动动筷子便停下了。叔叔想到他的肝病还没有全好,也就不硬劝了。吃到快结束的时候,叔叔问大宝对今后有什么打算,大宝低了一会头,才说:就按母亲信上说的办。叔叔又问,大宝自己的意思是想做个什么工作呢?大宝先不说,后来经不起叔叔再三问,才说:要能到父亲单位里谋个坐机关的事就好了。这回他虽然没提母亲的名义,叔叔却听出这明显是他母亲教导的口吻,就说:本机关是不好说了,这样的单位,连大学毕业生都难进来啊!不料大宝却紧接着说:大学毕业算得上什么?像父亲这样的身份,一旦开口人家万难回绝的。大宝的话使叔叔很吃惊,他没想到表面木讷委顿的儿子有这样敏捷的应对,说话又很世故。更使他意外的是,儿子虽说多年不照面,看来对他却还是相当注意的。叔叔心里像梗了一件东西,很不舒服。停了一会儿,才回答说:正是这样,自己就不能轻易开口而使别人为难了。这一回,大宝没再说什么,可是叔叔却从他脸上看出一丝不相信什么的表情。然后他就叫小姐过来结账,说,走吧。走出餐厅,他把钥匙交给儿子,说他要去单位开会,请大宝自己回家去休息吧!父子二人在街上分了手,各自朝各自的地方走去。

这天上午,叔叔到单位的时候,人们刚刚来上班。见他来,纷纷问他是不是有什么事情。因为他平时是不来机关的,甚至有的领工资的日子,他也不来,而是在下一个领工资的日子里,一起领走。他的信件在传达室里专门放一个格子,直到放满,便用尼龙纸绳捆扎一下,请人骑车送到他家。所以,这时候叔叔突然到了机关,人们就很新鲜。叔叔坐在那里和大家聊了一会儿天,就说要走,他没有告诉别人关于他儿子的事情。他到传达室将自己的信件领走,然后就到了街上。他先在街上很自信地走了一会儿,接着就犹豫起来,他想不出他应当去什么地方。有一时,他恼怒地想到:儿子把他从自己家里赶出来了,他倒变得无家可归了。然后,他就往我们的一个朋友家中来了。应当说,这朋友见叔叔突然上门是很奇怪的。因为平时都是我们上叔叔家去,如要上我们这些人家里来,一定是事先邀请的。所以他第一句话就是:有什么事吗?叔叔被他问得有些难堪,但很快就镇定下来,微笑着说:没事就不能来吗?

我们那位朋友这时刚从被窝里爬出来，邋邋遢遢的很狼狈。房间里没开窗，一股烟味和脚汗味，十分难闻。叔叔只得坐在满地烟蒂当中一张破椅子上，等待他到洗手间梳洗。他一个人坐在这乱糟糟的房间里，心里感到非常委屈，他想：一觉醒来他成了一个无家可归的人了。等那朋友从洗手间出来，叔叔就说：咱们上谁谁家去吧。这也是我们中间的一个朋友。于是，叔叔就坐在那孩子的自行车后架上，去往另一个朋友家。就这样，一共召集起有男男女女的五个人，时间已到中午了，叔叔就提议去吃火锅。我们这一行人是打家劫舍惯了的，听有人要请客，一个个都很踊跃。到了餐厅，叔叔对大家说：你们点菜，我去一下厕所。其实叔叔并没有去厕所，而是悄悄去打了个电话，告诉大宝他的会半天开不完，下午还要接着开，中午不回家吃饭；他呢，可以到楼下街口铺子里吃，也可以自己做着吃，冰箱里有鸡蛋什么的。电话里只听大宝嗯了一声，就挂了。这顿午饭，我们直吃到下午三点，我们谈论的话题主要是艺术的形式的问题，我们的谈论一直横跨了从文艺复兴至今天的五六个世纪。当时，我们谁也没有注意到叔叔的表情有什么特异之处。他和平时一样地吃，一样地喝，一样地发表具有总结意义的观点，当我们欲罢不能的时候，也如往常那样，提出到好就收，大家便起身散席。就在出餐厅的路上，叔叔却又提议去谁家喝咖啡。过后，我们回想这天，才发现叔叔确是没有地方可去的样子，和平日里谁想留他谁也留不住的情况判若两人。这天，我们就到了我们中间某一个住房比较宽敞的朋友家中，冲了咖啡，还去买了烧鸡大肠什么的，一聊聊到了晚上十一点。这是非常痛快的一天，过后，谁也记不得事情是怎么发起的，我们只有经过慢慢的回忆，调查，才想起事情的起源。下午四点多钟的时候，叔叔倚在沙发上睡着了，打起了响亮的鼾。主人给他盖了一条毛毯，依然大声聊我们的，却并没有把叔叔吵醒。他这一觉直睡到了六点，天已黑了，因为这是一个昼短的冬日。叔叔躺在人家的破沙发上，睁开眼睛，看着窗外深蓝色的天空，有一会儿心里非常静谧。房间里烟雾腾腾，暖意融融，争吵声此起彼伏。叔叔静静地看着我们，觉得这一个时刻又和平又安宁。

夜里十一点钟，叔叔终于一个人走在回家的路上。他流浪的一天过去了，他终于要回家了。这时候，他想起了大宝，他想起大宝在他的家里等他呢！这一晚，他们怎么睡呢？难道他们父子就睡在一张床上？不行！叔叔断然否定了这个方案，他是无论如何不能和大宝睡一张床的。当然，他和谁也是无论如何不能睡一张床的，他在心里又补充了一句。这时候，他才开始认真考虑如何来安排大宝了。一旦想起必须要为大宝在省城找工作，他便觉得一阵心烦，他决定还是去和铁矿商量，给大宝安排一个轻松的工作。他回到家里时，大宝还没有睡，给他开了门，然后便闪在了一边。他说，大宝，你睡客厅的沙发上吧。大宝没吭气，他就抱给大宝枕头被子。他又说，大宝，你去洗洗吧。大宝就说，你先洗。他没再推让，洗过之后径直上了床，进卧室门时，他考虑了一下，是否要锁门。他想他如不锁门会睡不好，可是又觉得要锁了门，就太见生分了。所以他就没锁。他躺进被窝之后，才发现自己这一天过得又疲乏又紧张，浑身骨头酸痛。他还觉得这夜晚的时间非常宝贵，他可以不与大宝相对，他可以一人独处了。他生怕很快就会天亮，感到夜晚的时间已经不多了。想到这里，他又是一阵紧张和烦恼。他听见大宝进了洗澡间，有放水的声音。大宝在洗澡间里呆了很久才出来。第二天早晨，叔叔上厕所时，闻到厕所里有劣等香烟的气味。这一晚上，他们父子在一个屋顶下，相安无事地度过了。

　　第二天早上，叔叔把他昨天考虑的结果告诉了大宝，意思是还让他回铁矿上去，当然，这回要找一个轻快的事做。不料大宝很坚决地说，他不去矿上。叔叔不由一怔，停了一会儿，又说：铁矿是个大企业，国家级的，将来转正的可能性会比较大。可大宝还是说：他不去矿上。叔叔有点恼怒，就问为什么不去。大宝说，好马不吃回头草。叔叔不觉又好笑起来，说，这算是个什么理由！可是大宝很坚决。叔叔这才无比惊愕地发现，大宝是有自己的意志的，尽管这意志很荒唐，带了一股乡里人短见识的冥顽不化。这使叔叔明白无论怎么多说都是无效的。他有些气急败坏，一甩手就走出了家门，在街上闲逛着。其实，叔叔本来并不是一定要大宝回铁矿的，这也不是他想叫大宝回就能回得了的，这只是许多种尝试中的第一种尝试，叔叔本不必过于坚持。可是一经大宝这样固执地回绝，叔叔忽然就觉得大宝是非去铁矿不可了；叔叔觉得假如大宝不去铁矿，就再没有第二条出路了；大宝没有出路，他便只能在街上游荡，他也就没有出路了。一时间，铁矿成了叔叔和大宝两代人的出路，大宝不去铁矿，他们两代人的生活就都给毁了。他气恨恨地在街上走着，同时还思量着，要去哪里。他想着想着，就走到我们中间的另一个朋友家里。后来我们曾经设想，假如这天我们那朋友没有出门，而是在家，留住叔叔，再像前一天那样度过很快乐的一天，直到晚上，也许叔叔的火气平息了，思想也转变了，事情就会是另一个样子。可是，偏偏我们这位朋友一大早就出门了。他从来是傍晚才起来，才开始一天的生活的。可是这一天他偏偏一大早就出门了，为了一件极无聊的事，去买一件T恤衫。他不知怎么想起来要去买一件T恤衫，其实，这远远不是穿T恤衫的季节。叔叔碰了锁，只得又回到街上。碰锁使他非常沮丧，他想，他的生活全叫大宝搅乱了；他想，由于大宝的到来，他只能过这样狼狈的生活，这样颠沛流离的生活。他忽然就转过身，往回走去。他一进门就对大宝说，他还是要去矿上。大宝还是说不去。叔叔再没料到大宝是那样难打发，他心里充斥了一种失败感，并且击败他的对手是他根本没放在眼里的一个对手，这使他又平添了一层怒气。他对大宝说，他是不求人的，为了他大宝已经破了例，他大宝不应当再有过分的要求；他本来也并没有欠下他什么，是他自己没考上大学才招来这一连串的麻烦；他对他的责任尽到此也尽得足够了，他不应当再妨碍他了；而他现在已经很妨碍他了，他没法在家里写作了；单位里分他这套房子，不仅为了他的生活，也为了他的工作；可是，他现在无法工作了。叔叔忽然变得非常琐碎，非常啰嗦，娘们似的。他喋喋不休地说着这些，一直说了很长时间。然后，大宝就站起身走了出去。这一天，是大宝在街上度过的。可是这并没有换来叔叔的平静，他反而更气恼了。他正吵得劲时，对手却忽然跑了，这使他一肚子火气没了地方发泄。他手插在裤兜里，在三间房里走来走去，好像一头困兽，他想：大宝你走了，还能不来了吗？他想：大宝你有种一去不来了倒也好了！他还想：大宝你要不来了，我算服你了！这天他在家里没有写一个字，情绪非常糟糕。到了下午，他所喜爱的一个女孩来看他，可是，他的心情是那么糟糕，什么事也没干成。那女孩走了以后，叔叔想，他还能干成什么事呢？他这时发现大宝已经将他生活的基础颠覆了，他想：大宝一个青年如何会有这么大的破坏力呢？他想，大宝的事情一定要尽快解决，这是刻不容缓的。于是，他便等待大宝回来，好与他再进行一轮争执。可是大宝却迟迟不归。叔叔的等待便越来越焦躁了。他想：大宝你以缺席不到庭来与我抗争啊？夜里十二点以后，大宝才回来，叔叔已经睡了。大宝看见叔叔留给他的字条，上面写着：大宝你必须去铁矿，这是我唯一能为你做的，否则你就回你母亲那里去！大宝将字条团了，然后就也睡了。这一晚，他们父子在一个屋顶下，又相安无事地度过了。

第三天，叔叔和大宝都没吃早饭，他们直到中午才起床，叔叔正在心里紧张地筹划怎样再一次对大宝开口，不料大宝却先对他说话了，他向叔叔要几块零花钱。他的要求使叔叔明显感觉到挑战的意味，他冷冷地说：要钱做什么？买烟？当时大宝没再说话，叔叔也没有掏出一分钱给他。两人各在一间屋里，一直到天黑，两人在厨房里又碰到了。大宝还是说，要几块零花钱。叔叔发现大宝的执拗，叔叔的执拗也上来了，他说没有。两人草草弄了些饭吃，又各自到了一间屋里，此后就再没说话。第三天也过去了。

我们是在事情发生以后再去设想大宝的心情的。如同后来大宝自己说的那样：他原本是不愿意来父亲处的，他和父亲毫不亲近，父亲又是个"大名人"——这是大宝的原话；可是母亲却一定要大宝去省城，并且，为了怕大宝退回来，她采取了断大宝后路的办法，她不给大宝一块钱，只让大宝去向父亲要。她深知大宝是个懦弱的孩子，不这样的话也许他第二天就跑了回来。大宝便是在背水一战的处境底下来到父亲这里的。在他举手敲父亲家门之前，他已在火车站停留了三个小时。火车是半夜到的，他想半夜里去敲父亲的门是很不合适的，于是他就坐着等待早晨的到来。等待天亮的时候，他心里茫茫然的，对此行的前景一无所料。他想不出父亲会怎么对待自己，他也想不出人怎么还会有个父亲，如果没有父亲的话，母亲就不会把他赶出来了。他想他所以被母亲这样赶出来就是因为有个父亲的缘故。而他又惯于服从母亲。他知道这世上唯有母亲一个人疼他。父亲呢？有和没有是一样的。所以他不能反对母亲，也所以，他没看见父亲的时候对父亲已有了成见。天亮之后，他慢慢地走在街上，拖延着要去见父亲的时间。他想这城市那么大，大得大而无当，和他有什么关系呢？他所以要到这大得骇人的城市来，全是为了找他的父亲。他一时上觉得自己孤苦得要命，就像一个无家可归的流浪儿，非要去找他父亲不行了。和父亲见面的一刻使他又难堪又紧张。这一天吃过早茶后，父亲让他自己回家，其实他已经忘了家是在哪里，而且地址又留在家里，没在身上。由于紧张，他甚至忘记了来时的道路。可是他没有向父亲开口，他只是凭着模糊的记忆瞎走。父亲住的那片单元房子，是有几十幢楼，面目划一地站成几排。他走错了许多回，用钥匙去开人家的门，冒着被人当作小偷抓走的危险。后来，他终于找到了父亲的家，开进房间，人几乎虚脱。他一个人在父亲的家里待了一天，没有吃没有喝。虽然父亲中午来过一个电话，让他出去吃或者在家自己做。出去吃他没有钱，在家吃他不会弄煤气，也不知锅碗瓢勺的位置，父亲的东西他都不敢随便碰。而且他也并不觉得饿，他只想吸烟。烟卷是大宝唯一的伙伴。他也记不起究竟是什么时候结交的这位伙伴，有了它，大宝就有了安慰，有了指靠，做什么心里都有了底似的。在家时，母亲不让吸，他就偷偷吸。后来到了矿上，没人管束了，而且矿上没一个人不吸烟的，他也就放开了吸，瘾就大了。再回到家里，瞒也瞒不住。反正母亲面前他就不吸，等到了母亲背后他再吸。而母亲见了他手指上蜡黄的烟油印，也知他戒不了，便睁眼闭眼由他去了。渐渐的，他没饭可以，没烟却不行了。这一天他就是凭了吸烟度过的。夜里，他在父亲的沙发上几乎一宿没睡，他想这才只一天，往后的日子怎么过呢？父亲究竟打算怎么安置他，怎么打发他。他又想到自己的病，心想年纪轻轻的有了这病，要养过来还好，养不过来呢？照这样在父亲家，熬也要熬死了，还养什么病呢？他越想越绝望，躺在窄窄的沙发上，翻身都不敢，怕把父亲的沙发压陷了，就这样到了天明。这已是两个夜晚没有好好睡了。第二天一早，父亲就说让他回铁矿的话，回铁矿违背了大宝做人的原则。他虽然二十年来卑微得像根路边的野草，可也是有原则的，这原则也是轻易不可违背的。当父亲出去一趟再又回来，再一次要他去铁矿时，他内心可说是有一些悲愤交加了。他想他母亲非要他来找这他不情愿来找的父亲；他父亲非要他去他不情愿去的铁矿，他简直没有路可走了。后来，他到了街上，在街上胡乱走了一遭，最后又来到了火车站。他非常想回母亲那里，却没有钱，他烟也断顿了。脑子昏昏沉沉的不好使，且又饥肠辘辘。他心里开始恨父亲了，他想他父亲一人住了三间屋，睡那样新嫁娘睡的床，用的使的都是那样高级，连名都叫不上来。他想他父亲过得这么好，他却只能坐在火车站里，大宝不禁流泪了。就这样，大宝在火车站里度过了他挨饿的第二天。到了第三天，大宝有些支持不住了，他的身心都已临了崩溃的边缘。他迫切需要烟卷，以保持镇定。生性怯懦的大宝便向父亲开口要钱了。在他心里，隐隐的还有一个更加怯懦的念头，那就是假如父亲给了他钱，他也许就妥协，同意回铁矿去。他在心里暗暗的用烟卷和原则作了交易。可是父亲一口拒绝了这桩买卖，连商量的余地也没有留下，大宝真正绝望了。这是大宝在父亲家里度过的第三天。

第四天上午，刚吃过早饭，就听见有人敲门。大宝本不打算去开门的，因为他晓得来人不会是来找他，可是叔叔刚进了厕所，门又敲了一阵，大宝只得去开门了。却见门口站了一个女孩，很苗条的身材，脸白白的，眼黑黑的。大宝低下了头，不敢看她。她好奇地看看大宝，自己进来了，从大宝身边过去时，肩膀轻轻地擦了一下大宝胸脯的地方。那女孩自己就跑进了叔叔的卧室，对了大镜子左顾右盼地照着。大宝坐在对面的客厅里，从半开的门缝里觑着她。过了一会儿，叔叔从厕所出来了，进了卧室，把门关上了，大宝就什么也看不见了。叔叔的房门整整一上午都关着，里面偶尔传出说话声和笑声。大宝坐在房门外面的客厅里，坐了整整一个上午。我想，这一个叔叔所喜爱的女孩在这一个时候到来，对以后发生的事情是应当负一定的责任的。这在某一种程度上刺激了大宝，使大宝的情绪狂躁起来。已经长大的、在矿里听了许多男女间的下流故事的大宝，对卧室里的情景一定产生了许多猜测。从这些猜测出发，大宝还会产生出许多疑问。他想：父亲却和一个与自己一般大小的女孩关上房门做那样的事；他想：那女孩是谁家的女孩呢？他接着还会想：他大宝至今还没沾过女孩的边呢！他们父子两代人的生活真是有天壤之别啊！到了中午时，父亲的房门终于开了，那女孩走出来了，走过客厅时，瞥了大宝一眼。大宝看出这眼睛里有一层轻蔑他的意思，使他自惭形秽。此后一整个下午，他都是在这自惭形秽的情绪里度过的。父亲的一切都使他自惭形秽，他觉得自己像个叫花子似的，在这里坐了一天又一天，坐了一夜又一夜，依然没有钱买烟。大宝的情绪开始变得骚动不安起来，而叔叔却一无觉察。

叔叔决定采取冷战的办法使大宝屈服。他想如若他让了一次步，就会有第二次让步，他会步步妥协，而大宝则步步紧逼。他已逐渐镇定下来，并且有了耐心，决定打一场持久战，他决定在这房子里如从前那样生活，有没有大宝都一个样。他照常读书，写作，接待女孩，只有这样，他才可最后赢得这场旷日持久的战斗。每当他从自己房间出来，看见客厅里坐着大宝，就觉得这大宝不是大宝，而是他过去的女人，用来要挟他的一个武器，一个象征物。他过去的女人，竟企图用他过去的生活遗迹来要挟他，他必不能让她得逞。所以他就更做得潇洒，进进出出，有时还吹着口哨。他一点没有发现，危险正在悄悄地逼近他，他已经危机四伏了，而他一点察觉也没有，兀自走来走去的。

叔叔有意冷落大宝的战术已被大宝体察到了。他激动不安地想：他为什么不来与我说话？他什么时候再来与我说话呢？他等待父亲来与他说话，等待使他骚乱不已，他手脚冰凉，微微哆嗦着。他好像一头落入陷阱的小兽，没有人来救他。有一两次叔叔进屋没有把门关严，他从门缝里看见叔叔倚在那张粉红色、荷叶边垂地的新嫁娘的床上，悠然自得地看一本书。狂躁的情绪逐渐地高涨起来，他觉得这父亲不再是父亲，而是他大宝的克星，他大宝的克星在奚落他呢！他大宝二十多年的一生就是受奚落的一生，至今还没有得到一点补偿。危险来临了，大宝对这危险是有预感的，可惜他的头脑还不能够破译这危险的预感。他手脚打着颤，脸上却露出了奇怪的笑容。

　　如果大宝的母亲在场，她便会发现这父子俩全都有在绝望的时刻露出微笑的特征。这不知来自于一种什么意义的遗传，在这样的时刻，他们父子竟有着惊人相似的面容。

　　这时候，没有人意识到危险的来临。他们甚至还在一起吃了一顿午饭和一顿晚饭。然后，天就黑了。叔叔打开了电视机，他们父子一人坐了一个角落地看电视。电视的节目演了一个又一个，大宝忽而又焦急地想：他什么时候与我说工作的事情呢？他觉着他挨不到明天了，因为今天与明天之间，还隔了一个迢遥的黑夜，他挨不过去了。可他又不能自己先说，大宝觉得自己是抢不了父亲先的，他只有等待。当电视最后的节目演完，屏幕上出现了"再见"的字样，叔叔懒洋洋地站起身，关了电视，往自己房间去了。大宝绝望地想道：他再不会与自己说工作的事情了，他想他的等待再不会有结果，而最后一个机会也过去了。最后刺激大宝对父亲的仇恨的，是叔叔在洗脸间里的刷牙声。牙刷在丰富的泡沫中清脆地响着，响的时间非常之久。大宝站起身，走到厨房，拧亮电灯，四下里看着，许久他也没有明白他是在找什么。后来，当他的眼睛无意地落在了他要找的那东西的上面，他才明白。他将他要找的东西握在手里，掖在衣服底下，回到了他日夜栖身的客厅沙发上，然后关了灯。

　　大宝躺在黑暗中，等待叔叔睡着。他以为他已经等待了很长的时间，他以为黑夜已经在他的等待中过去了大半，黎明的时刻即将来临，他以为这正是人人进入梦乡的万籁俱寂的时刻了，他悄悄地站了起来，手里紧握着那东西，那东西已被他的身体暖成温热的了。他的心里忽然变得轻松了，甚至有几分愉快，长久的等待终于要实现了似的。他轻轻地走过走廊，来到了叔叔的卧室门口。他停了停，然后脱了鞋，这样可以使脚步轻得像猫一样。他推开了门，却被门内的光亮眩了眼睛。他没想到这时屋里还大亮着灯，他父亲正站在床边，整理着枕头，准备上床，当他回过头，略有些惊愕地张了嘴，看着大宝时，他口腔里牙膏的清凉的气息，散发在了空气里。大宝朝着叔叔举起了手里的东西，那是一把刀，不锈钢的刀面在电灯下闪着洁白的光芒。叔叔怒吼道：流氓！随着这一声怒吼，大宝的头脑似乎一下子清醒了，他刹那间明白了，他从小到大所吃的一切苦头，其实全都源于这个男人。他所以这样不幸福，他所以这样压抑，这样走投无路，全都源于这个男人。这个男人现在好了，可他却还在受苦，他多么苦闷啊！他的没有工作、没有前途、没有买烟的钱，他失去了健康的身体，全源于这个男人。他把刀向这个男人挥去，这个男人避开了，并用一只手握住了他的手腕。

　　叔叔握到了大宝的手腕，心里升起了一个念头：这个孩子竟要杀他了。叔叔看见了这个孩子因仇恨而血红血红的眼睛，他想：很多孩子爱戴他，以见他一面为荣幸，这个孩子却要杀他。叔叔看见了这孩子的瘦脸，抽搐扯斜了他的眼睛，两个巨大的鼻孔一张一翕着，嘴里吐出难嗅的腐臭的气息，他无比痛心地想道：这就是他的儿子，他的儿子多么丑陋啊！而这丑陋却是他熟悉的，刻骨铭心地熟悉的，他好像看见了这丑陋的面孔后面的自己的影子，看见了这张丑陋的面孔就好像看见了叔叔自己。叔叔不忍卒睹地移开了目光，为了把全身的力量都聚集在手腕上，而咬紧了牙关。

　　大宝为了挣脱手腕而扭曲了身体，他的手腕在父亲的大手里蛇一般地扭动，那把切西瓜的大刀便甩过来甩过去，闪烁着光芒。他们僵持了很久，双方都消耗了体力和耐心。疲惫的感觉似乎更加激怒了大宝，他狂暴地挣扎着，叔叔一个不防备，竟被他挣开了手去，随后他便不顾一切地朝叔叔横劈一下，竖劈一下，有一下劈到了叔叔的手臂，流血了，血滴在地毯上，转眼变成酱油般的褐色斑点。滴血的时刻忽然使叔叔想起大宝出生的场面：一轮火红的落日冉冉而下，血色溶溶，男孩呱呱落地。血液冲上叔叔的头脑，叔叔怒火冲天。他有些奋不顾身，大抡着手臂朝大宝揍去，大宝头上脸上挨了重重的几下，鼻子流血了。叔叔凛然的气势压倒了大宝，大宝的狂暴由于发泄渐渐平息，他软了下来，刀掉在地上，然后他就咧着嘴哭了，鼻血流进了嘴里。叔叔像个英雄一般，撕下一只睡衣的袖子，包扎好手臂上的伤口，大宝的哭声使他厌恶又怜悯。伤了一条手臂的叔叔极有骑士风范，可是他刹那间想起：他打败的是他的儿子。于是便颓唐了下来。将儿子打败的父亲还会有什么希望可言？叔叔问着自己。这难道就是他的儿子吗？他问自己。大宝蜷缩在地上，鼻涕、鼻血，还有眼泪，污浊了面前的地毯。叔叔忽然看见了昔日的自己，昔日的自己历历地从眼前走过，他想：他人生中所有的卑贱、下流、委琐、屈辱的场面，全集中于这个大宝身上了。这个大宝现在盯上了他，他逃不过去了，他躲得了初一躲不了十五！这一夜，叔叔猝然地老了许多，添了许多白发。他在往事中度过了这一夜，往事不堪回首，回忆使他心力交瘁。叔叔不止一遍地想：他再也不会快乐了。他曾经有过狗一般的生涯，他还能如人那样骄傲地生活吗？他想这一段猪狗和虫蚁般的生涯是无法销毁了，这生涯变成了个活物，正缩在他的屋角，这就是大宝。黎明的时刻到来得无比缓慢，叔叔想他自己是不是过于认真，应当有些游戏精神，可是，谁来陪我做游戏呢？

　　这一个夜晚，我们都在各自家中睡觉，睡眠很香甜，睡梦中日转星移。我们各人都遇到了各人的问题，有的是编故事方面的，有的是情爱方面的，我们都受了些挫折。在白天里，我们受挫折；黑夜里，我们睡觉。我们甚至模糊挫折和顺利的界线，使之容易承受。我们将这两个截然相反的概念换过来换过去，为了使黑暗在睡眠中安然渡过。我们这样做不是出于经验的教训，而只是懒惰。可是叔叔渡不过这黑夜了，叔叔无论怎样跋涉都渡不过这黑夜了。叔叔是这世界上最后一名认真的知识分子，救救孩子的任务落在叔叔的肩上。

　　叔叔一夜间变得白发苍苍，他想，他再不能快乐了；他想，快乐，是几代人，几十代人的事情，他是没有希望了。被践踏过的灵魂是无法快乐的，更何况，他的被践踏的命运延续到了孩子身上。那一个父与子厮杀的场面永远地停留在了叔叔的眼前，悲惨绝伦。孩子不让你快乐，你就能快乐了吗？叔叔对自己说：孩子不答应让你们快乐，你们就没有权利快乐！叔叔对自己说：孩子在哭泣呢！叔叔几十年的历史在孩子的哭泣声中历历地走过，他恨孩子！可是孩子活得比他更长久。

我们是在这个夜晚过去很久以后，才隐约地知道。对此叔叔缄口无言，可是俗话说世上没有不透风的墙，渐渐的，我们就知道了。我们大家一起来设想这个场面，你一言，我一语的，将它设想成哈姆雷特风格的雄伟的图画，我们说这是一场惊心动魄的悲剧。我们已经习惯了以审美态度来对待世界和人，世界和人都是为我们的审美而存在，提供我们讲故事的材料。生命于我们只是体验，于是，一切难题都迎刃而解，什么都难不倒我们。我们干什么都是为了尝尝味道，将人生当作了一席盛餐。我们的人生又颇似一场演习，练习弹的烟雾弥漫天地，我们冲锋陷阵，摇旗呐喊，却绝对安全。这种模拟战争使我们大大享受了牺牲和光荣的快感，丰富了我们的体验。然而，我们并不知道，我们的战斗力，我们的反应的敏锐性，我们的临场判断力，在这种模拟战争中悄悄地削弱。当危险真正来临时，我们一无所知。我们还根据我们的意愿想象这世界，我们的意愿往往是出于一种审美的要求。叔叔的那一个真刀真枪的夜晚久久不为我们理解，与我们隔离得很远。但是，叔叔的关于他发现了命运真相的新的警句在我们中间流传。有一天，在我的生活里，发生了一点事故，这事故改变了我对自己命运的看法，心情与叔叔不谋而合。这事故虽然不大，于我却超出了体验的范围，它构成了我个人经验的一部分，使我觉得我以往的生活的不真实。

为什么这事故能抵制了我一贯的游戏精神，而在心里激起真实的反映？那大约是因为这事故是真正与我个人发生关系的，而以往的事故只是与别人有关。我们是非常自私的一代，只有自我才在我们心中。我们的游戏精神其实是建立在个人主义基础上，无论是救孩子还是救大人，都不可使我们激起责任心而认真对待。只有我们真正的自己遇到了事故，哪怕是极小的事故，才可触动我们，而这时候，我们又变得非常脆弱，不堪一击，我们缺少实践锻炼的承受力已经退化得很厉害。这世界上真正与我们发生关系的事故是多么少，别人爱我们，我们却不爱别人；别人恨我们，我们却不恨别人。而我恰巧地，侥幸而不幸地遇上了一件。在这时节，叔叔的故事吸引了我，我觉得我的个人事故为我解释叔叔的故事，提供了心理的根据；还因为叔叔的故事比我的事故意义更深刻，更远大，他使我的事故也有了崇高的历史的象征，这可使我承受我的事故的时候，产生骄傲的心情，满足我演一出古典悲剧的虚荣心。我们讲故事的人，就是靠这个过活的。我们讲故事的人，总是摆脱不了那个虚拟世界的吸引，虚拟世界总是在向我们招手。我们总是追求深刻，对浅薄深恶痛绝，可是又没有勇气过深刻的生活，深刻的生活于我们太过严肃，太过沉重，我们承受不起。但是我们可以编深刻的故事，我们竞赛似的，比谁的故事更深刻。好比曾经沧海难为水似的，有了深刻的故事以后我们再难满足讲叙浅薄的故事。就这样，我选择了叔叔的故事。

叔叔的故事的结尾是：叔叔再不会快乐了！

我讲完了叔叔的故事后，再不会讲快乐的故事了。

一九九〇年八月二日沪

一九九〇年九月十三日沪

（原刊于《收获》1990 年第 6 期）

赌　徒

杨争光

一

　　脚夫骆驼拉着两匹真正的骆驼在戈壁滩上走着。他不时地吐几口唾沫。干巴巴的风不时扬起一股沙土，直往他的鼻眼里和牙缝里钻，他吐出来，它们再钻进去。它们让他的眉毛、胡子和宽板牙齿都变成了那种浑黄的沙土色。他嚼几下，牙齿间就会磨出一阵"咯噌咯噌"的沙子声。每一次上路的时候，他都要挨个儿拍拍两匹骆驼软乎乎的厚嘴，说："咱上路吧。"这回也一样。"咱上路吧。"他说，他们就上了路，就走进了戈壁滩。两匹骆驼用那种居高自傲目空一切的眼神看着前面，迈开了蹄脚。路是熟路。

　　"呸……呸！"他吐着嘴里的沙土。

　　天像个瓦盆。在这种走几天见不着村庄见不着人影的地方，天就是个瓦盆。你以为你用不了多久就可以走到天尽头,可是,你耐着性子走吧,天永远是个瓦盆,你永远在瓦盆的正中哩。清一色的沙土,一堆又一堆骆驼草像石头一样往眼窝里砸着。

"呸!"他又吐了一口,"人说坐在井里天有瓦盆大,睁着眼胡说哩。走在路上天也是瓦盆大。"他说。没人和他说话他就一个人自言自语。

"这不是在地上走哩,这是在月亮上走哩。狗大个人影也没有。"他说。

"噢么,"他说,"没人和你说话你还憋死不成?你不和你自个儿说话你和石头说去?石头又没耳朵。骆驼有耳朵哩,骆驼是畜生。你好好一个人你和畜生说话?"

然后,他就想甘草。他总能想起她。他要甘草的身子,甘草不给。他说甘草你就给我吧我想。甘草看他一眼,不恼也不笑。他说甘草你看你我等了这么多年。甘草抿嘴笑着。甘草说你个没成色的吃着碗里想着锅里。他说甘草你胡说我一口也没吃,你怎么说这话?难道我吃了?你说我吃了?甘草说我给你缝缝补补,生的做成熟的,你还说你没吃。他鼓着眼珠子说那能叫吃?那不叫吃。甘草说把身子给你,八墩怎么办?

"八墩是个毬毛!"他说。

他不愿提起八墩,他恨不得把八墩掐死。他想总有一天他要用半截砖头把八墩的头砸成烂泥塞进炕洞里,和炕灰搅和在一起,让人看不出哪些是八墩的烂头肉哪些是炕灰,或者扔在粪堆顶上,让狗叼着满街转。他驴日的吃白食,还要和甘草睡觉。

"他是个毬毛!"他说。

甘草看他一眼,依旧抿着嘴笑。他说甘草你让我摸摸,你不让我摸我就羞死了,村上人都说我和你睡哩,可我连摸也摸不成。甘草说:"一下?"他说:"两下。"甘草说:"一下。"他说:"一下就一下。"他就摸了甘草的奶子。他的手心里像钻进了虫子。甘草说行了行了够了。他说不行我还想摸一直摸到天亮你说摸一下又没说多长时间。甘草摘开了他的手。甘草就是这么个人。甘草只和他好,不和他睡。她和八墩睡。

再长的路,一想女人就变得短了。骆驼感到他的心像软肉一样泡在热水盆里，手指头上一满是捏着甘草胸脯上那两堆奶子时的感受。

"隔着布衫哩，咦，要是没布衫隔着，咦！"

他想不出那样他的手指头会有什么感受。

"咦——"他把两排结实的宽板牙齿咬在一起，接连咦出来一串声音，然后，把灌进嘴里的沙土远远地吐了出去：

"呸！"

他看见那一团浑黄的唾沫落在了一堆骆驼草上。草猛烈地抖了一下，抖起来几缕干燥的烟尘。

"这是在月亮上走哩。"他说。

要不是甘草，他就不走这条路了。他就走得远远的，随便走到什么地方。人不能让尿憋死。可人有时候就让尿憋死了。世上的好女人多着哩，怎么就偏偏舍不得甘草？人他娘的就是这么个贱东西。好女人多好女人多去，我就想甘草的身子。

突然，他扬起脖子，唱出了几句歌：

  百七子百八子青稞哟
  二百子街道过了
  年轻轻的时上没欢乐哟
  到老来把脚步儿错了……

他感到他的声音不是从喉咙里，而是从脚板底下发出来的，离他很远。他不像在唱歌，他吼着：

  雪雹子冰雹子掉下来哟
  好端端的庄稼砸了
  眼睁睁地看着没象了哟
  尕妹子把哥哥儿撇了……

天像个大瓦盆，他在天底下走着。没有村庄，也看不见人影，他拉着两匹真正的骆驼。

二

甘草有一片生动的上嘴唇，从深深的鼻凹处伸出来，像一片肥硕而热烈的嫩白菜叶。那时候，她十七岁。一伙骑马的队伍驻扎在她的村子里，那个长胡子的伙夫班长被她的那片嫩白菜叶撩拨得横竖不得安睡。他说甘草你到伙房来我给你吃白面馒头和马肉，大块的。他说得很诚恳。甘草感到她的舌头根上涌出来一股酸酸的口水。她呷着嘴，看着班长满脸的硬胡子，一动不动。班长说你来。她把口水咽进了喉咙，就跟他进了伙房。她坐在灶窝里，吃了三个白面馒头，两大块马肉。班长舔了她的嘴，然后又解开了她的裤子。她挡住班长的手，说：还有我爹妈。班长说，走的时候你拿。她放心地松开手，让班长弄了她。她没觉得她吃什么亏。她每天都去伙房和那个班长幽会。队伍开走以后，她的肚子大了，生下了野种琐阳。她爹说："甘草，你弄这种丢人事，让我和你妈怎么活人。"甘草没想到她爹会说这种话，她瞪着眼看看她爹，又看看她妈。她妈坐在炕沿上淌眼泪。甘草急眼了："你们也吃了馒头和马肉。"她爹说："吃是吃了，谁知道你能弄下这事。"甘草说："你们真不要脸。"就这么，她离开了家，在一个叫胭脂铺的地方落了脚，过上了随心所欲的寡妇生活。她给人做鞋，挣点小钱谋生。时间长了，有人问她，怎么没见过琐阳他爹？她说："挨枪子了。"然后，就把那片惹是生非的嫩白菜叶好看地合在下嘴唇上，做出一种高深的笑的样子。没有人知道她的过去。

骆驼回来的时候，甘草正坐在土炕上刮鞋底。她把一堆五颜六色的碎布一层一层糊起来，再依鞋样剪好。鞋底子已刮了许多，在炕头上整齐地摞着，层次分明。她刮得很娴熟，眼睛张得大大的，目光专注。她抹浆糊不用刷子，而是用手指头，右手的食指上粘满了面浆。那真是一根灵巧多变的手指头。

她听见了一阵骆驼的蹄脚声。野种琐阳把他的脏脸从门外伸进来，说："干爹回来了。"她没抬头，依然在碎布上抹着面浆，听骆驼和琐阳在院子里说话。

"干爹，我拴，我拴骆驼。"琐阳说。他已经七八岁了，剃着光葫芦头。

"你拴，你拴，你能拴出个花。"骆驼说。他从驼背上抱下来一个鼓囊囊的驮子，进了柴房。琐阳拉着骆驼进了后院。

"拴牢实。给它抱些草吃，待会儿我给它上料。"骆驼说。

他拍拍手上的土，进了甘草的屋子。甘草好像不知道出门一个多月的骆驼已经站在了她的跟前，等着她问一句什么，或者说一句什么话。她哼起了一首歌，头顺着歌的节奏一下一下点着，抹浆糊的动作有些夸张了。她平展展地伸着腿。

"咣啷"一声，一块圆圆的东西落在了女人的两腿之间，又弹起来，在炕席上滚着，不动了。甘草抹浆糊的手停了下来。

"咣啷！"又一声。

女人的眼睛张大了，放光了，满脸喷出了红色。银元！

"咣啷！"又一块。

她到底抬起了头。她看到了一张得意的脸。

骆驼不扔了，他用两根手指头捏着一块，在上边弹了一下，放在耳朵跟前，歪脸瞅着甘草。银元发出一阵悦耳的金属声，拉着丝丝，直往甘草的耳朵里钻。

"没成色的，"甘草说，"挣了多少？"

没成色的。嘀，没成色的。骆驼想听的就是这句话。他心里熨帖了许多。他不言语，手在口袋里摸索着，把里边的银元弄出了一阵响。他看见女人的喉咙动了动，费力地咽了一口唾沫。这时候，他才把它们全部掏了出来，放在炕上。不是七块，也不是八块，而是十几块！十几块银元没有一点假。女人使劲蹾了一下屁股，张开嘴，发出来一串惊呼。她看见骆驼把手又伸进了口袋。

"还有？"女人的眼睛睁圆了。

骆驼不动声色，在女人的鼻子底下抖开了一块鲜艳的衣料，绸子的！女人一个蹦子从炕上跳了下来，一把夺过去，贴在她浑圆的胸脯上。

"挨刀的，没成色的货。"女人说。

骆驼装了一锅旱烟，点着，美滋滋地吸了一口，然后，把半个屁股放在炕沿上，又搭上去一条腿。

"数数，你数数，看那是多少。"骆驼努着下巴。

女人把炕席上的银元拢在一起，摆好，一块一块数了起来。数完一遍，又推倒，再数。

"要是数不完多好，"女人说，"数不完不要紧，我给咱坐在炕上慢慢数。你笑什么？笑我爱钱得是？我就是爱钱。人有钱了腰硬，心里踏实。"

女人笑了，她笑得很开心，鼻尖上渗出了许多细小的汗珠。骆驼的心被她笑乱了，他感到有个什么东西在他的身子里动弹着，他突然想起了琐阳。

"琐阳。"他叫了一声。

他没让琐阳进门。他把琐阳堵在门口，从腰里抽出一把精巧的短刀。

"给你，到外边玩去，我和你妈有话说。"

他返回身，轻轻地插上门，站在女人的身后。他感到他的心轻轻跳了两下。女人已收好银元，重新抖开那块衣料，在身上比试着，一副陶醉的样子。

"琐阳出去玩了。"他说。

女人没吭声。

他把两只手试探性地从女人的腋下伸过去。

"哪儿弄的？"女人问。

"凉州城。"他说。

他捂住了女人胸脯上那两个高挺的东西。女人的身子一动不动。他的胆似乎壮了，手指头像抽筋了一样，鸡啄米似的在女人的胸脯上弹敲着。他有些不知热冷了。他不停地咽着唾沫。突然，他把女人抱了起来，放倒在炕上，粗蛮地压上去。女人仰着脖子，张着嘴。

"甘草。"他说。他好像要哭了一样。

"甘草，我要解你的裤带了。"他说。

"我解了，我可真要解了。"他两只手急促地寻找着，紧紧捏着女人的裤带头，看着女人的脸。他没想到女人会重重地蹬他一脚。他一点也没有防备。女人先屈腿把他顶开，然后用力一伸，就把他踹到了墙上。她蹬得太突然了。他靠在那里，看着女人，一脸诧异的神情。他看见女人从炕沿上直起身子，整整衣服。女人没有恼。她好像还给他笑了一下。

"没成色的。"女人说。她又比试起那块布料了。

一声马嘶从什么地方传了过来，女人支棱着耳朵。

又一声马嘶。她立刻变了脸色，叫了一声，甩下衣料，奔了出去。

骆驼像一只挨了打的狗，痛苦地抱着头，顺墙溜了下去。

三

一出村，就是那种亘古不变的戈壁滩。

每一次赌输之后，他都要在戈壁滩上纵马疯跑，然后，再把他埋进甘草的怀里，酣畅地睡一觉。那是一匹好马，浑身上下没有一根杂毛。他打马不用鞭子，他用他那只木碗一样蛮横的拳头。他先让它在戈壁滩上跑出一个巨大的十字，然后再绕着圈子跑，一直跑到肌肉鼓硬，眼睛发蓝。这会儿，他就这么跑着，等甘草喊他的时候，已是黄昏时分了。他勒住马，用那双矇眬的醉眼搜寻着甘草。

他看见甘草远远地向他摇摆着手。

他在马臀上砸了一拳，向甘草奔过去。马绕着甘草转了一个圆圈。甘草像一只兴奋的母鸡，朝他扑打着手脚。他突然伸出手，把她挟了上来。女人淋漓地"噢"了一声，紧紧抱住了他的脖子。

马收住蹄脚，喷着粗气。人汗和马汗混杂的腥味在空气里纠缠着，迟迟不肯散去。甘草一脸爱怜，手指头动情地在他油腻的脖子上滑动着，摩挲着。

"你又输了。"甘草说。

一股燥热从心底里拱了上来，在他的骨头里胡乱钻着。他两腿用力一夹，马突然放开了蹄脚，朝村庄奔去。女人身子激烈地晃了一下，又"噢"地叫了一声，两臂搂紧了他的脖子。

这就是八墩。他是个赌徒，甩刀子，搬赌砖。骆驼想用半截砖头把他砸碎。

骆驼在屋里和琐阳玩着割地的游戏。他已忘掉了刚才的一幕，他忘得很容易，好像什么事情也没有发生过，一脸宽厚祥和的神态。他知道甘草进屋了。他没抬头，依旧和琐阳玩着。

甘草有意把门推出了一声响。

"我和琐阳玩哩。"他说。

甘草靠在门框上，有些难堪。

"八墩来了。"甘草说。

骆驼看了甘草一眼，又扭过头去。

"我知道他来了。我和琐阳玩哩。"骆驼说。

"你和琐阳去柴房玩。"甘草说。

这回，骆驼的目光定在了甘草的脸上。他觉得她太有些不要脸了，麻雀还有指甲盖大小一点脸哩。他想说一句很厉害的话，让面前的这个等着和男人睡觉的女人难受难受，可一时半晌想不出来。女人迎着他的目光，给他微笑着。

"雀儿还有些脸呢！"他说。

女人依然给他笑着。

"走，咱给人家腾地方。"他说。

甘草侧过身子，让骆驼和琐阳出门。甘草用手在琐阳的光葫芦头上摸了一下。

"雀儿还有些……"骆驼说。

八墩正在拴马，骆驼朝院子里狠狠地吐了一口。他看着八墩。他看见八墩把头扭了过来。

"你吐谁？"八墩说。

"爱吐谁就吐谁。"骆驼说，他一脸闹事的样子。他想和八墩闹点什么事，不闹点什么事就太便宜他们了。

"咋啦？我吐啦，你看怎么办？"他冲着八墩说。

八墩好像要发作的样子，可他没有。他似乎看穿了骆驼的用心，立刻换上了一副嬉皮笑脸的赖模样。

"嚁，气不顺，嚁嚁。"八墩说。

骆驼瞥了甘草一眼，说："你凭什么？你说。"八墩又笑了两声，说："如今的世道就是这。有能耐你让她和你睡，去，你给她说去，说好了我让给你一个晚上——模样，瞧你那毬模样。"

"你骂谁？"骆驼朝前走了两步。

八墩不理他。八墩歪着鼻子，一脸轻蔑。他从马背上取下马鞍，提着，进了甘草的屋门。

"哐"一声，门关上了。

"你骂谁？哎？你敢说你骂谁？"骆驼朝门扇吼着。

甘草已点亮了灯。她坐在摊开的被子中间，等待着八墩。八墩把一只脚点在炕沿上，腿一用力，就立在了炕上，向女人横过去。女人轻轻地呻吟了一声。女人软活的身子消化着八墩一肚子的晦气。他晦气，可有的是力气。一会儿，屋里就传出来一阵令人迷醉的响动。他们不说话，他们在颠狂的情爱中展筋舒骨。

骆驼抱着琐阳坐在柴房的干草铺上，哄琐阳睡觉。甘草屋里的那种响动直往他的耳朵里钻。琐阳睡不着，他不知道八墩为什么要和他妈睡一个屋，也不知道他妈的屋里为什么会有那么大的响动。

"干爹你听，八墩和我妈玩摔跤哩。"

"噢么。"骆驼说。他睁着眼，像干草铺上长出的一截木桩。

"我帮我妈去。"琐阳说。

"你甭去，"骆驼说，"你娃家不懂。"

"我懂。我抱住八墩的腿，把他往倒搬。"琐阳说。

"你甭去。"骆驼说。

"要不你去。"琐阳说。

骆驼感到他的心像被什么东西刺了一下，他看着琐阳的脸。

"睡，你睡吧。"他说。

琐阳闭上了眼睛，他确实有些瞌睡了。他躺在骆驼怀里。骆驼轻轻摇着，念着一段歌谣：

  小小子，坐门墩儿
  啪啦啪啦眼儿
  想媳妇儿
  想媳妇，做什么
  点灯说话儿
  吹灯做伴儿……

念着念着，竟湿了眼眶，鼻根处涌出一股辛辣的酸味。

甘草屋里的灯早已灭了。

四

村庄有个好名字：胭脂铺。村庄不大，直直一条东西街道，房屋像杂乱无章的东西，随便堆放在街道两边。

回到胭脂铺，脚夫骆驼就变成了背包袱的货郎。每天早上，人们就会看见他从甘草家出来，把手里的那把破旧不堪的货郎鼓摇得嘣嘣响，从街东头摇到西头，从西头摇到东头，然后解开包袱，靠墙根铺开一块方布，把那些花线、顶针一类女人用的东西一一摆好，等着人们光顾。这都是他赶脚时在凉州城弄的，他不放过每一个挣钱的机会。

方布上还放着几双新鞋，是甘草做的。

往常，八墩和甘草睡一两个晚上就走，可这回竟住了几天还没有走的意思。他说甘草你不让那驴日的货走你想让他住到甚时？甘草说他不走我还能赶他走？你做你的营生你管毬他。他说我不想看他的毬眉眼。看他说话的神气，好像八墩是个不受欢迎的住客而他是主人似的。甘草说你不想看他你就摆你的摊子去，到饭时你回来吃饭。所以，每天一大早，不等甘草和八墩起身，他就出门摆摊了，吃饭的时候再回去。在甘草家，只有吃饭的时候他才觉得气顺。我吃我自己挣来的哩，你八墩吃谁的？你吃的也是我挣的，你个驴日的货，要不是甘草，你能吃白食？你吃鸡屎去！

甘草怎么就情愿和这么个驴熊货睡一个炕头？他想不通，气不过。你看她，睡得还怪上心哩，早早就关了房门。"琐阳，你跟你干爹睡柴房。"甘草给琐阳这么说，她好意思，连脸都不红，也不发烧，咦，她……

更让他气不过的是村上人，他们都以为甘草也和他睡，穿的、戴的，都是甘草做的，还能不睡？只是八墩在的时候，甘草才把他从炕上赶下来。他感到他太冤枉了，胭脂铺的人按他们通常的想象力来猜测甘草屋里所发生的男女之事。"骆驼，甘草把你穿得像个官人。"光顾小摊的女人们说得意味深长，眼睛一忽一闪着。

"嘀嘀，嘀，嘀嘀。"骆驼笑得很含糊。他不看她们，他不时地搌着脚脖子。他的脚上穿着甘草做的布鞋。

"骆驼你说实话，甘草和你睡没睡？"

"嘀嘀，看你说的。"他不承认，也没否认。

"你敢不敢喝凉水？"有人说。

骆驼看了那女人一眼，做出一副意味深长的表情。他知道她们想试他。晚上和女人干了那号事，第二天早上断不能喝凉水。

"我不喝。我又不渴。大清早我做什么喝凉水。"他说。

"你敢喝？"她们说。

"我好好的喝凉水？我不喝。"

"他装他不懂。"

"给他端碗凉水来。"

"端来我也不喝，端来了你们喝去。"骆驼说。

"哈！"女人们笑了起来。

"就是嘛，干柴见火还能不着。"她们说。

"嘀，嘀嘀。"骆驼也笑，他笑得很有节制。

他爱听她们说这些话。她们和他说这些话的时候，他感到心里很滋润。他不能把实情说给她们。她们一知道实情，就再也不会和他说这些话了，就会看不起他，说他没本事，窝囊。这是他最受不了的。

他捩着脚脖子，让她们注意他脚上的新布鞋。

可是，八墩是个什么东西。他凭什么和甘草睡！

他想他什么时候一定得和八墩打一架。人不能老这么把气窝在肚子里。

他没想到他会打八墩的那匹马。

那天，他收摊收得早了点，饭还没做好。他看见甘草在厨房里忙活着。琐阳弓着小腿，努力地拉着风箱。后院里传来一声又一声飞刀扎中靶子的声响。

是八墩。他扎得很准，扎上去，拔下来，再甩。他每天都要这么不厌其烦地甩一阵飞刀。他受雇于柳林镇的大赌主麻九，甩飞刀赢羊赢骆驼，然后和麻九分成，然后和麻九搬赌砖，把分来的羊和骆驼再输给麻九。他就弄这种营生。

"驴日的。"骆驼在心里骂了一句。一看见八墩，他总要在心里这么骂一句。

甘草做的是一种叫做搅团的饭。她两手抓着擀杖,在锅里用力搅着,屁股一摆一摆,浑身的肉都在动弹。骆驼走进厨房,她让他帮着烧火,骆驼不烧。

"烧,火太欠。"甘草说。

骆驼把眼珠子滚到眼角处,乜斜着后院里的八墩。

"咋不让他烧?"他说。

"他正忙哩。"甘草说。

"我也忙哩,"骆驼说,"我要给我的骆驼上料。"

他从墙上取下一只木勺,进了柴房。他一看盛精饲料的口袋就鼓圆了眼:口袋空了。他不用想就知道是怎么回事。他把料口袋提起来,摔进了墙角,转身进了马棚。马槽上边的横杆上吊着一只草料袋;八墩的那匹马正悠闲地吃着,并不时地伸过嘴,在小石槽里喝一口清水。

他把手伸进草料袋摸了摸,里边装的全是精饲料。

骆驼的脸一下一下歪了,嘴斜了。这个八墩太不要脸了,他吃白食,马也跟着吃!他想跳起来骂几句恶毒的话。他想冲进后院,在八墩的脸上抓一把,把八墩的脸皮抓下来贴到墙上。他愤怒至极,一下想出了许多主意。

他没骂,也没去后院抓八墩的脸皮。他突然改变主意。他用那把木勺在马嘴上砸了一下。马激烈地摆了一下头,把嘴从草料袋里抽了出来。

骆驼在草料袋里狠狠剜了一勺精饲料。

他走了两步,又回过头来,从横杆上解下那只草料袋。他想他把精饲料倒进自己的料袋,然后就把八墩的这只顺墙扔到村外的土壕里去。

"我让他驴日的找去,我看他驴日的还偷我的精饲料。"

那是一只皮制的草料袋。

八墩的马可真是一匹好马,它飞快地抬起后腿,朝骆驼尥了过来,准准地踢在了骆驼的屁股上。骆驼不禁这突然的一踢,呻唤了一声,平展展趴在了地上,手里的木勺和草料袋一齐飞了出去。

骆驼怔怔地看着那匹马。马打了一个响鼻，嘴伸进小石槽，安闲地吸着石槽里的清水，好像什么事情也没干。

骆驼慢慢地爬起来，捡起那把木勺，朝马走过来。他在马头上轻轻拍了一下。

"好，你真能踢，你踢得真好。"他说。

他甚至给马笑了一下。

他突然抡起木勺，朝马头上砸了过去。他想他要狠狠砸它一阵。他紧紧咬着牙齿。他用的劲太大了。

"咔！"一声，木勺断成了两截。

马似乎没感到疼，只仰起脖子，摇了摇耳朵。骆驼攥着半截木勺把儿傻眼了。他感到他的肋骨里憋满了恶气。他想他得把它们放出来。他得想个办法。

他看中了手里的那半截木勺把儿。

他摊开手看了一会儿，又攥起来，然后，又朝那匹马走过去。

这回，他正儿八经地给那匹马笑了笑，并且，在马臀上拍了一下。马似乎也不计前仇，没有一点敌意，温顺地看着站着。

他把马尾巴提了起来。

他飞快地把那半截木勺把儿朝马屁股里塞了进去。

他拾起地上的草料袋，重新挂在横杆上。

"你吃吧。"他给马说。

他大模大样地进了厨房。

"琐阳你起来，让干爹烧火。"他说。

五

马的狂跳终于惊动了八墩。

起初他并没在意。他想它跳几下就好了，没想到它会越跳越狂，越跳越凶。他有些慌失了，以为马得了什么急症。他想喊甘草过来。他想实在不行就要请个兽医来。

马跳着，扬着尾巴，他无法接近它。他不知道马正在进行着一种艰苦的努力，他从来没见过马的这种样子。他急眼了。他不能没有这匹马。

他听见马屁股那里发出一声钝响。他受了惊吓似的打了一个颤，他看见一样东西从马屁股里弹了出来，在空中划出一道弧线，掉在了地上。

"咣啷！"

他怔了。他无论如何也想不到马屁股里会飞出来一样怪东西。

马到底挤出了那半截木勺把儿，立刻安静了许多。八墩能到它跟前去了。他仔细查看了一遍，马屁股没有什么异常，也没有什么损伤，便放下心来。

他走到那件怪东西跟前，用脚蹭了蹭。他很快就认出了它。他咬着牙根，朝厨房走过去。

骆驼烧火烧得很卖力气。他看八墩朝厨房来了，便扭过头去，把风箱拉得呼呼响，身子一前一后地摇着。

"干爹，他瞄你哩！"琐阳叫了起来。

他不能不看八墩了。他看见八墩手里拿着一把飞刀正朝他瞄着，晃着。八墩阴着脸，一声不吭。他心虚了，从灶火窝里站起来，朝后掾着身子，用胳膊挡着脸。他知道八墩真要把飞刀甩过来，他怎么挡也挡不住。

"你别，你个驴……你看你这人……"他有些语无伦次了。

八墩依旧瞄着。

"我又没惹你。"骆驼说。

"甘草，你看他……"他看着甘草。

两个男人的这种事甘草已看得多了，她懒得管，也管不了。她头也没回。

"烧火。"甘草说。

"他瞄我哩。"骆驼说。

"烧火。"甘草说。

赌徒

骆驼弯下腰,在地上摸着柴禾,眼睛不敢离开八墩的手。

"扎,扎吧,扎死算了,我不活了。"他突然直起身,闭上眼睛,脸朝屋顶喊了起来。

"你给我的马尻子里塞木勺把儿。"八墩说。

"我没塞。"骆驼说。

甘草觉得事情有些稀奇,她看看骆驼,又看看八墩。

"你到马棚看去,"八墩给甘草说,"他把木勺把儿塞到马尻子里了。"

甘草一见那半截木勺把儿,就笑得拉不住闸了。

"啊哈!"她仰头笑了一声,从马棚里跳进院子。

"啊哈,好你个骆驼,亏你能想出来,哦哈……"她笑得上气不接下气了。

"我没塞。"骆驼不笑,他很严肃。

"哦哈……"甘草笑倒了,眼里直流泪水花花。

八墩不禁甘草的感染,也想笑。他没笑出来。

"你还嘴硬。"八墩说。他走到骆驼跟前,用刀尖逼着骆驼的鼻子。

"你想吃人不成?"骆驼说。他看见八墩想笑,他想八墩不会把他怎么样,所以胆壮了许多。

"你还吃人呀。"他说。他飞快地扑闪着眼睛。

八墩的脸突然绷紧了。八墩伸出一只脚轻轻一勾,把骆驼勾倒了,炉膛里燃烧的硬柴被碰出来,几粒火星灌进了骆驼的脖子。那是一种钻心的疼痛,他来不及叫喊,只用手在脖子里胡乱刨着,嘴里发出一阵短促的吸气声。

"木勺就是我塞的,咋?看你能把我咋?"骆驼趴在地上,叫了起来。

八墩骑在骆驼身上,一只手抓住骆驼使劲捏了一下。骆驼腿硬硬地鼓着,杀猪一样发出长长一声尖叫。八墩抬起脚,朝骆驼的大腿上踩下去。骆驼噢了一声,便躺平了。

八墩把骆驼提起来,出了厨房。他在院子里搜寻了一阵。他看中了黑洞洞的火坑烟囱。他提着骆驼朝烟囱走过去,骆驼失眉吊眼了。

"不!"他叫着,使劲摇着头,"我不!"

八墩硬是把骆驼的头塞进了烟囱。骆驼闻见了一股浓烈的烟油味。他不敢喊叫了。他知道炕洞里有灰，他想他再喊的话就会被炕灰呛死。他紧紧地闭着嘴，憋着气，往外挣扎着。

"你别动。"八墩说。

骆驼撅着屁股，一动不动了。

八墩在骆驼撅起的屁股上踢了一脚，走了。骆驼朝前一拱，哼了一声。他拔出头，仰着脖子朝天吹了一口，脸上沾满了烟油和炕灰。他用手在脸上、在鼻眼里飞快地刨了一阵，然后，就冲进厨房，抓起一把菜刀，又冲了出来，满院子寻找八墩。

"八墩，我日你先人！"他叫喊着。

"八墩，你个驴日的！"

甘草拦住了他。

"没成色的，你治了他的马，他打了你几下，两顶了，"甘草说，"吃饭吃饭。"

"我不吃。"骆驼说。

"不吃你还咋呀？"

"我要杀了他。"骆驼说。

"看把你能成的，你还杀了他？八墩你甭动弹，你让他杀，越说你越能成了，你杀，你今天杀给我看看。"甘草说。

"我不吃。"骆驼说。

"不吃你饿着，你甭说你杀人的话。"甘草说。

"我走呀。"骆驼说。

骆驼甩下菜刀，进了后院。一会儿，他真拉着那两匹骆驼出来了。琐阳急了，叫了一声干爹。

骆驼头也不回，径直出了大门。

"我不让干爹走！"琐阳朝甘草喊着。

"他还会回来的。"甘草说。她从蒸笼里取出几个窝窝头塞给琐阳。

"去，让他路上吃。没成色的。"她说。

六

八墩提着一块磨刀石进了后院。那里有一堆飞刀，他想把它们磨得更锋利一些。琐阳圪蹴在他跟前，手一阵一阵发痒。他不喜欢八墩，可他喜欢八墩的那些飞刀，总想摸摸。

"倒水。"八墩说。

琐阳舀来一碗水，放在八墩的手边。他想他现在可以摸那些飞刀了。

"别动。"八墩说。

琐阳缩回手，朝八墩眨着小眼睛。他感到八墩有些蛮不讲理。

"我也有刀哩。"琐阳说。他从腰里抽出骆驼给他的那把藏刀。"谁稀罕你那些破刀子。我也磨。"

他在墙根下捡来一块瓦片，蹲在八墩对面磨了起来，手指头不时在水碗里蘸点水。

"小心你的手。"八墩说。

"你管。"琐阳说。

天黑了，甘草叫琐阳睡觉。琐阳说我不睡我要磨刀。甘草说："小娃家磨的什么刀，快睡。"琐阳说："是藏刀，我干爹送我的，我不稀罕八墩的那些破刀。"甘草提着琐阳的胳膊，硬把他拉上炕，塞进了被窝。

"睡！"她说。

她不能不让琐阳早些睡。骆驼在的时候，琐阳和骆驼睡柴房，骆驼一走，琐阳死活不睡柴房，要和甘草睡炕。甘草不想让琐阳知道她和八墩的事，不想让他看见什么，天一黑她就要琐阳上炕。

"我睡不着。"琐阳说。

"闭上眼，闭着闭着就睡着了。"甘草说，她给琐阳掖好被子，反拉上门，去了后院。

"睡就睡。"琐阳说。

甘草自己也不知道她为什么就喜欢八墩。一看见八墩，她就浑身发胀。八墩很野。八墩想和她睡的时候不低三下四求她。八墩一声不吭，把她搬倒就解她的衣服。八墩很有力气。八墩一会儿是蛤蟆,一会儿是鹞子。她是一只兔子,或者是一匹马,她驮着八墩。她想她总有一天要让他娶了她。她说八墩我要你娶我,你一定得娶我,她说得很动情。八墩依然是一只鹞子或者是蛤蟆,八墩不说话。他一鼓作气,一直把她弄成一堆快乐的软泥。八墩从她的身上滚下来,躺在她的旁边,这时候,八墩才说我不想娶女人,我养不了,我要甩刀子,和麻九搬砖。八墩就这么让她恨不得离不得,让她没有一点办法。

"八墩,你是个鬼。"她瞪着眼睛,声音软软的,好像很遥远。

"我是个赌棍。"八墩说。

"我不信我就化不开你的心。"甘草说。

八墩不吭声了。他睡着了。她坐起来,看着八墩睡实的脸,她觉得八墩像个孩子。她用手在八墩结实的胸膛上抚摸着,心里弥漫着一种复杂的感情,她说不清。

这会儿,八墩正磨着飞刀。

"琐阳睡了。"甘草说。

"噢么。"八墩潜心地磨着。

"咱说说话。"甘草说。

"说么。"八墩说。

"我一点也不稀罕骆驼,走了就走了,我不拦他。没成色的,用不了几天他还会回来。"甘草说。

"毬,我是他我就不回来。"八墩说。

"不回来?"甘草把嘴巴撮成了一朵喇叭花,"看你说的,他不回来你和我喝西北风,得是?吃的,用的,都是骆驼挣的。他还偷呢。他也是个人,心也是肉长的。你睡女人,他看着眼馋。倒过来,你是骆驼,你试试。"甘草说得心热了。"他心里想着我,他和你一样,也是个无牵无挂的人,不是想着我,他早走了。"

"你不和他睡,多亏。"八墩说。

"他给我钱,我对他也不坏。我给他缝缝补补,生的做成熟的,两顶啦。"甘草说。

"你作践人家骆驼呢！"八墩说。

甘草脸热了，在八墩肩膀上捏了一把。

"看你，占便宜还嚼舌头。"她说。

"此处不留爷，自有留爷处，偏要在一棵树上吊死，谁知道他图了个啥？"八墩说。

"啊哎！"甘草张大眼窝，一脸吃惊的神情。她感到八墩说了一句糊涂话。

"你说图了个啥？"她说，"你说人活着图了个啥？就图有个想头。我是他的想头，你是我的想头，就图了个这！人都要在一棵树上吊死哩！"

"想头，想头。"八墩说。他终于磨完了那堆飞刀，他站起来，想伸伸腰。他把着甘草的肩膀。

"我说的不对？"甘草说。她定定地看着八墩的脸。

"对，对。"八墩说。

甘草把八墩的手从肩膀上拉下来，握在手里。她突然产生了一种强烈的欲望。她想咬八墩一口。

"八墩，我想咬你。"她说。

"咬吧。"八墩说。

"我可是真咬。"

"你咬。"

甘草真咬了。她把八墩的手贴在嘴边，咬住了八墩的手背。她一点一点往牙齿上用着力气。

"呀——"她从牙缝里挤出来这么一声。

她咬烂了八墩的手背。

她突然跳开来，像一只发怒的母鸡。

"我要你娶我！"她喊着。

"听着，我死也要嫁给你！"

"啐！"她吐出了一口带着血丝的唾沫。

八墩一扬手，一把飞刀从手里飞出去，扎进了挂在半墙上的靶心里。

"我的想头是和麻九搬砖头,赢他!"八墩说。

第二天一大早,太平庄的大赌主老五派人给八墩送来一副马鞍。"这是老五专门给你定做的,你可看清了,鞍背上镶着银哩,白银。"来人说。

八墩知道,老五要和麻九开赌了。老五的马鞍子不会白送人。

"不说你也明白,老五想让你给他甩刀子,赢了麻九,他和你三七分成。"来人说。

"我要给麻九甩,甩完刀子,我和他搬砖头。"八墩说。

"老五说你不给他甩也成,可也不能给麻九甩。你出去逛几天,等他们甩完刀子你再回来。赢了麻九,老五照样和你分成。"

"我不想逛,"八墩说,"你把马鞍拿回去。"

"老五是个什么人你知道。开赌那天你要是去赌城的话,事情可就不好办了。鞍子你留着,我走呀。"来人说。

老五的人一走,八墩就牵出那匹马,去了柳林镇。

"我去找麻九。"他给甘草说。

七

麻九家上房屋里充满着那种羊毛烧焦的气味。除了好赌,麻九还爱吃羊头肉。他家的墙上总挂着几只生羊头,轻闲的时候,他就把它们取下来,用烧红的烙铁去毛,泡在清水里洗,再放在锅里煮,然后,用斧头把它们破开,挨个儿吃羊的嘴唇,羊的舌头和羊耳朵,吃羊头上一切能吃的东西。他说羊身上最好吃的就是羊头,吃羊头肉要讲究章法,不能大口大口吃,要一丝一丝啃着吃,剜着吃。这就叫细吃。细吃才能吃出味道。

"你说羊头上最好吃的是什么?"他问他手下的那些跑腿,"羊舌头?屁!最好吃的是羊眼珠子。这没什么可怕的,羊眼珠摸着软不丢丢,嚼起来很津道,不信你们嚼去。眼珠子不是尻子,不屙屎不尿尿,有什么肮脏的?不脏。吃羊杂碎的人才肮脏呢!我不吃那东西。"

八墩找他的时候，他刚破开了一只羊头，正在那些骨头里剜着，啃着，啃得满脸流油。他说："八墩，你吃羊头肉不？案板上有，你自己拿。"八墩摇摇头。他说："想吃你就吃，不吃是傻熊。"

八墩看看案板，又摇摇头。

"我知道老五找你了。"麻九说。

"他让我出去逛几天。"八墩说。

"他驴熊输怕了，"麻九从一块骨头里抠出了一只羊眼珠子，递给八墩，"羊眼珠，你不吃？"八墩还是摇头。

麻九把那颗眼珠塞进嘴里嚼着，手指头抠着第二颗。

"老五让人给我拿了一副马鞍子。"八墩说。

"他给你你就收下，给你个金人也要，你管毬他。"麻九说。

"甩完刀子，我和你搬砖头。"八墩说。

"这是老规矩，不说。"麻九说。他开始嚼第二颗羊眼珠了。

"说不定老五要翻脸。"八墩说。

"不咋，你放心，咱和他老五耍一回，你就给人说你这回不甩刀子，你要出一趟远门。到时候咱和他老五耍耍。"麻九说。

事情就这么定了。

那天一大早，麻九就领着一伙人赶着羊和骆驼浩浩荡荡来到了赌城，他让人给他抬来了一把黑漆木椅。他要坐在椅子上看着老五输给他。他给八墩说："你找个地方睡觉去，叫你你再出来。"

八墩真躺在了一堵残墙背后，用毡帽盖住脸，睡了。那里有许多残墙断壁，长满了乱草。

"我管毬他。"八墩说。

正午时分，老五的人马到了，和麻九摆出一副两军对垒一决雌雄的架势。唱赌的人站在正当中。

"还是老规矩？"老五问麻九。

"老规矩。"

"唱赌。"老五说。

唱赌人扯开嗓子唱了一声:"开赌——刀手上场——"

从老五身后走出来一个刀手模样的人。他提着几把飞刀。唱赌人问刀手扎手还是扎耳朵,刀手说:"扎耳朵。"

"扎耳朵——"唱赌人扭过头又唱了起来,"扎中耳朵,得羊二百只,骆驼四十匹——"

麻九那边迟迟没有动静。

"麻九,你这回请的是哪路高手?"老五得意地瞟着麻九,"听说八墩游山玩水去了,得是?没有八墩,你麻九就没辙了,得是?认个输也行,我把羊和骆驼吆回去,咱另选个日子。"

"我可没听说八墩要游山玩水,叫八墩出来。"麻九说。

八墩从残墙后边站了起来,他用手里的刀子刮着脸上的短毛。老五的脸立刻变得乌青。他鼓着眼珠子看着八墩不紧不慢地走进了场子。老五请来的刀手急了,冲老五喊着:"你骗我!你说八墩不会来。我不甩了。"

麻九坐在黑漆木椅上摇着二郎腿。

"八墩!"老五突然叫了一声,脸上的肉突突跳着。

八墩好像没听见一样,用手指头试着刀刃。

"我看你活腻了!"老五说。

麻九从木椅里站起来,说:"老五,这就是你的不对了。"

"不关你的事,我和八墩说话。"老五说。

麻九说:"这又是你老五的不对了,八墩是我请来的,我可不愿让人说三道四。"

老五的脸色柔和多了。"不说也行,"他说,"八墩,你过来。"

八墩有些迟疑,不知老五要干什么。

"咱生意不成交情在。"老五说。

老五戳得真利索。他一把夺过那个刀手的刀子,朝八墩的大腿戳了过去。"噌——"他们都听见了刀子插进肉里的声音。八墩感到他的大腿根好像钻进了一股冷风,他短促地叫了一声,蹲了下去。

老五把刀子抽出来，扔了。他就戳了那么一刀。

"日他妈不赌了，回！"老五说。

麻九眼睁睁看着老五一伙赶着羊和骆驼呼啦啦走了。麻九没让他的人动手，他亲自把骆驼送到甘草家，又提了几个羊头，让八墩养伤补身子。

"你安心养伤，好了再说。"他给八墩这么说。

甘草一听，立刻瞪大了眼。"还玩命呀？"

麻九没理甘草。他说八墩我让人拉几只活羊来，算我麻九给你的报酬。几天后，他真让人拉来了十几只羊，拴在了甘草家的羊圈里。那时候，八墩的大腿上已没了钻风的感觉。他感到有几根针正在他的肉里边一下一下挑着。

八

骆驼没出远门，他在一个叫双旗镇的地方住了十几天，给人拉了几趟小脚，晦气得很，交过房钱伙食和两匹骆驼的草料费，手中就没几个钱了。他有些着急，他想他不能这样回去见甘草。他从来没空手回去过。他想他得想个办法。后来，他把主意打在了两个做药材生意的人身上。那天晚上，他偷了生意人的几节虎骨，不辞而别了。他骑在骆驼背上，一路走得很快，天大亮的时候，就看见了胭脂铺，甚至能看见甘草家后院里的那棵枸树了。他心里一阵舒坦。他把手伸进怀里摸了摸。"在哩。"他说。他甩开两腿，在骆驼的肚子上打了一下，又加快了脚步，他想他再走一程就到甘草家了。他想他吃过饭就出手，把那几节虎骨变成白花花的银元，银元保险。他想那两个生意人把时间看得贵重，他们不会追他，有追人的工夫还不如做一笔生意去。

他想错了。世上偏偏有那种不惜跑路追贼的人。他眼看着那两个生意人在后边叫喊着追了上来。他心里咯噔响了一下。他知道跑也没用，他们在一块住了十几天，互相都知道了根底。他干脆勒住骆驼，等着他们追上来。

"熊人喀，我以为你们不追呢！"他说。他给那两个人笑了一下，他看见他们跑得直吐气。"给你给你，"他说，他从怀里取出一个小布包，扔给了生意人，"不知道你们这么小气。"

生意人气歪了脸，让他下来，他看见他们手里拿着绳子。

"你下来。"他们说。

"我到家了，我回呀。"骆驼说。

"你下来不？"生意人说。

骆驼从驼背上跳下来。

"你把手伸开。"生意人说。

"虎骨给你们了。"骆驼说。

"伸开！"

骆驼伸开手，生意人抡起绳子，在骆驼的手心狠劲抽了一下。骆驼疼出了两眼酸泪，他像得了鸡爪风一样胡抖着手，歪着脚脖子。

"伸开！"生意人说。

"我疼，"骆驼说，"我的眼泪都疼出来了。"

"你伸不伸？"生意人说。

"好我的爷哩……"骆驼不想伸。

他们把骆驼扭到村口，绑在了碾盘上。他们大声野气朝村里喊着，让人出来看贼。一会儿，碾盘跟前就围了好多人。

"他说是你们村的，"生意人说，"你们村怎么出这货。"

"不是我们村的，是我们村的嫖客。"有人说。

"叫甘草去。"有人喊着。

"来了……"

他们给甘草让开一条路，都看着她。他们不知道甘草会怎么样。琐阳叫了一声干爹，从甘草身后跑过去，要解骆驼身上的绳子，被生意人喝住了。

"谁放了他敲断谁的腿！让他背几天碾盘，看他还偷。"

生意人解下骆驼的裤带，提着走了。人们"嗷"一声笑了起来。他们看见甘草绷不住脸，也笑出了声。

甘草一笑，骆驼的心轻松了一截，他低下头，也做出了一副笑的样子。

"没成色的。"甘草说。

她走过去，麻利地解开了骆驼身上的绳子。骆驼在裤腰上摸索着不敢起来，甘草把绳子扔过去。"就系这个。"

琐阳把绳子抢过来，说："干爹，我给你系。"

人们又一阵哄笑。他们看着琐阳拉着骆驼的手走了。

"八墩在么？"骆驼问琐阳。

"在哩，"琐阳说，"他让人扎了，在院里晒太阳哩。"

一进门，骆驼立刻把胸膛挺了起来。他想他不能在八墩跟前装熊样，不能气短，他甚至没看八墩。他坐在院子里的台阶上扭着脖子胡乱看着。吃饭的时候，他有意把喝粥的声音弄得很响。他努力地嚼着酸菜，像嚼猪耳朵一样咯噌咯噌响，他想人就要这么自己给自己鼓气。

"三只手。"他听见八墩这么说了一句。

骆驼把粥碗停在嘴边，瞪着八墩。

"看我不认识我？我说三只手。"八墩说。

骆驼突然产生了一种想哭的感觉。他想谁都可以说他是三只手，而八墩不能说。他感到八墩太卑鄙了。他驴日的是个吃白食的！他驴日的！骆驼的嘴唇一点一点变青了，剧烈地抽动着，越抽越厉害。

"你驴日的再说一句。"骆驼说。

"三只手！"八墩又说了一句。八墩一副嬉皮笑脸的样子。

骆驼跳了起来，一伸胳膊，就把手里的那碗稀粥一点不留地扣在了八墩的头顶上。"叭"一声，稀粥碰开了一朵花，虫子一样脏兮兮从八墩的额颅上、后脑勺上流淌下来，爬进了脖子。没等八墩省过神来，骆驼又一个猛扑，扑倒了八墩，骑了上去。他把两只大手抡得很开，在八墩黏糊糊流满稀粥的脸上脖子上扇了起来。八墩腿上有伤，动作不灵便，他从来没遇到过这么个好机会。他想他这次一定要扇美，要好好扇这个吃白食抢夺了甘草的狗熊男人。他想人有机会的时候就不能放过去。他想这和挣钱偷人是一样的道理，过了这个村就没这个店了。扇，扇这个驴日的。

骆驼一声不吭扇着，手上一阵阵发麻。八墩一声不吭忍受着，喉咙里不时发出一声浑浊的呻唤。琐阳看骆驼占了上风，从后院里搬来半截砖头，说："干爹，我给你砖头砸他，往他后脑勺上砸。"

甘草一把抢倒了琐阳，朝两个男人扑过去，鹰一样扑打着翅膀，把他们拉开了。

"打，往死里打，我让你们往死里打。"甘草喊着。

两个男人喘着粗气，恶狠狠一个盯着一个。

"打呀，你们打呀！"甘草喊着。

骆驼拾起地上的空碗，盛了一碗饭，蹴在院子里大口大口地吃了起来。他胃口很好。

"滚！"八墩吼了一声。

"让他滚！"八墩冲着甘草吼。

甘草收拾着碗筷。她谁也不看。琐阳眨巴了一阵小眼睛，溜进了后院，把那半截砖头放在了原来的地方。

八墩一颠一跛冲进柴房，把骆驼的褡裢衣服等什物一件一件扔了出来。

"让他滚！"

八墩跛进甘草的屋，碰上门，埋头睡了。骆驼和琐阳把八墩扔在院里的东西一件一件收起来，抱回柴房。骆驼到底出了一口恶气，心里平顺了许多。晚上，当甘草屋里传出那种熟悉的响动的时候，他似乎也没了过去的那种难受。他和琐阳胡说了一些话，就睡了过去，一觉睡到了天亮。

九

院子里平展展铺着一张苇席,甘草盘腿坐在席当中剪鞋样。剪碎的"背子"花呈各种形状纷纷飘落,落在她的怀里,腿上。骆驼抱来一堆柴禾,在墙角处给八墩熬汤药。那里支着一只药罐,药汤已滚开了,咕咚咕咚打着泡儿。

"我就不想给他驴日的熬这药,"骆驼说,"不是看你甘草的脸面,我给他熬药?我去河里洗炭去!我给他熬个毬!"

甘草不说话,翘着那片嫩白菜叶一样的上嘴唇,任骆驼唠叨着。

门轴一声轻响。一个上了些年纪的女人从门里走进来,手里拿着一块红布料。"婶子你来啦。"甘草说。她进屋拿出来一双新鞋,说:"做好几天了,正要给你送去。"女人贼眉鼠眼地看看骆驼,又朝屋里瞄了一眼,她知道甘草的炕上还有一个男人。"知道你忙,两个大男人,够你忙活的。"女人说。她把手里的那块红布料递给甘草。"又给你拿活来了,我表侄女出嫁,非要你给她做两双嫁妆鞋,你看这,做好了工钱一块算,成不?"

"有活你尽管拿来,就怕我做不好。"甘草说。

"看你,多会说话。"女人说。

"不送了,婶子慢走。"甘草说。她又坐在了苇席上。

骆驼把药熬好了。

"给,让他驴日的喝去。"骆驼说。他看着甘草端着汤药进了屋里。"琐阳,和干爹到戈壁滩剜蚂蚁窝去。"他把琐阳架在脖子上走了。

八墩喝完药,跟甘草出屋,坐在一截树根上,看甘草剪鞋样。院子里就剩他们两个人了,甘草的心情很好。

"你看这多好,"她说,"我就喜欢你这么坐在我跟前。"她不看八墩,她已浸沉在一种情境里了。"只要你肯,我就嫁给你,咱走得远远的,到个没人的地方去,"她说,"不嫁你也成,反正你是我的人,就这么一辈子也成,我愿意。谁爱说谁说去,我自个儿愿意。"

她剪好了一只鞋样，翻来覆去端详了一阵，她好像很满意。她扭过头，瞅了八墩一眼。她看见八墩正没滋没味地玩弄着他的刀子。他压根就没听甘草的话。

"我说你甭玩你的刀子了，"甘草说，"你以为麻九对你好？他让你给他卖命呢！我再也不让你跟他玩命了。不去，八头牛也拉不动我的脖子。"她说得很自负。

突然，她的眼睛直了，看着门口。

一个男人走了进来，叫了一声八墩。甘草认得他，是麻九的一个跑腿。

"麻九要和刘大头开赌了。"来人说。

甘草看见八墩的眼睛放光了，身子从树根上直了起来。

"什么时候？"

"后天正午。麻九问你伤好了没有。"

"你给麻九说去，八墩不去。"甘草说。

"刘大头请了凉州城有名的贼刀李，麻九说你知道这人。我说八墩，这回你要二八分成，麻九准答应，赢了刘大头，你就得三十匹骆驼，还不算羊。"

"给个金人也不要，"甘草说，她摇着八墩的胳膊，"八墩，你说你不去，快说。"

"我去，"八墩说，他阴着脸，"你给麻九说，甩完刀子，我和他搬砖。"

甘草决心要拦挡八墩。那天早上，她跟着八墩一起进了马棚。八墩解开了马缰绳，甘草抓着八墩的一只手不让他走。

"我不让你去，"甘草说，"我说过了，我不让你去。"

"我要去。"八墩说。

"不。"甘草说。

八墩要拨开甘草的手，甘草抓得更紧了。八墩用另一只手捏住了甘草抓他的手指头，一下一下用着劲。甘草疼得直缩身子。

"不!"甘草叫了起来。

"不!"她松开手,跳了一下。

八墩把马牵出了马棚,出了大门。甘草抓住了马笼头。

"不!"甘草说。

骆驼和琐阳不知道发生了什么事情,从柴房跑出来。

"咋啦?你们这是咋啦?"骆驼说。

琐阳一看八墩要去赌城,想跟着看热闹,说:"我也去。"话未落音,甘草抬起腿朝琐阳踹过去,琐阳翻着白眼,就地旋了一个圈子,被骆驼抱住了。

八墩已骑上了马,甘草两眼发红,死抓着马笼头不松手。

"要走就拖死我。"她说。

八墩两腿一夹,马头一摆,甘草打了个趔趄。

"你拖死我。"她咬着牙。

八墩动了真的,两腿用力一夹,马甩开蹄脚跑了起来。甘草被拖倒了。骆驼失声喊:"松手!甘草你松手!他驴日的想害你哩!"

没坚持多久,甘草的手到底松开了。八墩在马臀上砸了一拳,马飞跑着出了村口。甘草用手捂住脸,身子慢慢蜷了下去,喉咙里挤出来一连串短促的呜咽。

骆驼硬把甘草拉进屋里,让她靠炕墙坐好,然后,就在屋里来回走着,很激动的样子。

"他八墩还算个人?"他溅着唾沫星子,"他鬼迷心窍了!我骆驼再不好,也做不出这种没心没肝的事,驴日的,你不让他走远,留他做甚?哎嗨!"他在自己的头上砸了两拳,满肚子的委屈和愤怒不知该怎么说才好。

"你怎么就看上他?他能吃!吃屎!"他说。

"驴!"他叫着,"狗!"

他没想到甘草会冲着他发火。

"闭嘴!"甘草鼓着劲喊了一声,"我的事我自己会管,不用你操心！"

骆驼梗着脖子，喉结上下滑动着，半晌没说出话来。他看见甘草从炕上跳了下来，他以为她要打他，赶紧退了几步。

"你看你，我说错了？难道我说错了？"他说。

"驴！"甘草冲着他喊着，"狗！"

甘草风一样刮出了门。

骆驼听见大门狠狠地响了一声。

十

八墩一刀就扎掉了贼刀李的半只耳朵。赌城里像炸开了一样，爆发出一阵狂热的呼喊。

"扎中了——噢！"

"麻九赢了——噢！"

一伙人欢呼着朝一群迷茫的羊和另一群同样迷茫的骆驼跑过去。羊和骆驼们乱了蹄脚，踏出一片翻卷的烟尘。它们归麻九了。刘大头一脸晦气，拂袖而去。

八墩捡起飞刀，在裤腿上抹了两下，抹去了刀尖上的血丝，给贼刀李说："你不能怨我。"贼刀李愣愣地看着他被扎掉的那半只耳朵，羞愧得忘记了疼痛，血顺着他的脖子往下爬着，像一条红虫。他一句话也没说，他甚至也没看八墩。他一直盯着他掉在泥土里的那半只耳朵。他走过去，把它捡起来看了一会，他看见那半只耳朵上沾满了泥土，然后，他手一抬，把它扔了出去，像扔瓦片一样。

八墩和麻九二八分成，得到了四十匹骆驼，六十只羊，可这不是八墩想要的。他要和麻九搬砖。

"麻九，我和你搬砖。"他给麻九说。

"你赢不了我。"麻九说。

"你搬不搬？"八墩说。

"搬。"麻九说。

那里有一张赌台，赌台上堆满了一块又一块结实厚重的赌砖。"搬砖喽——"有人喊了一声，飞快地抹着那些雕着图案和数码的砖头。

阳光正旺，赌局很快白热化了。八墩上身一丝不挂，闪着一层油光。他神情专注，眼仁发绿，紧紧盯着摆在他面前的那一长溜赌砖。赌台太大了，他不能坐，他得站着。他猫着腰。

"六饼！"八墩推倒了一块赌砖。

"不吃，来砖！"麻九伸手，有人按顺序递过来一块，麻九把它插进去，"条子！"他推倒了一块。

"白板！"

"八万！"

"风！"

"杠！后边搬一块。"麻九说。

"啊哈！"麻九跳了起来，"杠底开花！"

"哗啦"一声，麻九把他面前的那一排赌砖全部推倒了。他瞄着八墩沮丧的脸。

"来水！"八墩说。

有人提着一桶水，朝八墩的头上浇下去。八墩像狗一样耸身一摇，摇出了一圈水花。

"你就是把青海湖的水全泼到身上也没用，"麻九说，"我看你还是给咱甩刀子吧？"

"我会赢你的。"八墩说。

"你赢不了我，这是命。"麻九说。

"再开一局。"八墩说。

一阵砖头的撞击声。他们又摆开了一局。

甘草来了。她看到的是一张走火入魔的脸。八墩用两只手抱着一块赌砖，两只慌乱的眼珠子警惕地看着赌台上已经推倒的砖头，迟疑着不敢出"牌"。他大汗淋漓，干燥的嘴唇上炸开了一层薄皮，暴起的筋像几条青虫在手背上爬动着。

"出牌。"麻九催促着。

甘草像一只狂躁的母狗，拚力撕开了几个围观的赌徒。她站在八墩身后了。她揪住了八墩的两只耳朵。她咬着牙齿。八墩的耳朵发出一阵响声，耳根裂出了半圈血痕。

"回去！"甘草从喉咙里抖出来一声喊。

八墩努力转过脸来，翻眼看着他身后的女人。他似乎看清楚了，她是甘草，甘草在喊他回去。甘草好像很生气。

"回去？"八墩说，"回去……回……"他的声音含混不清。

甘草松开手。八墩的头又转过去，盯住了赌台上的砖头，手指在抱着的那一块赌砖上烦躁地动弹着。

"等一会儿……再等……"八墩说。

"出牌。"麻九说。

"出……我这就出。"八墩说。

甘草气愤已极。她伸开手，朝八墩的脸扇了过去。

啪！一个。八墩的脸摆了一下。

啪！又一个。八墩的脸又摆了一下。

"回去！跟我回去！"甘草说。

八墩的头扭了过来。他感到身后的这个女人有些讨厌。他想应该先处理一下他和女人的事。他放下手里的赌砖站直了身子，他突然抓住了女人的头发，把她抡倒了。他感到女人是一件什么东西，头发是拴东西的绳子，他紧攥着，抡着，让女人的头在地上撞着。他一声不吭。女人抱着头，蜷缩成一团，不时发出一声痛苦的呻吟。他松开头发，后退了一步。他抬起一只脚，朝前跳了一下，朝女人撅起的屁股踢了过去。女人哼了一声，滚了几圈，终于不动了。

"滚！"八墩鼓起全身的力气，朝女人吼着。

"我又不是你男人，你滚！"

麻九的脸上一满是那种阴毒的小圆坑，他说："八墩，我看是这，咱改天再来，咋样？"他瞄着八墩的脸。

"来水！"八墩说。

又一桶水从八墩的头上浇了下去。这回，八墩没摇身子。他伸开两只大手，在脸上抹了一下，然后，抱起了那块赌砖。

"条子！"八墩终于打出了那张"牌"。

"吃一砖。二万！"麻九说。

甘草从地上爬起来，摇晃着离开了赌城。

"老饼！"八墩叫着。

"眼镜！"是麻九的声音，他推倒了一张二饼。

乱草枯黄，阳光正烈，甘草跌撞着往回走。

十一

骆驼舀来一盆清水，给甘草清洗鼻子和嘴角的血迹。甘草半倚在卷起的被子上，脸上没有一点表情，任骆驼擦着，洗着。琐阳不懂事，在院子里翻跟头玩，一个，又一个。

一阵杂乱的脚步声从大门外响了进来。两个男人风风火火地跑进院子，用眼睛搜着。

"羊呢？在哪儿？"

"问甘草。"

是麻九手下的两个赌徒。他们跑进羊圈，打开栅栏，把麻九送给八墩的那十几只羊一只不剩地赶了出来。

骆驼站在屋门口，一脸迷茫的样子。

"是八墩让我们来的，他输急眼了。"他们给骆驼说。

他们看见了骆驼的那两匹骆驼。

"嚯，这儿还有骆驼哩。"一个说。

"拉走。"另一个说。

骆驼急了。"你妈的腿！那是我的！"

赌徒们一脸赖样，给骆驼笑着。"嗬嗬，嘿嘿，我们不知道。我们以为是八墩的。不知不为过，你甭生气，你在，你在，我们走了。"他们说。他们赶走了那群羊。

琐阳从门里溜出去，跟着那两个赌徒走了。骆驼想喊，心里一躁气，就没喊。

"去，让他去，狗日的娃没记性。"

他骂骂咧咧地进了屋。他突然卡住了声音。他看见甘草用一种怪样的目光看着他。他心里有些乱了。他端起水盆，想出去。

"骆驼。"他听见甘草叫了一声。他站住了。他不敢转身，不敢碰上甘草的目光。

"琐阳去，去赌城了，我没喊他。"他说，言不由衷。

"你转过来。"甘草说。

骆驼转过身，他看见甘草坐直了身子，正一个一个解着纽扣。他感到他身上的汗毛一排排竖了起来，端水盆的手颤抖着，腿上的骨头正一点一点变软。他快支持不住了。

"不！"他喊了一声。他把眼睛瞪成了两个圆坑。

女人解着纽扣。

"不！"骆驼说。他好像要哭了一样。

"骆驼你甭怕，"甘草说，"你想了我多年，我这就把我给你。你来，你想怎么就怎么，我不怪你。"

骆驼被女人的神色吓坏了。他一点准备也没有，他突然转过身，从门里跑了出去。他端着水盆在院子里转圈子跑着。

"不！"他说。他跑了好几个圈子。

"我知道你心里难受，甘草，我……不！甘草。"他跪在甘草的屋门口。他已经泪流满面了。

"哦，啊，啊……"他喉咙里像堵住了什么东西。

他再也没敢进甘草的屋子。傍晚时候,他看见甘草从屋里出来,进了厨房。他知道甘草要做饭了。他像一只胆怯的猫一样溜进灶火,瞄了甘草一眼,把一把柴禾塞进炉膛,生着了火。

"咣"一声,大门被撞开了。两个赌徒搀扶着八墩从门口晃了进来。

"他喝醉了。"赌徒说。

"我没醉,"八墩甩开两个赌徒,给甘草笑着,"我,没醉,我,输给了麻九……我,赢不了他。我,没醉。"他摇晃着走了几步,指着骆驼的那两匹牲口,给赌徒说:"你们把、把它牵走。"

骆驼的眼睛鼓起来了。

"你让他们,牵走。我把它输给麻九了,以后我赢了,还你……"八墩说。

骆驼懵了。他看着两个赌徒牵走了他的骆驼,竟然没挡。

八墩对骆驼笑着:"嘀,嘀嘀,赌场上不能赖账,嘀嘀……"他看见骆驼朝他走过来,骆驼脱下一只鞋,在手里提着。

"啪!"那只鞋重重地落在了八墩的脸上,给那里打出了一个清晰的鞋样。八墩身子一歪,软了下去,软在地上的八墩依然是一副嬉皮笑脸的模样。骆驼还要扇,往八墩的嘴上扇。他想把八墩的嘴扇肿,扇烂,扇成烂肉,然后,再扇他的牙齿。

甘草拦住了他。甘草一脸哀求的神情。

"你,别打了……"甘草说。

甘草没有强夺他手里的鞋,甘草没嫌他打了八墩,她只是哀求他,让他再别打了。"你,别打了……"甘草这么说。甘草让他恨不得怜不得。他看着甘草那张痛苦的脸,真打不下去了。可是,他窝着一肚子气,他不知道该怎么办了。

"呀!"他叫唤了一声。他抡起那只鞋,在自己的头上扇了起来,扇出了一串清脆的响声。

"骆驼,你甭糟蹋你自己。"甘草说。

"呀!"骆驼还在扇着。

甘草捂住脸，呜呜哭了起来。

躺在地上的八墩早已睡了过去，鼾声大作。他睡得很幸福。

那天晚上，骆驼把自己的东西捆成一卷，背在肩膀上，他给甘草说："我走呀，我再也不回这儿来了。"没等甘草省过神来，他就出了大门。

他真的没有回头。

十二

八墩去戈壁滩遛马，看见几个赶羊的从赌城那边走了过来。他们给八墩说："麻九栽到老五手里了，输得一塌糊涂。"他们还说："麻九蔫了。不信到他家看去。"

八墩真去了一趟麻九家。麻九没心思吃羊头了，他干巴巴坐在椅子里，一脸晦气。

"老五赢了，他风光成熊了。"麻九说。

"我给你赢了他。"八墩说。

"这回三七分成。"麻九说，他来精神了。"我不在乎输赢，我为的是圆气，"他说，"赢了老五，你要愿意，我就陪你搬砖。"

"我和你甩刀子。"八墩说。

麻九有些意外。他没想到八墩会起这种心思。

"你甩不甩？"八墩说。

"不搬砖了？"麻九说，"你不就是想赢我一次嘛，咱还是搬砖。"

"甩刀子，就这一次。"八墩说。

"我的耳朵也不好扎。"麻九说。

"你说你甩不甩？"八墩说。

"甩，"麻九说，"你得先给我赢了老五。"

"一言为定。"八墩说。

麻九没有说错，八墩就是想赢他一次，他做梦都想着这事，再没有比赢麻九一次更大的事情了。一回到甘草家，他就疯狂地练起了飞刀。甘草慌失了。她抱住八墩的胳膊，仰脸看着八墩："八墩，你就不能听我一句话？我求你了，甭玩你的刀子了，好么？"八墩拨开甘草的手，说："我不和麻九搬砖了，我和他甩刀子，我要赢他。"

"你这是赌命呢，八墩！"甘草叫了起来。她跑过去，用身子挡住了靶子。

"要扎就往我身上扎吧。"她说，她盯着八墩手里的刀子。她看见八墩的手越抬越高，八墩咬着牙，鼓着腮帮，突然抡开了胳膊。

甘草尖叫了一声。她闪开了。

"咣"一声，刀子深深地扎进了靶心。

八墩疯狂地甩着。

许多年以后，还有人记得八墩和麻九在赌城甩刀子的事。那天，赌城里黑压压人头攒动。八墩提着那把不知扎掉多少人耳朵的刀子，和麻九隔开三十步相对而站，他威风得像个将军。能不能赢麻九，就看这一次了。麻九的耳朵已染上了红颜色，因为八墩要扎的就是麻九的耳朵。

"咱还是搬砖吧，"麻九一直想让八墩改变主意，"有种咱就搬砖。"他说。

八墩不吭声，他已铁了心。

"我知道你想赢我一次。"麻九说。

"你知道就行。"八墩说。

"那我让你一次，你甩吧，我不甩了。"麻九把手里的刀子扔到了地上，他想八墩会把这看成是对他的侮辱。八墩会跳起来。八墩真跳起来，事情就好办多了。

八墩没跳。

"你不甩你不甩，反正我要甩。"八墩说。

麻九没一点辙了。"好吧好吧，你甩，甩。"他说。

唱赌人高声唱着："三刀为限——扎错地方，罚羊五十只，骆驼二十四；扎成重伤，罚羊一百只，骆驼八十匹；扎死人，偿命——"

"我没那么多牲口，就麻九分给我的那些。"八墩说。

"那怎么成？"唱赌人为难了。

"加上他那匹马。"有人在人堆里喊了一声。

他们都知道，八墩有一匹好马。

"咋样？"唱赌人问八墩。

"不行就不甩了。"麻九说。

"马就马。"八墩说。

"扎错地方，加赔公马一匹——"唱赌人又唱了一句。

麻九圆睁着眼，朝八墩吼了一声："你狗日的，动手！"

八墩紧盯着麻九脑袋上的那两只红耳朵。他想他一定要稳住神，他想他最好一刀过去就能削掉它。

"动手！"麻九又吼了一声。

"嗖——"一把飞刀从八墩的手指上飞了出去。人群里发出了一阵惊叫声。

偏了。刀子贴着麻九的肩膀飞过去，在衣服上划开了一道口子。还好，没伤着皮肉。

"哈！"麻九兴奋地叫了一声。

"嗖——"一刀，又落空了。

"哈哈！"麻九叫了两声，他甚至跳了起来。

八墩慌神了，手掌上渗出了一层汗水。

"还有一刀——"他听见唱赌人又唱了一声。

八墩费力地咽了一口唾沫，脸渐渐扭歪了。

"我要赢他——"他拼力喊了一声。

他甩出了最后一刀，刀子沿着八墩沙哑的喊声向麻九射了过去。

"噌！"人们都听见了这一声，很短促，很结实，是刀子扎破障碍的声音。然后，他们又听见了麻九的那一声惨叫：

"噢——"

刀子没扎中麻九的耳朵，刀子从麻九的一只眼眶里扎了进去，一股

赌徒

107

黑白相杂的东西和血水一起从麻九的指头缝里流了出来。麻九"噢"了一声，扭着身子蹲了下去。

八墩又一次输给了麻九。

明晃晃的月亮升上来，照着空荡荡的赌城。八墩一个人躺在那里，像一只断了气的死狗。他不想回去。他浑身已没有一点力气了。他赢不了麻九，他一点办法也没有。他不知道他这会儿该做点什么，他把他身上那件沾满汗臭的布衫撕成了许多布条，塞在嘴里嚼着。后来，他听见了一阵枯草断裂的声音。有人朝他走了过来。

是甘草。他看着她一步一步朝他走近了。

"八墩。"甘草叫着他。

八墩抬起头，眼巴巴看着甘草的脸。他能看清她黑钻钻的眼睛。他突然产生了一种温柔的情感。

"我输了，"他说，"我赢不了他。"

"咱回。"甘草说。

"我没马了。"八墩说。

"你忘了它，"甘草说，"我用我的热身子陪着你。"

那时候，八墩怎么也想不到甘草会偷那匹马。直到麻九领着一伙人找上门的时候，他才知道甘草干了这事。她不知使了什么手段，从麻九家偷出了那匹马，把它拴在了一个山洞里。"你忘了它。"那时候甘草是这么说的。

十三

麻九的那只瞎眼用黑布包着。他一脸恶相，在甘草的院子里走来走去。一大早，他就领着一伙人踏开了甘草家的木门。他们拿着各种家伙。

"狗日的黑心了，扎了我的眼，还要偷马。让八墩狗娘养的出来！"

甘草和八墩还没起身，屋门紧紧闭着。

"不出来就放火烧。"有人喊着。

一只鸡从架上扑扇着翅膀飞下来，一个提短棍的矮个子跑过去，他敲得很准，"嘭"一声敲倒了那只鸡。他把它提在手里扭着，扭出了一股血水。

门开了。八墩从门里走出来，站在门口，他好像还没有睡醒。

"我没偷你的马。"八墩说。

"叫女人出来！"麻九说。

甘草从八墩身后挤出来。她端着尿盆。

"我麻九要开杀戒了，我要杀人！"麻九说。

矮个子胳膊一抬，把那只死鸡甩在了甘草的脚跟前。琐阳用手拨了几下，给他妈说："妈你看它，头断了还动弹哩。"

甘草从人伙堆里挤出去，把那盆尿水泼进了羊圈。

"你们两个谁死都行，你们商量商量，"麻九说，"三天后我来领人。"

他们走了。八墩和甘草看着麻九他们出了大门。

"领人就领人！"甘草喊了一声。

"土匪！"她又喊了一声。她手里提着那只空尿盆。

"你偷了马？"八墩问她。

"噢么。"她说。

八墩急了。"你看你怎么能弄这事！麻九不杀你才怪。他说杀就真杀他杀人眼也不眨一下你不知道？"

"你就看着让他杀我？"甘草说。

八墩不吭声了。甘草好像没事一样。"回屋去回屋去，看把你难肠的，他麻九谁也杀不成。我都想好了，咱走，咱离开这鬼地方。天一黑咱就走。琐阳，回屋来。"她要给琐阳换件干净的衣服。"你也换一件。"她给八墩说。八墩说："我不换。"他觉得他眼前的这个女人太可笑了，又可气又可笑。

"你走哪儿去？"他问甘草。

"走得远远的。"甘草说。她飞快地收拾着衣柜里的东西。她把它们扔在炕上，捡有用的东西包在一个包袱里。她从柜角里取出来一包银元，给八墩晃了晃，然后把它夹在包袱中间。"这是我攒下的，我一直没舍得花。我想说不定哪天会有个急用，你看怎么着，咱到了生地方不花钱还成？这些事是女人的事，我给咱想着哩。你把你的心宽宽地放在肚子里。"她说。

"你说甚哩！"八墩说，"你说甚哩！"

甘草的手停住了，她抬起头看着八墩的脸。

"你能走到天尽头？麻九是吃草屙料的，得是？"八墩说。

八墩看见两行清水一样的东西从女人的眼眶里滚出来。一闪一闪地滑过胭脂骨，"啪哒"一声掉在了地上。

"你们两个谁死都行。你们商量商量。"麻九这么说。

"啪哒！"是泪水花花掉在地上的声音。

他们没商量出一个结果，因为他们都不想死。

"我不想死，我也不想让你死，"甘草说，"我好好的为什么要死。"

"谁都不想死，可麻九要让你死。总要死一个。"八墩说。

"你总说死，死，我不想听。"甘草说。

"看你这人，事情明摆着，说不说都一样。"八墩说。

"明摆着明摆着去，你甭说。反正我不想死。"甘草说。

"不说就不说，反正要死一个。"八墩说。

要是没有骆驼，事情就会变成另外一个样子。那天晚上，骆驼突然回到了甘草家。甘草想关门睡觉，她看见骆驼在门口站着。她说骆驼你看我的笑话来了得是？骆驼说我渴了你让我进屋喝口水。她把骆驼让进屋里，给他倒了一碗开水。骆驼一口气喝完了那碗水，然后就一动不动地看着甘草。甘草说骆驼你看我做甚，麻九要杀我你知道不？骆驼点点头。骆驼的眼眶里涌满了泪水。

"马是我偷的。"骆驼突然说了这么一句。

甘草说骆驼你甭和我说笑话我是快死的人了。骆驼说我没和你说笑话，我活够了也不想活了不怨天不怨地怨我娘把我生错了时辰让我碰上了你。我找过几个女人可我就是忘不了你我拿自己没办法。他这么一说，甘草就捂着脸哭了起来。骆驼把脸转过去，看着八墩。

"八墩，你带着甘草和琐阳走吧，"他说，"你离开这熊地方，另找个营生去。"他说："甘草是个好女人，这是你驴日的福气。我想了她多年，我也不怨她，你们远走高飞去。你驴日的甭忘了我就成。能遇到一起，还算咱们有缘分。"

"到你周年，我和琐阳给你烧香化纸。"甘草说，她已哭成了泪人。

"烧个毯。死了死了，人一死就了了，好好过你的日子比甚都好。"骆驼说。

驴日的八墩靠墙坐着，一句话也没说。

第二天清早，骆驼大摇大摆从甘草家走了出来。

"我是偷马贼！"他大声野气地喊了一句。

"我把马卖给蒙古人了！"他一边走一边喊着，一直喊出了村口。

他到柳林镇找麻九去了。

十四

麻九在柳林镇专门给骆驼摆了一桌"送行饭"。

"吃牛肉拉面？"麻九用那只独眼看着骆驼。

"我要吃肉。"骆驼说。

"好，上肉，要肥肉。"麻九说。

店主端上来几碗肥肉。骆驼无所顾忌，用手抓过来一块塞进嘴里，大口嚼了起来。他吃得很香。几个陪饭的给骆驼劝酒，骆驼不推不挡。

"骆驼，喝。"

"喝！"骆驼说。他仰起脖子，往喉咙里倒了一盅。两盅酒下去，眼睛就呛红了。

"日他的这酒和水一样，喝。"骆驼说。

"骆驼。"是麻九的声音。

"哦。"骆驼应着。他已吃喝得满嘴流油了。他不看麻九。

"我知道马不是你偷的。只要你说一声,我就饶了你。"麻九说。

"是我偷的。"骆驼说。他又咬开了一块肥肉。

"那就不怪我麻九了。"麻九说。

"怪你?我不怪你。看你麻九说的。马是我偷的,我把马卖给蒙古人了,"骆驼说,"不信,你到蒙古打问去,兴许你还能看见那匹马。"

"按规矩,杀贼娃子要先剁手。"麻九说。

骆驼一只手端着酒盅,另一只手往嘴里塞着肉。

"剁,你剁。人死了还要手做甚。"骆驼说。

"剁了手再送你上路。"麻九说。

"我管毬你怎么弄。"骆驼说。

"你想怎么个死法?"麻九说。

"你把我吊死算了。"骆驼说。

"我把地方选在赌城了。"

"赌城就赌城,我不管。"

"我用麻绳给你挽了个圈圈,到时候把你的脖子往里一套就行了。那滋味可不太好受。"

"我不管。我管毬它。"骆驼说。

骆驼吃饱喝足了。他扯起袖子,在油嘴上抹了几下。

"死到临头了,你还有什么话说?"麻九问他。

骆驼认真地想了一会儿。

"我爹妈早死了,没有人和我沾亲带故,我没话说。"骆驼说。

"没话就不说了。"麻九说。

"我这人一辈子没畅快过,这你知道,我想畅畅快快尿一泡尿水。"骆驼说。他说得很诚恳。

"我成全你。"麻九和骆驼一样诚恳。

"这就走?"骆驼问。

"你说呢？"麻九说。

"走。"骆驼说。

他们一会儿就到了赌城。骆驼老远就看见了麻九给他挽好的那个麻绳圈。他们拥着他朝那个绳圈走过去。当他被吊起来的时候，他才想起麻九骗了他。他们没等他尿就把他的头塞进了绳圈里。他想骂麻九一句。他想说麻九你狗熊咱说好的我没尿你就动手了。他张了张嘴，没喊出声。他感到他的耳朵和眼珠子正在发胀，舌头正一点一点往外挤。他努力睁开眼，看见麻九正用那只独眼往他这里看着。他想你狗熊没让我尿我现在尿也不迟。他这么一想，下身就松了劲，一股带着辣味的热水从他的身子里流了出来。然后，他浑身一阵轻松，有了一种飞的感觉。

十五

甘草和八墩拢了一堆硬柴，把骆驼的尸体抬上去。他们把他烧了。甘草和琐阳戴着孝，跪在火堆跟前，看着那堆火越烧越旺。

"琐阳，给你干爹磕头。"甘草说。

甘草突然叫了一声："八墩！"她看见八墩把一只手塞进火里，手上已燎起了许多泡，正在破裂。她跳起来，朝八墩扑了过去。

"我不赌了。"八墩说。

几天后，甘草用八墩的飞刀给八墩和琐阳剃短了头发，又给他们换上了几件干净衣服。他们真的要离开这个家，这个地方了。甘草把刀子甩进了羊圈，又叫过琐阳，摸出了骆驼送的那把藏刀，也扔了进去。琐阳被甘草的脸色吓住了，没敢吭声。

"你把马收拾收拾，我回来咱就走。"甘草给八墩说。她从屋里抱出一堆鞋和鞋底，出了门，和邻居们道别去了。

八墩抱着马鞍子进了马棚，那匹马已从山洞里拉了回来。八墩把马鞍放上马背，他看见琐阳朝他走过来，很神秘的样子。

"去，到柴房把马肚带拿来。"他说。

琐阳不去。他晃着脑袋，手背在身后看着八墩。

"去，拿去。"八墩说。

琐阳朝后跳了一下，猫着腰，把一只紧攥的小拳头伸到八墩的跟前。他手里攥着什么东西。

"你猜几个？"琐阳说。

八墩不知道琐阳让他猜什么。"去拿肚带去。"他说。

"猜，几个？"琐阳说，"猜对了我给你拿肚带。"

"一个。"八墩随口说了一句。

琐阳的小手伸开了，手心里滚动着两颗鲜红的枸杞豆。琐阳跳起来，一把抓走了八墩头上的毡帽，戴在自己的头上。

"你输了！噢！你输了！"

八墩怔了一下，脸突然阴了下来。他看见琐阳的手又背在身后，捣鼓着。

"几个？"琐阳的小拳头伸了出来。

八墩听见他的头里边"嗡"地响了一声。他瞪大了两眼，紧紧盯住了琐阳的那只小拳头。

"几个？"

"一个。"八墩说。

他又一次猜错了。琐阳的手心里仍然是两颗。

八墩的赌火被烧起来了。他脱掉上衣，甩给了琐阳。

"再来。"他说。

"几个？"

"一个！"

又是两个。琐阳把八墩的衣服刨了过去。八墩恶狠狠地盯着琐阳。这回，他脱下了靴子。

"几个？"

"一个！"

还是两个。

八墩不相信琐阳老出两个,可琐阳偏偏出的是两个。一个越赌越兴,一个越赌越背。他们坐着赌,趴在地上赌,头抵着头赌。八墩把身上的衣服全输给了琐阳。

"再来!"八墩说。

"你输光了。"琐阳说。

八墩急了,把眼睛转向了他的那匹马。

"还有那匹马。"他说。

琐阳精神大振,又一次伸出了他的小拳头。

"最后一次。"琐阳说。

"你来。"八墩的眼里喷着干火。

"输了不能要赖。"琐阳说。

"来你的,兔崽子。"八墩说。

"几个?"

"一个……不,两个……"八墩有些心虚了。

"几个?"

"两个!"八墩终于下了决心。

这回,琐阳偏偏出的是一个。

"马是我的了——"琐阳从地上跳起来,冲进了马棚。

八墩被彻底打倒了,他感到眼前一阵阵发黑。他晃晃悠悠从地上站了起来,从甘草家走了出去。

琐阳还在喊着:"马是我的了——马是我的了——"

甘草进门的时候,琐阳牵着那匹马,抱着八墩输给他的一大堆衣服正从后院里往外走。

"我赢了!"琐阳给他妈说,小眼睛里闪着兴奋的光彩,"八墩输给我了,你看,都是我赢的,还有马。"

甘草的身子摇晃了一下。

"八墩呢?"

"他输光了,走了。"琐阳说。

甘草一口气跑到村外。她没看见八墩。她看见的是一片苍茫的戈壁滩。

"八墩——"

甘草绝望的声音一截一截往远处延伸着。从此以后,她再也没见过八墩。

她把那匹马拉进马棚,拴好。她拴得很结实。然后,她给它添草,倒水,又舀了一勺精饲料搅进去。她看着它吃。它吃得不紧不慢,悠闲自在。琐阳不知道他妈的心思。他感到他妈的脸有些怪。他看见他妈进了羊圈,捡回了那两把刀子。他有些害怕了。

"妈……"他叫了一声。

他妈不说话,也不看他,径直进了马棚。他看见他妈举着那两把刀子朝那匹马刺了过去。他妈像疯了一样。

"那是我的马!"琐阳朝他妈喊了起来。

甘草胡乱刺着。刺进去,拔出来,又刺进去。

"我的马!我的马——"琐阳拖着哭腔跑了。

甘草终于戳死了那匹马。她提着两把血刀,对着死马大口大口地喘着粗气。

琐阳在村外的戈壁滩上奔跑着:

"我的马!我的马……"

一九九〇年十月再改

(原刊于《收获》1991年第1期)

叔叔阿姨大舅和我

李 晓

夏家发生的那幕惨剧，当年在我们市确属头条新闻，造成的震动恐怕不会亚于地震。一夜之间，那家的户主卧床身亡，而他的妻子又于五天后在医院神秘死去。这类耸人听闻的事在我们民风淳朴的江南小城里本来就少有，再加上惨剧的当事人身份特殊，绝非引车卖浆的普通市民，因而更引起人们的关注。一时里，在街头巷尾、茶馆酒店，大伙嘴上说的心中想的，全和此事有关。

事情发生那年，我们城里连降了一星期暴雨，出现所谓百年不遇的涝灾。市政府为研究制定防涝抗灾措施，发出紧急会议通知，会议定在某日上午八时举行。那个惊人的消息就是从市府清洁工嘴里首先漏了风的。据他说，那天一早，各有关部局的头头脑脑都来齐了，正襟危坐地等在大楼会议室里，明摆着形势严峻，谁也不敢在这当口表现得疲疲沓沓，然而那会议的主持者却迟迟未到。大约个把小时之后，突然有人宣布，会议延期到下午再开，改由市委书记主持。理由是，原来主持开会的夏副市长已经去世了。

夏副市长死后，市里没开追悼会，没举办吊唁活动，甚至也没在报上登出讣告，总之一切都异乎寻常，完全不符合应有的规格。据称这是因为灾情当前，别的事只能从简。但这解释并没打消市民的猜疑，反倒给夏副市长夫妇之死增添了一层迷离的色彩。有小道消息说，在市政府内部相当的级别，曾经做过一次通报。不过那通报本身也含混不清，只是说详情还在调查之中。

关于惨剧的内情，我们市里仅有极少数人知道。这些人都是夏副市长和他妻子的生前友好，大多曾和死者一块在战争年代中出生入死、同舟共济，只有他们才真正为这件事所震撼、迷茫，并痛心疾首。但他们只在一个小圈子里交流各自的想法，对外界，他们讳莫如深。

毫无疑问，我也属于这个很小的圈子，因为我大舅和妈妈是夏叔叔和叶阿姨最亲近的朋友，实际上大舅可以算是他们俩结婚的介绍人，夏叔叔和叶阿姨又是从小看着我长大的，他们中至少有一个把我视作自己的孩子。

而且，一点不夸张地说，我还是唯一的一个在叶阿姨最后时刻探望过她并试图与她对话的人。

叶阿姨死前在急救室躺了五天四夜，我可能是在靠后的那两天里去医院看她，具体的日期我已经回想不起来了。那一年，我刚满十岁。

我记得那家医院有一条长长而幽暗的走道，妈妈和大舅领我顺走道来到叶阿姨住的单人房，病房外站着几个医生护士，还有个穿制服的人坐在板凳上。那个人可能认识大舅，也可能接到了允许探望的通知，当我们走近时，他推开房门，悄悄让到一边。

我抢先进了病房，大舅紧跟在我后面，可是妈妈突然拉住了他。

"我们别进去了吧。"妈妈说。

大舅回头看着妈妈。

"我想我们还是不进去的好，"妈妈说，"我们该对她说什么？能说什么呢？祝你好好休养，早日康复？"

大舅站住了。穿制服的人关上了房门。大舅从门上的小窗往里张望。那窗很小，大舅把脸颊贴在窗框上，也只能看到床的一角。叶阿姨的胳臂搁在床沿上，有一条黑色的橡皮带把她的手腕和金属床架固定在一起。大舅看到的是叶阿姨绑着橡皮带的手腕。

只有我看到了叶阿姨的脸。她瘦了，苍白了，她仰面躺着，一动不动地望着天花板。她的手上插着针，鼻子里也插有管子，在那些管子里，流动着不同颜色的液体。

"叶阿姨，你醒着吗？"我轻轻说，"你怎么啦？"我说了几遍，她才听见我的声音。她扭过头，向着我。

"叶阿姨，你干吗要打这么多针，你不痛？"

叶阿姨没回答。她表情里有些东西让我感到陌生。以前我觉得她的眼神和小兔子有点相似，总是那么温柔，那么湿润，仿佛老处在担惊受怕之中。可这时她再没有受惊吓的神情了。她两眼凹陷了下去，显得更大，更黑，像是干枯的井，望不到底，又空无一物。

我告诉她，大舅和妈妈都来了，就在门外，要是她想跟他们说话，我去把他们叫来。叶阿姨没说想还是不想，她什么都不说，也不点一下头，她只是看着我，用力地看，好像要把我整个攫入她的眼睛深处。

我走出病房去叫大舅，妈妈说他走了，让我也跟着回家。我们出医院大门，看到大舅还站在台阶下。他双脚没在水里，前几天的暴雨使医院院子成为一片汪洋，几架水泵正突突地响着，不停把积水向大街上抽。

"她说什么了？"看到我出来，大舅问。

"谁？叶阿姨？"

"她对你说了些什么？"

"她没说。她一句话也没说。"

大舅看着院里的积水，长叹了一声。"看来今年的夏粮算是完了。"他说。

那年的夏粮确实是完了。不过我记得，那年入秋以后，螃蟹倒得了个大丰收。

后来我渐渐把夏家的惨剧淡忘了。后来我们城市也把这事给忘了。有一段时间，叶阿姨经常出现在我的梦里，她总那么用力地看着我，就像我最后一次见到她时那样。随着岁月飘逝，她离开了我的梦境。至于夏叔叔，我甚至都回想不起他的面容。

"文化大革命"初期，妈妈清理了我们家的照相册，把凡带着夏叔叔和叶阿姨的都做了技术处理。那类相片一定非常多，致使家里抽水马桶的管道都被塞住了，很有些天没法使用。有张我周岁生日的八寸照，是叶阿姨抱着我拍的，画面上她对着镜头微笑，而我却心有旁骛，把胖乎乎的小手伸向桌上的蛋糕。如今那张照片还在，不过只剩下蛋糕和我前倾的半截身体。

夏叔叔的相片，妈妈倒还保留下一张，不过外人绝对认不出他来。那是三个十几岁男孩的合影，拉着手搂着肩，亲密无间。他们穿着学生装，就是领子竖着不能往下翻的那种，有点像铁路工人的制服，碰巧照片的背景上也有一列火车喷着黑烟驰过。

不久前，大舅把那张合影找出来，翻拍放大了，挂在客厅西墙上，以前挂日本武士刀的地方。那位置很显眼，每位来我家做客的都注意到它，不过奇怪的是，他们中有不少人以为那是我的照片。

"是你在学工的时候拍的？"有个客人问我。

"我？"

"是啊，站中间的那个不是你吗？"

他指认为我的那人，正是死去多年的夏叔叔。

照片上的另一个人是杜叔叔。他和夏叔叔是我大舅的两名最亲密的朋友。他们从小在一块长大，在同一所学校读书，抗日战争爆发后，又一块投笔从戎，参加了新四军。在中学时代，他们形影不离，因而得了个雅号，叫"三剑客"。妈妈告诉我，他们三人性格很不相像，大舅爱看书，很斯文，属于书呆子类型，数理化成绩在学校总是一、二名上下；夏叔叔一表人才，能说会道，又能弹会唱，深得一班女孩子的喜欢；杜叔叔是篮球运动员，身高体壮，坚毅刚强。他们三个一块行动时，总由杜叔叔打头，夏叔叔出面办外交，而大舅则多半是站后边帮腔助阵。"他那个剑客是凑数的。"妈妈说。

说到"三剑客"这雅号，还有一段小故事，妈妈也曾对我简略提过。好像当时大舅上的中学是住读制，学生宿舍在一条小河边，河畔长有半人深的蒿草。学校里有几个纨袴子弟，经常躲在草丛中，作弄晚归的低年级女生。杜叔叔他们决定要教训教训这班公子哥儿。一天晚上，他们预先埋伏在了河边，他们是三个，对方有五个人，可一点也没占到上风，夏叔叔的鼻子淌了血，那边也有人掉了两只门牙。第二天校长给打架双方每人记了次大过。

在我第一次和人打架的时候，我问过大舅，当年他们是不是真的以三对五击败了对手。

"是真的，"大舅说，"不过我没动手，是他们两人打的。"

"那你在干什么？"

"我的眼镜掉了，我蹲在草丛里找我的眼镜。"

从我记事起，大舅的脸上没少掉过一副眼镜，这当然不算什么，可听妈妈说，从她记事那时，大舅就已经戴上眼镜了。妈妈比大舅小三岁，也就是说，他戴眼镜的历史，至少可以从六七岁算起，到现在已有六十余年了。

要是没那副眼镜，大舅本来也勉强能算上个美男子，他前额很高，鼻梁笔挺，脸架子瘦瘦的，十分清秀。但他的眼镜度数极深，两片玻璃有如啤酒瓶底，一圈一圈的，好像能像剥洋葱那样层层揭开。厚厚的镜片使他的眼睛缩小成了一条缝，无论白天黑夜永处于半张半闭的状态，加上身材又较矮小，大舅就显得有些獐头鼠目了。于是他又得了个不太雅的外号，"田鼠"。夏叔叔、杜叔叔，有时甚至连妈妈，都这么叫他。

在我们这小圈子里，从不称呼大舅外号的，除了我，大概就只有叶阿姨一个人。

打掉对手门牙的是杜叔叔，为此他一直是我少年时代的崇拜偶像。解放后，他在其他的城市工作，夏家出事那天是我平生第一次见到他。他面色黝黑，不苟言笑，和我心目中的硬汉子形象很是相符。他的确是条硬汉子，皖南事变时，他受伤被俘，关进上饶集中营，为了逼他说出真实姓名和职务，集中营的看守队长把他关进过铁笼子。那个笼子高一米八，底座二尺见方，前后左右上下六面都装上了削尖的铁刺，在笼里人只能挺挺地站着，不能坐，也不能靠，如果身子稍有倾斜，就会让铁刺扎着。杜叔叔在铁笼子里站了两天两夜，浑身被刺得鲜血淋淋，可硬是没开口。

在集中营里杜叔叔用的是假名，把杜改成了屠。看守队长在审讯时问他："你姓什么？"

杜叔叔说："屠。"

南方人读音屠杜不分，队长又问："怎么写？"

杜叔叔说："屠格涅夫的屠。"

"什么？"

"屠岸贾的屠。"

"什么？"

"尸者屠。"

"啊？"

"屠刀的屠，"杜叔叔不耐烦地说，"日本鬼子和反动派屠杀中国人民的屠。"

"绕什么弯子，早这么说不得了！"队长骂道。

坐在队长身旁做记录的女文书忍不住笑了出来。

投奔新四军之后，杜叔叔和夏叔叔被派往皖南军部，大舅因为近视得太厉害，不便在山区行走，就留在了苏北后勤部门的军械厂工作。在立志当兵时，他们三个曾发誓不能同日生但愿同日死，谁也没想到这么快誓言即成空言。分手使他们十分难受，最难受的是大舅，他想杜和夏至少还能作伴，但自己往后去却是形影相吊了。为此他情绪消沉了好些日子。当时他还不到二十岁，难免有些孩子气。事后看来，大舅留在苏北实在算是幸运，杜叔叔和我谈过他在皖南事变中的经历，他说像大舅那样的视力，在当时的环境里绝对凶多吉少，不要说突围打仗，就是摔跤也把他摔死了。

至于夏叔叔没遇上事变，则是有别的机遇。到皖南新四军军部以后，他被分配在政治部宣教科担任干事。宣教科那批小干事大多是江南城市里来的高中生，其中有不少女士，像在学校里一样，夏叔叔又成了引人注目的中心人物。这里有两种说法，一说女同志们喜欢和他待在一起，一说他整天跟着女人屁股后面转。政治部紧挨着军部，有些议论不免会传到首长耳朵里。据杜叔叔说，新四军政委项英是个廉洁的共产主义者，廉洁得接近于清教徒，他从不享受军首长的待遇，不吃小灶，穿灰布士兵服，脚蹬草鞋，他对自己极严格，对别人也很苛求，特别是对那些来自大中城市的小布尔乔亚。

当听到政治部里传来的一些反映之后，项英指示说，让那个姓夏的小知识分子下基层部队去锻炼锻炼，他应该好好向工农群众学习。于是，夏叔叔便在皖南事变前的一个月调回了苏北。

关于皖南事变，如今的青年人可能知之不详。这个现代史上的重大事件跟后来夏家的惨剧密切相关。它发生在一九四一年，共产党领导的新四军一部转道赴抗日前线，却在皖南山区遭到国民党第三战区几十万军队的伏击，几乎全军覆没。当时正值国共合作共御外敌时期，因此各界舆论大哗，远在重庆的周恩来先生愤而书下四句名言："千古奇冤，江南一叶，同室操戈，相煎何急。"

前两年，有位作家以此为题材写了一部长篇小说，题目就叫《皖南事变》。小说面世后，引起激烈争论。批评者们说，作者把原新四军领导人项英写成一个刚愎自用的莽汉，违背了中央指示，为个人目的，让新四军走上南进的绝路，这是毫无根据的。批评者们还说，这部小说客观上起了为国民党反动派开脱罪责的作用。我大舅和杜叔叔，就持有上述观点。

不管怎么说，事变在五十年前便发生了。陷入重围的新四军九千余名官兵，仅两千人突围，其余三千人战死，三千数百人被俘。杜叔叔就是被俘的人里的一个。而叶阿姨，至少按她自己的说法，也在这三千几百人之中。

我对皖南事变的了解，就是从杜叔叔、叶阿姨，我妈妈，我大舅，那部小说，以及那部小说之外的各种书本里得到的。

眼镜对于大舅，究竟是祸是福，实在很难说清。他因为眼镜逃脱了在皖南事变中牺牲或者蹲集中营的命运，可也因为眼镜被汪伪汉奸抓住过。那次被捕历时四小时二十二分钟，却给大舅一生留下了个洗不掉的污点。

那是在一九四三年。当时我妈妈也到了苏北，在随军医院工作。军械厂和医院在两个村子，相隔不过七八里地，大舅经常抽空去看妈妈。有一天他们聊得晚了些，不知不觉天已经快黑了，大舅急急忙忙往回赶，等走了一小半路，他才发觉把眼镜丢在妈妈的宿舍里了。

如果他那会儿及时回头，后来的事就不会发生，但大舅觉得这条路是走熟的，出不了岔。他继续向前，一鼓作气走了十多里，最后不得不承认，他对自己认路的能力是估计过高了。

大舅摸到一条田埂坐下，天黑透了，他压根不知自己身在何处。风吹过来，满鼻子稻香，身旁有青蛙呱呱地叫，田埂边稗草叶子在他腮边扫来扫去。大舅抬起头，模模糊糊望见天上的繁星。他想要是碰不到人自己就只能在这田埂上坐到天亮了，他又想，真这样坐到天亮其实也不错。就在这时，他听见了拉枪栓的声音。有人问："谁，口令？"

大舅高声说:"自己人,快来帮个忙。"他喜出望外,完全没想到可能闯进了别人的地盘。

发问的人走了过来,突然一个动作下了大舅的枪。

"干什么!"大舅愤愤道,"我是军械厂的杨科长。"

"该老子发财了,"那家伙说,"想不到还逮着个当官的。"

汉奸把大舅押到一个村里,路上还拿他大寻开心。他们说等天亮后他们就要送他去镇上的炮楼,那里驻扎着日本人,有个皇军联队长号称中国通,喜欢读唐诗宋词,能写一手颜体字,杀人也有几手绝招,一是把人齐脖子埋进土里,然后砸破脑袋让血喷上半空,二是用武士刀从人的肩膀斜劈到腰间,这两招都说得出名堂,前者叫"落花人独立",后者叫"微雨燕双飞"。他们还告诉大舅,在他独立或者双飞的时候,他们可已经领到赏钱坐进酒馆了,一般每个俘虏赏大洋十块,由于他是个什么长,说不定皇军会慷慨解囊给个二十。

他们来到一间土屋前,汉奸说:"到了,杨科长,委屈你先在这儿蹲上一夜,反正明儿个咱们就上炮楼了。"汉奸把大舅推进屋,然后锁上了门。那屋里有两个碗口大的窗洞,对大舅来说,那点光亮等于没有,他只能使劲运用自己的嗅觉。他闻到一股尿粪的骚味,心想这地方可能是间牛棚。他伸出双臂,在空间里盲目地挥动,终于给他碰上了一堵墙,他摸着墙向前走了几步,不料一脚踩上了个软绵绵的东西。

"哎哟,你怎么往人身上走呀!"那个被大舅踩着的人说。

"这里有人哪!"大舅吓了一跳,他以为屋里只有自己。

"你他妈瞎了眼了是不是?"那人骂道。

"对不起对不起,"大舅说,"我确实看不清楚。"

那人还在骂骂咧咧,边上另一个人打断了他的兴头。"行了,住嘴吧,他是咱们军械厂的杨科长。"

后说话的那位把大舅拉到自己身边坐下,三小时后又拉着大舅一路跌跌撞撞逃回了新四军的驻地。大舅深为自己在难中能遇上这么一位朋友而庆幸，不过由于没戴眼镜，他始终没弄清这人是谁，又是在哪儿认识自己的。

这位难友悄悄告诉大舅，土牢里大多数人都被关押两三天了，他们已经开始行动，准备在当天夜里越狱逃跑。

大舅听了这消息无比激动。"太好了，"他问，"我能出什么力吗？"

"你能的，你可以来撒泡尿。"这人回答说。

回到部队驻地，大舅把他被捕和越狱的经过详细向保卫部门汇报了。大舅说，当难友让他去撒尿时，他简直呆了，他想不通怎么在这种时候还有心思开玩笑。不过他立刻便明白过来，没有人在开玩笑。在那两三天里，同牢的难友已经把每一滴水都用在了后墙最薄的地方，他们把墙土浇湿，然后用十指把湿土刨下。现在正是需要他这个新来的膀胱饱满的人去作最后的冲击。

接下来的事便顺理成章了。难友们把墙洞进而扩大挖深，只留下尽外面薄薄一层，那层土临门一脚就能踹破，用手指轻弹会发出熟透了的西瓜的低沉的响声。等到夜深人静，看守靠在前门边打瞌睡时，他们捅破了与外界的隔绝，一个接一个鱼贯而出，借着黑暗逃回了家。

"汉奸忘了搜走我的怀表，"大舅告诉师保卫处的同志，"所以我知道准确时间。我总共被捕了四小时零二十二分钟。"

保卫处的同志对时间不感兴趣，他关心的是另一个问题。他问大舅："这么看来，是你自己暴露了你的身份？"

"是的，"大舅说，"那时我还以为那些家伙是咱们这边的哨兵呢。"

"好吧，你可以走了。"保卫处的同志对大舅说，接着在他的档案里写了如下结论："被俘时曾有自首行为。"不过这结论大舅要等上二十来年后才会知道，他轻松愉快地回到军械厂，休息过一会，便去我妈妈的医院取他的宝贝眼镜。

他在妈妈宿舍的门口大声叫喊："小妹，你知道吗，昨天夜里我撒了一泡我一生中最有意义的尿。"

"你胡说些什么，这么难听！"妈妈在屋里恼怒地说。

大舅走进屋里，戴上眼镜，这才发现自己失礼了。妈妈有客人，还是一位十分漂亮的年轻女客。

"我介绍一下，"妈妈说，"这是我哥哥，这位是小叶，叶婉君。"

大舅的脸顿时涨得通红。

一九六六年，在越狱二十三年之后，大舅方才知道师保卫处那位仁兄给他定了一个什么样的结论。

那时"文化大革命"已经进入高潮，商业局属下的革命群众冲进市委组织部，看了领导干部的档案。他们在商业局大门外贴出大幅标语，说大舅是自首变节分子，并宣布要把这个隐藏二十余年的叛徒揪上历史审判台。

写大字标语的人不懂得自首、变节以及叛徒是三个不同的概念。这也难怪，他们是些菜场职工，文化水平不高，而这些政策性很强的专业知识，长期以来又只有极少数获得授权的专家才能掌握。

"文化大革命"中，许多不传之秘流失到了民间，后来我也有幸看到了一本阐述那种专业知识的手册。它就像本小辞典，分门别类罗列着许多条目，对动摇、自首、变节、叛变、投敌、出卖同志、出卖组织，等等等等，都做了严格的极为科学的区分和解释。对于自首，条目上是这样说的：主动向敌人交代自己的真实姓名和身份。另有小字附注：在敌人威逼或利诱下交代自己真实姓名和身份者，包含在此条目内。该手册不曾提到被动的含意，我猜想主动这个词汇在这里可能没有反义词。

于是我明白了为什么杜叔叔放着杜甫的杜不姓，而要说自己姓屠杀的屠。

在被关押半年多之后，杜叔叔逃出了集中营。他躲进深山里，假称自己是浙江的教书先生，家乡被日本人占了，逃难来到闽北。山里农民对他很同情，在他们帮助下，杜叔叔找到共产党地下组织，就在当地加入了游击队，直到全国解放。所以在很长一段时间里，大舅和夏叔叔都打听不到他的消息，他们以为杜叔叔早已牺牲了。

杜叔叔脱离牢笼，靠的不仅是机遇，更要紧的是一技之长。集中营的队长是个运动爱好者，特别迷篮球，他让手下的看守警卫组成了一支篮球队，首场比赛便与新四军战俘对垒。看守们大多是些土包子，战俘里却不乏城市学生，还有像杜叔叔那样的高手，而且战俘都是带着同仇敌忾的心情下球场的。比赛的结果不言而喻，杜叔叔心想这下又得蹲铁笼子了，不料正相反，队长让他去给球队做教头。

过了几星期，驻扎在邻近的五十二师邀请集中营球队去打球。队长把杜叔叔也带了去，让他穿上球衣临场指导。据杜叔叔说，那是一场势均力敌的比赛，打得十分精彩，可惜始终不知道最后结局如何。他给集中营队布置了一套紧逼盯人的防守战术，要他们冻结住对方的中锋。他以为这些术语很难懂，可球员们却都心领神会。"绕什么圈子，"队长说，"不就是要咱们看死那帮小子吗？你放心好了，这是咱们本行。"

当比赛进行到最紧张关头，杜叔叔溜出球场。他说去解溲，却没进茅厕，直接走向了军营大门。他知道营房外有条小路，穿过几块水田，就能进山。

在军营门口，一个哨兵叫住他，那时刻杜叔叔的心都快跳出了胸腔。

"喂，你那儿是什么东西？"哨兵指着杜叔叔大腿和手臂上一些圆圆的疤问道。

"呃，是烫伤，"杜叔叔想了想说，"小时候口馋，不小心把刚出锅的炒黄豆全倒在身上了。"

"亏得没碰到脸，要不你就成了个大麻子。"哨兵同情地说。

"可不是吗，那就讨不上老婆了。"

哨兵挥挥手，放杜叔叔出了大门。

大舅一辈子没讨过老婆，他的生活琐事是由我妈料理的。长此以往，他们俩的关系就有些倒置，仿佛妈妈是大姐，而大舅却是弟弟。记得在我十岁以前，妈妈经常数落大舅，起因总是为了钱包掉了或者烟头烧焦了袖管，可说着说着，话题就扯到叶阿姨身上去了。于是妈妈点着大舅的鼻梁说："你啊你啊，真没用，十足一个笨蛋。"

妈妈的潜台词是：她把叶阿姨介绍给大舅，本来是想让他俩结下百年之好，可大舅太窝囊，放过了机会，倒被夏叔叔占了便宜。

四十年代中期，苏北根据地女性不多，而有文化的长得漂亮些的就更如凤毛麟角，受到数几倍于己身的男士包围，想来妈妈也有这方面的体会。当时叶阿姨刚从福建转道而来，在苏北没几个熟朋友，她想找人帮她提高理论水平，妈妈便趁机深谋远虑地把大舅推到了前台。叶阿姨每星期去大舅宿舍上一次课。等她到了，大舅军械厂的同事就知趣地避开，还在叶阿姨身后向大舅跷起大拇指。

这位同事的确够朋友，可惜并不是所有的人都像他那样，也有喧宾夺主的，比如夏叔叔。

夏叔叔在大舅的宿舍里结识了叶阿姨，他了解到叶阿姨是从上饶集中营里出来的，便向她打听杜叔叔的下落。

"我不一定知道他，"叶阿姨说，"那儿人很多。他姓什么？"

"杜。"

"怎么写？"叶阿姨皱着眉头问。

"一个木，一个土。"

"噢，那我不认识。"

"也许他已经牺牲了，"夏叔叔沙哑着嗓子说，"真糟糕。我们是最好的朋友，在中学里别人叫我们'三剑客'，老杜、我，还有田鼠。"

"田鼠？谁是田鼠？"

"怎么，你不知道小杨的外号？"夏叔叔笑着说，接着他向叶阿姨解释为什么大舅会荣获这个外号。他说田鼠长年累月生活在地洞里，所以一跑到阳光下，就成了个睁眼瞎。

妈妈知道了这段谈话，非常恼火，虽然她有时也管大舅叫田鼠，可她认为这完全是两码事，不可相提并论。从那以后，妈妈就对夏叔叔有了成见，随着事情的发展，她的成见越来越深，以至于一二十年后都没能释怀。

有一次，我旁听到妈妈和叶阿姨聊天。她们两人并排坐着结毛衣，妈妈是为大舅，叶阿姨为夏叔叔。"小叶，你可要当心哦，"妈妈说，"老夏这个人，很花的。"

"怎么啦？"叶阿姨说。

"听说他又找了个漂亮的女大学生做秘书。"

"是吗？"

"当然是的，机关里在传闲话呢。"

"随他去，找什么都行。"

"你放心得下？"妈妈瞥了叶阿姨一眼。

"放心得下。"叶阿姨似笑非笑。

那时我完全听不懂妈妈话里的意思，等我能听懂时，她却不能再和叶阿姨聊天了。自然，妈妈还经常数落大舅，但在数落过后，她往往会加上一句："不过话说回来，你笨虽笨，可也有点笨福。"

很明显，如果叶阿姨真的嫁给了大舅，那么死于煤气中毒的就不会是夏叔叔了。

大舅被押上历史审判台的那天，我混在人群里当观众。那张审判台是由菜场里的四张肉案相拼而成。大舅站在正中，两旁是他商业局的同僚，每人身后都有一名彪形大汉，揪住他们的头发，把他们的脑袋使劲往下压。那天西南方向刮过来一阵热风，气温足有36℃，汗水从彪形大汉的小臂流进大舅乱蓬蓬的头发里，又顺大舅的前额鼻尖一路滴下。我在台下，也热得死去活来，但我不敢开溜。我负有使命，妈妈交代过，让我把看到的一切回去向她详细汇报。

一个戴红袖章的女人走到台上，宣读被批斗者的反革命罪行。她原先是菜场副食品部的营业员，经常踩着三轮车走街串巷去推销豆腐，因而练出了一副好嗓子。在她抑扬顿挫说个没完的时候，大舅想到一个以前在书本上读到的转移注意力的方法,开始默默地背诵起诗词。他搜索枯肠,从小学里学的"朝辞白帝"一直背到"残阳如血",然而有一首,大舅既不明出典,也记不起开头结尾是什么,他只能反复念着其中的两句:"落花人独立,微雨燕双飞"。

卖豆腐的女人发现大舅的嘴唇在微微抖动,便勒令他抬起头来,向革命群众老实交代。大舅回忆着二十多年前被捕的经过,又想起自己对准土墙撒尿的情景,他抹了抹鼻尖上的汗,说:"别让人抓住。"

"你以为你是个小偷!"女人大怒道,顺手打了大舅一记响亮的耳光。

大舅的眼镜被打飞了,顿时眼前一片茫茫然。他急忙蹲下,两手在黏乎乎的肉案上摸索起来。他的模样确实很狼狈,完全丧失了局长的尊严。台下响起一阵哄笑,那个女人也笑了,笑得弯下腰,捧着肚子,和大舅蹲在了一块。从我站的角度望去,他们就像两个在收割过的稻田里捉蟋蟀的人。

公正地说,大舅在"文化大革命"中并没有受到什么器质性的伤害。他有块护身符,就是他那副眼镜,每当革命群众的老拳落到大舅身上时,他的眼镜便率先掉地自我牺牲。进攻的节奏被打断了,革命群众也就对大舅失去了兴趣,转而寻找新的对象。

大舅真正受伤的地方是在心里。他每天从局里接受批斗回家,总是拖着脚步,显得疲惫不堪。他倒在椅子上,半天不吭一声,要不就接二连三地叹气。他告诉妈妈,这些日子他常常想到夏叔叔,我注意到他没说他是否想起过叶阿姨。

"你想老夏干什么?"妈妈问。

"我想,如果我能和他易地而处该是多好。"

"你可别胡思乱想!"妈妈吓了一跳。

"你放心,我不会走那条路的,"大舅摘下眼镜,轻轻揉着眼皮,"我舍不得这个小家伙。"

他说的小家伙自然是指我。其实那时我也不算小了，我已经十五岁。在学校里，我曾打飞过我们语文教师的老花镜。

杜叔叔的运气就没大舅这么好，他没有护身符，因此只能挺着脖子挨打。而且他身高马大，天生有种军人凛然不可侵犯的风度，革命群众更喜欢拿他开刀。

革命群众问他："你们那个小集团里，姓夏的是特务，姓杨的是叛徒，物以类聚，你还能是什么好东西！"

杜叔叔说："姓夏的不是特务，姓杨的也不是叛徒，我姓杜的是什么东西，历史自有评说。"

于是又招来一顿暴打。

前些年杜叔叔来我们市看病，我和大舅去机场接他。这是我第二次见到他，与上一次相隔二十多年。杜叔叔的模样变了，成了个身材伛偻的小老头，完全不是我心目中的那个人了，以致我都不敢上前去替他拿行李。我不知道是我长高了，还是他变矮了。

事实恐怕是，我的确长高了，而他又的确变矮了。在批斗中，他的腰椎受了伤，大腿也被打断。由于没及时治疗，他的右腿比左腿短了五公分。他就是为这个来我们市就医的。

杜叔叔在汽车里对大舅说，挨斗的时候他常想起夏叔叔。

"你也想过老夏？"大舅黯然说。

"是的，"杜叔叔看着大舅，"我想他还是那样走了好。要是晚几年，碰上'文化大革命'，他们俩可就惨了。"

杜叔叔又问大舅："你怎么样？"

"你不都看见了，还好。"大舅说。

有一样东西杜叔叔没看见，就是大舅原先戴的那副眼镜。大舅没把它扔掉，依然深藏在书桌的抽屉里。它的鼻架和腿断了两处，是用胶布草草裹上的，右边的镜片缺了个角，左边的则有道裂纹从上到下斜贯而过。

那时候，妈妈想给大舅去买副新的，但大舅执意不肯。他说何必呢，再买一千副还不是给人摔得稀烂。

所以，大约有近十年时间，大舅左眼里望见的每一个人，都像是被武士刀从肩头到腰间给斜劈成了两段。

夏叔叔和叶阿姨死后，公安局对他们留下的遗物进行了清点。再过几年，那种清点活动将遍及整个中国大陆，名称更通俗上口，叫抄家。

清点那天，大舅和杜叔叔都在场，是公安局的局长请他俩去的，目的在于直接咨询。局长陪他俩坐在客厅沙发上品茶谈天，在他们谈天的时候，局长手下的年轻人神情严肃地里外奔走，把所有文字材料和用途不明的东西归在一起，以便带回去仔细研究。

局长和杜叔叔有共同的话题，他原先是项英的警卫员，皖南事变中跟着首长在山里转了几个月，好不容易突出重围。夏叔叔的死使他联想起二十年前项英的被害，不过他又说情况有些不同。项英是因为逃亡途中在一个山洞子里脱掉衣服捉虱子，露了身上带的财物，他的副官见财起意，半夜里用手枪把他打死了。

那副官卷走财物投了国民党，又带人回来找项英的尸体。他没找到，尸体被局长他们埋在了一个隐秘的地方。那边的人说他冒功，把他也给毙了。

大舅静静地听局长忆旧，一面小口喝着茶。他知道茶是龙井，是叶阿姨最钟爱的，每年春天她都托人从杭州茶园带来，装进一个青瓷罐里，慢慢享用。大舅侧过身，眼光越过局长肩头，望向墙边的书架。青瓷罐还在那儿，不过倒放着了，里面装的茶叶，尖尖的小山似的，全堆在一张报纸上。

一个年轻人跑过来，又紧张又兴奋。"局长，发现了一座小型军火库。"他上气不接下气说。小心翼翼的，他把手里捧的东西放在茶几上。一顶钢盔，一把匕首，一支手枪。

"别大惊小怪，"大舅说，"都是老夏收藏的纪念品。"

那小青年不以为然地看看大舅，继续对局长说："您看，枪上还有字，'精忠报国，婉君留念'。"

"我刻的，"大舅说，"这支鲁格手枪是我送她的结婚礼物。"

叶阿姨和夏叔叔结婚在一九四九年初。那时新四军已改名为人民解放军，马上要渡江去解放南半个中国。大舅将跟随野战军出征，夏叔叔叶阿姨和我妈妈则另有任用，准备接管被大部队解放了的江南城市。在大舅出发之前，夏叔叔和叶阿姨向老乡买了只鸡，为他饯行。他们也请了我妈，但妈妈没去，可能她已经料到席间会谈到什么。

那天是叶阿姨亲自下厨。她在腰间扎了块蓝花布，挽着袖子，看上去像个普通的水乡小媳妇。她一手往灶里添火，一手在灶上炒菜，灶火烧得她脸色绯红，细小的汗珠沁出了她的上唇。她不时撩起围布抹把汗，又不时别转头，使劲眨着让烟熏出泪水的眼睛。看着叶阿姨，大舅心中一阵酸楚，他非常想上去搭一把手，然而夏叔叔说有件事要和他商量。

夏叔叔对大舅说："田鼠，等你走了，我们也很快就要南下，以后工作可能会十分紧张。婉君和我商量了，打算趁这段时间把婚事给办了。我们俩想听听你的意见。"

"我有什么意见，"大舅立刻说，"这样很好，我祝你们幸福，白头到老。"

"谢谢，"夏叔叔笑了笑，"我说你也该考虑考虑你的个人问题了吧。"

"我不忙，还不知道能不能活着回来呢。"大舅沉思片刻，问："什么时候举行婚礼？"

"哪有什么礼啊，想过几天请些人聚聚。"

"那我是无缘喝你们的喜酒了，"大舅看着灶头上的叶阿姨，"不过，我准备了一件小礼物，送给你们俩。"

那礼物是支鲁格手枪，是在此五年前大舅从一个被击毙的日本军官身上搜来的。枪上的字也是在那时刻的。其实，大舅早就想把它送给叶阿姨，可因为叶阿姨跟夏叔叔提高理论水平去了，不再到军械厂，大舅一直没机会送出手。

除了鲁格手枪,大舅从日本鬼子那儿缴获的战利品还有一把武士刀和一个小铜佛。那把武士刀非常漂亮,从头到尾四尺来长,刀鞘裹着蛇皮,鞘尖和吞口是银制的,刀把上缠有密密的金丝。大舅把它挂在我家客厅的西墙上,当早晨阳光破窗而入,洒在墙头时,它会发出一层层的光波,令人眼花缭乱。

夏家出事后不久,大舅把武士刀上缴了。他事先没告诉我,我放学回家,刀已经不在了,只看见墙上有条弯弯的白印,好像一根特大号的香蕉。为了这事,我着着实实地哭了一场,差不多两天没跟大舅说话。这把刀是我少年时代最珍爱的东西,它使我在同学中占尽优势。我曾经许多次与同学达成协议,让他们替我做家庭作业,我则把刀取下,借给他们玩那么一两分钟。

日后想起来,把刀上缴掉确实是大舅从生活学到的很英明的一举。这样,到"文革"中抄家时,我们家除了削水果的小刀外,就没有任何军火了。

那尊铜佛倒一直留在家里,它没一点起眼之处,只是个面目不清的和尚坐像而已,故而每批来我家的革命群众都放过了它。一次有个人说这是"四旧",把它狠狠砸在地上,结果铜佛无损,地板却多了个凹坑。

直到最近我才发现铜佛底座下还刻的有字,那是两个汉字:平安。看来它也是个护身符。

不管妈妈做过什么样的推测,叶阿姨和夏叔叔婚后的感情一直很好。他们唯一的遗憾是没能生下一男半女。因此叶阿姨把她的母爱分作了两份,一份给夏叔叔,另一份就给了我。大舅没结婚,自然更把我当成亲儿子。可以想见,我在童年以至少年时的地位有多么特殊,简直就是三房合一苗。

叶阿姨对我说过,妈妈生我时,她和大舅自始至终守在产房外。他们坐在靠墙的长条凳上,望着产房的玻璃门,屋子里的声响隐约能从门缝中透出。听着我妈一阵阵尖叫，叶阿姨双手紧握，指甲深深刺入掌心。那是寒冬腊月，可等到护士把我裹在蜡烛包里抱出产房给他们看时，她里面穿的棉毛衫裤已经全被汗水湿透了。

"就像我自己生儿子一样。"叶阿姨说。

等我能走路了，她常带我出去玩，给我买糖、买气球、买连环画，陪我上公园。有时和妈妈一块，有时是和大舅。不知在什么时候，我产生过一种想法，这想法实在荒谬，而且不忠不孝极不道德，压根不该想、不可想，但我确实想过。我想，要是出了什么意外，妈妈爸爸都不在了，那我也可以和大舅、叶阿姨重组一个家庭。

在老新四军战士的小圈子里，曾经有个谣传，说大舅独身完全是为了叶阿姨。这不是事实，大舅没那么浪漫，就算他有，我妈妈也不会允许。大舅之所以没结婚，是有别的原因。

渡江战役中，大舅发挥了他的特长，他利用旧汽车的马达，把渔民的木船改装成机动帆船。为此他立了个二等功。随后他跟着第三野战军打到浙江福建，攻打舟山外围小岛时，上级又指名把他调了去。大舅上了尖刀连的船队，守在船尾的马达旁。他的任务是保证机器正常运转，可因为晕船，他不住呕吐，吐得分不清东南西北。岛上的国民党守军向他们开炮，炮弹激起的浪头有山那么高。当尖刀连靠上沙滩，一颗炮弹炸开了，大舅只觉得腹部一阵灸热，然后无比轻松，自上船来一直折磨着他的晕船之苦，顷刻间烟消云散。

等大舅醒来，已是两天以后。他发现自己躺在军医院的床上，手臂插有输血管，腰间缠有绷带，一个女护士正微笑着俯身看他。他想坐将起来，但腹腔的剧痛使他无法动弹。大舅在那张床上又躺了四个多月，于此期间，他原来所属的部队发起了对金门的进攻。如果大舅不受伤，肯定也要去。然而那一仗失利了，上岛的四个团，除了战死的，全部被俘。被俘的人日后虽然遣返回了大陆，但根据我见过的那本手册，他们中的大多数都适用于从动摇到投敌的条目。所以大舅虽是负了点伤，可从他的政治前途来看，应该说还是不幸中的大幸。

就这样，在三十一岁那年，大舅揣着枚军功章和一张残废军人证书，回到了他出生并接受启蒙教育的城市，担任商业局里主管蔬菜和副食品供应的主任。那时夏叔叔在轻工业局任处长。十年之后，大舅荣升为商业局局长，而夏叔叔，已经成为我们市的副市长了。

大舅在军医院里养胖了。当他能下床活动时，每天中午，他就端一把藤椅来到室外，尽情享受在阳光下午睡的乐趣。军医院所在原来是外国人开的一家寄宿学校，校园里有块很大的草坪，草坪中央是一个装饰着仙女雕像的喷水池。自从野战医院迁来此地，炊事房把草坪一角辟为菜田，用喷水池的水就近浇灌，他们还利用草坪放鸡，把医院的伙食搞得丰富多彩，这也是大舅发福的原因之一。

大舅躺在藤椅上，摘下眼镜，把一块毛巾搭在额头和鼻梁中间。阳光透过毛巾的孔隙，在他合住的眼皮上洒下七色彩虹，大舅感觉到温馨的懒意，意识自由自在地走向远方。有一会儿，他好像来到了一九四三年的那间牛棚，这大概是菜田里刚上的新鲜粪肥刺激了他的嗅觉神经，接着他又参加了叶阿姨和夏叔叔的婚礼。他看见叶阿姨披上洁白的婚纱，脸上带着她第一次见到他时露出的那种腼腆的微笑，她显得非常漂亮，只是腰间很不相称地束着粗皮带，皮带上还插了一把鲁格手枪。

幸亏婉君没有挑选我。大舅正这么想，有人揭下了他盖在脸上的毛巾。

"田鼠，可以醒醒啦。"

大舅戴上眼镜，一个熟悉的影子从使人目眩的光线中慢慢显现出来。"老杜！是你吗？"他有些迟疑不决。

"不是我是谁？"杜叔叔说，"没忘了我吧，火枪手。"

大舅摇晃着站起来，使劲搂住杜叔叔的双肩。他鼻尖刚好齐杜叔叔的下巴，因此他得踮起脚才能够上杜叔叔的肩头。

他含着眼泪说："你这老家伙怎么还没死啊？"

"非但没死，还是你的父母官呢。你知道吗，你现在站在我的地盘上。"

杜叔叔那时是军医院所在地方的区长,他代表当地行政首脑来慰问伤兵,在医院花名册上看到了大舅的名字,于是便丢开公务,独自跑来叙旧情了。他对大舅说了他那些年的经历,说起集中营、审讯和铁笼子,他把铁笼子在他身上留下的纪念指给大舅看。大舅也想让杜叔叔看看自己的伤疤,可又觉得那个部位不太雅观。

"小夏他好吧?"杜叔叔问。

"很好,"大舅说,"我想他这会儿已经结完婚了。"

"那你呢?"

"我?"大舅苦笑一下,"或许等下辈子吧。"

杜叔叔不作声了。他猛然想到花名册里关于伤势的附注。大舅看到杜叔叔难过的表情,便换了个话题。

"老杜,我们一块回家去吧。"

"我已经回去过了,"杜叔叔说,"在做梦的时候。"

杜叔叔说这是开玩笑,他是想回去,看看老家,看看母校和老朋友们,可那得等到他手头的工作空下来时。然而他的工作老也空不下来。他和大舅保持通信联系。在每封信的结尾,大舅都附上一句,问他什么时候能把梦想兑现;每次杜叔叔都回答快了,不会太久。

杜叔叔回乡省亲是在他和大舅重见的十年之后。要是大舅知道这会引出什么样的结果,他一定会后悔自己在军医院里的提议。

和杜叔叔一样,叶阿姨也是从上饶集中营里越狱逃跑的。她那段历险记,凡六十年代初在我们小学上一年级到六年级的每个学生,都能大致说上来。

那年头学校里时兴传统教育,有一天校长把我找了去,想通过我请一位革命前辈给全校师生做报告。校长来我家做过家访,自然清楚我这独苗上连着哪三房。他对我说:"教育下一代是我们事业的千秋大计,如果夏市长不能在百忙中抽空,最好能请到他的爱人……"当时在我心目中,校长这头衔远比局长市长响亮得多,所以当叶阿姨表示为难时,我泪丧得都差点要哭了。"男子汉的眼泪是不能轻流的,"叶阿姨摸着我的头发,想了想说,"别难受啦,我去,我去还不行吗?"

叶阿姨在我们学校大礼堂里做了两个钟头报告,讲的是新四军战俘组织暴动、逃出集中营的经过。她说那件事发生在福建崇安县一个叫赤石的地方,因此后来历史教材上就叫它赤石暴动。

一九四二年春,日本军队攻占了金华,上饶危在旦夕。第三战区司令部决定把集中营迁往福建。经过几天步行,战俘们被押解到了赤石镇。镇东面有条河,大约百来米宽,靠两个竹筏摆渡。集中营的队长指挥看守押战俘分批上筏,他们的警戒有点松懈了,因为已经到了安全的地段,他们没想到,那些表面看来很听话的新四军俘房,暗地里却进行了串连,待到一过河便准备发起暴动。

叶阿姨跟着男战俘的最后一筏渡河。上岸后她找了块大石头,想坐下歇歇,等后边的女生队,这时,她听到有人唱起了义勇军进行曲。她正在纳闷,就看见难友们全像听到号令似的,突然都散开了,向渡口右侧的丘陵地带奔跑。她没有迟疑,也拚命跟着跑。身后响起了枪声,子弹嗖嗖地飞过她头顶。她在田埂上绊了一下,摔倒在地。有人把她拉起来,鼓励她坚持住,跑进山里就是胜利。

突如其来的暴动让集中营的队长惊呆了,他立刻想到这一切对他的官运以至性命意味着什么,清醒过来后,他一面命令手下开枪扫射,一面用几乎是恳求的声调高喊:"别跑啊,别跑啊,有什么事都可以商量嘛,你们快回来,快回来吧!"

后来我才想明白,这队长和杜叔叔常说的那位其实是同一个人。在叶阿姨他们暴动成功以后,他被撤了职,并因渎职罪提交军事法庭审判。他花了许多钱,托人打通关系,好容易保住一条老命。不过在出庭那天,他还是吓惨了,从军法处的台阶上摔了下来,跌断了一条腿。那以后,他大概就没兴趣再打篮球了。

叶阿姨说她一生中从没跑得这么快过,那不是用腿在跑,而是用生命去冲刺。曾有一会儿她觉得再也支持不住，像是就要死了，她的脚步变得飘飘浮浮，意识也开始飘浮。后面跑过来的两位男同志看到了这情况，便一人一边，架起她的胳膊，继续向山上冲。

他们跑到山顶，太阳已经西沉，男同志把叶阿姨放下，让她平躺着休息一会儿。叶阿姨发现自己的鞋子没了，她不知是什么时候跑丢的，只感到脚掌心像刀割似的痛。枪声渐渐稀疏，仍然能听见队长拖着哭腔的哀鸣，敌人虽然就在山脚下，却不敢冒险进入黑压压的山林。直到这时，叶阿姨才意识到自己已经自由了。她仰望天空，天空似乎特别高，星星似乎特别亮，空气也特别的清新。聚集在这山顶上的十几个人，突然像孩子似的扑在一起，互相庆贺，叶阿姨虽说是唯一的女性，可也忍不住了，她和男同志们紧紧拥抱，把泪水涂在他们的腮边及肩头。

第二天，叶阿姨和她的伙伴们进了武夷山，辗转数月，终于到了苏北，回到新四军的怀抱。自那之后，每年五月末他们都尽可能抽空在一起吃顿饭，以纪念脱险的日子。叶阿姨曾经带我参加过一次那样的聚餐会。那些叔叔对我都挺好，他们中有些人跟大舅很熟，另些人早就认识妈妈，他们拚命喂我吃东西，鸡腿、鱼，还有汽水，害得我回到家，当晚就拉肚子。

五月聚餐会在我满十岁后自行消亡。叶阿姨没能出席最后一次聚餐，那时她正奄奄一息躺在医院里。听说那次聚会非常沉闷，完全不见往日的欢笑，大家都被夏家发生的事搞得神不守舍、恍恍惚惚。只有一个人在高声说话，他是喝醉了，用拳头捶着桌面一个劲地嚷："不可能！这不可能！打死我我也不信！"

喝醉的叔叔就是架着叶阿姨胳臂跑上山的那两人中的一个。在山顶上，他替叶阿姨挑出了嵌入脚底的碎石片，又把自己的鞋子脱给她穿。好像他后来也曾追求过叶阿姨，自然也遭到了婉言谢绝。他是大舅的朋友，又和大舅一样，是情场上的失败者，至于是否因为这共同点促进了他们的友谊，那就不得而知了。

常听人用战场来比喻情场，可我以为这两者有很大的不同。在战场上，对垒的双方可以打成平手，可以签订和约，可以不了了之，随后同时宣布自己取得了决定性的胜利；然而在情场上却总有一个实在的幸运儿。

夏叔叔就是这样的一个幸运儿。

其实不仅是在情场上，在战场夏叔叔也都一直走运。他于皖南事变前一个月离开了皖南，躲过了那次奇冤；他在"文化大革命"开始前几年死了，也没遇上那场浩劫。一九四三、一九四四年日本鬼子在苏北搞清乡，夏叔叔几次被他们堵在包围圈里，可每回都有惊无险、逢凶化吉。他打过十来场大仗小仗，不知道曾否击倒过敌手，反正自己从未受过伤，等部队转入全面进攻时，他又被调到地方工作，挨枪流血的机会就更少了。

夏叔叔在仕途方面也十分顺利，他在每轮职务阶梯上停顿的时间不超过两年，科长到副处长，副处到正处，正处到副局，再跳到正局，提升为副市长时，他年纪刚满四十岁，成为我们这座城市有史以来最年轻的行政首脑。撇开像妈妈那样因某种说不出口的原因而产生的成见，我所听到的有关夏叔叔的评论都是赞誉之辞。大家说他年轻有为，能力强口才好，有风度，又善于处理上下级之间的关系，总之，他是一个模范干部。如果不算原新四军政委兼副军长项英对他做过的那次口头批评，夏叔叔的形象可说是找不到一点瑕疵。

他唯一的不足，是方届壮年便撒手西去。虽说现在人们注重的是生活的质量，并非数量，而且他死得又是那么安详，仿佛沉睡在幸福中，以致大舅若干年后会对此表示羡慕，然而他毕竟死得过早了，没能望见他事业的巅峰。

如果叶阿姨真是国民党特务的话，那夏叔叔就是在国内革命战争中牺牲的最后一名新四军战士。

在叶阿姨和夏叔叔猝死之前，我觉得自己的生活贫乏无味，这当然与我所处的环境有关。我是个在传奇中泡大的孩子，在摇篮里妈妈和叶阿姨对我哼的是游击队进行曲，我的第一件玩具或许就是大舅的武士刀，妈妈和大舅的朋友们各自有其不寻常的经历，他们来我家时，我总竖起耳朵站在沙发后面，他们聊天中随口谈出的那些往事，常常在晚上把我带进一个五颜六色的梦。可学校的日子却是那么枯燥，日复一日的升旗出操，上课下课，做不完的家庭作业，如此等等，令人厌倦。我时常想，要是能早生几十年，活在叔叔阿姨大舅他们的时代，那该多有意思。

前不久在报上看到条报道，说是有四个十岁的小学生，私拿了父母的积蓄，结伴去峨眉山学剑，在船码头被人截下。经询问，说他们还不知道峨眉山是在四川。那报道的目的是想引起家长们的警惕，可我倒是很理解那四个男孩。我和他们的区别在于，当我像他们那么大的时候，书店里不卖武侠小说。

不过在十岁那年的五月，我过得倒很充实。那个月里发生的事，让我一辈子都回味不尽。月头上我满了十岁，妈妈和大舅说这是大生日，对未来会产生深远影响，要为我庆祝一番。他们让我请了几个平时要好的同学来家里吃饭，叶阿姨当然也来了，她送我件礼物，一把手枪，可惜是塑料的。

妈妈指挥保姆下厨房做菜的时候，我和同学们在客厅里玩打鬼子的游戏。我们在椅子下爬来爬去，把它当作假想的地道，并假想鬼子就在地道上面。在我们头顶，大舅正坐着和叶阿姨谈事。我瞧见他的脸色，好像很不高兴。

大舅确实有点生气，不过不是对我。他为一个老战友的事托夏叔叔帮忙，但被夏叔叔拒绝了。那人原先和大舅同在一个部队，在攻打金门岛的战役中不幸受伤被俘，遣返回大陆后，他被开除了党籍军籍，那时连个正式工作都没有，只能每天扛着板凳在街头补锅。

大舅告诉叶阿姨，在军械厂那位战友和他睡一个宿舍，以前叶阿姨去时，那人总借口回避，在门边向大舅跷起拇指，顺带做个鬼脸。"你应该认识他的。"大舅对叶阿姨说。可叶阿姨不记得了。毕竟已经过去了那么多年，而且她脑后没长眼睛，看不到别人在她身后做的小动作。

"这不公平，为什么要这样对待自己的同志！"大舅说着就有些激动，"他并不愿意做俘虏，可他受了伤，失去了战斗能力。这实在太不公平了。"

"老杨，往后你就少管管别人的事吧。"叶阿姨轻声细语说。

"婉君，你怎么也不明白，这个人完全可能就是我呀！"

"我明白，是你不明白。老夏也不便多说话。为了你的事，组织部对他已经很有意见了。"

"我的事？我有什么事？"大舅莫名其妙。

"开饭了，别像老太爷似的，过来帮帮手吧。"妈妈在厨房里高声叫唤。

大舅和叶阿姨的谈话就此被打断，以后再也没有机会继续下去，倒是在"文革"中挨斗的时候，大舅弄清了夏叔叔和组织部之间芥蒂的由来。原来在讨论提升大舅任正局长的问题上，组织部持反对态度，他们认为他属于内部控制使用的干部，不能担任要职。

生日过后没几天，我们市进入了雨季。接连一个星期，大雨下个不停。我们家的大院里，学校操场和从家去学校的路上，都积了水，水面上到处漂浮着淹死的甲虫和蚯蚓。报上说："特大暴雨袭击本城，平均日降雨量超过一百毫米。市区数万户居民家中进水，郊县几成泽国，大部分公交线路因积水深度已过汽车发动机，而被迫中断。气象学家惊呼，这次涝灾实为百年罕见。"同一张报纸的另一条报道还说，住在东城的某位居民当日在卧室里抓到三条一斤多重的鲫鱼。

大舅愁坏了，他主管的部门不能向市区居民供应足够的蔬菜和副食品。郊县的农田被淹了，就是没淹的也运不进城里。每天我们家保姆从菜场回来，都要对妈妈诉苦，说是买不到东西，给的钱也太少，所有东西都涨价了。于是到晚上，妈妈就以一个主妇和干部的双重身份，指责大舅没把工作做好。大舅偶尔也争辩几句，不过他的声音比起妈妈来，就显得十分无力。

雨下得最大的时候，我在客厅里用功。那天家庭作业是做作文。我把作文本、铅笔、橡皮和卷笔刀放在小桌上，写几个字，又擦去，再削一次铅笔，后来我干脆一口气把铅笔削掉了一半，看看能否让木屑连接不断，像叶阿姨削苹果皮那样。我想我可能有点神经质，这得怪我老师，因为他总喜欢出些无聊的作文题来难为我们学生。那天他出的题目叫"令人难忘的一夜"。

妈妈和大舅的谈话吸引了我的注意，我放下卷笔刀，专心致志听他们俩争论，听着听着不由得暗暗发笑。我心想，大人其实也并不像他们自个儿以为的那样聪明。等雨再下大些，淹上我们住的二楼，那我们在床头上就能钓到鱼了，何必那么辛苦去菜场买菜呢。

杜叔叔就在那天傍晚回到了他和我们的城市。他下了火车，在车站等了半个多小时，没看到原定去接他的车，便扛起旅行袋，涉水自己走到了招待所。那时他的腿还没被打断，他的身材还保持着一个篮球运动员的标准，浸没别人大腿的积水，对他来说，只是刚刚过膝。

他在招待所放下行李，匆匆洗了把脸，就按地址找到了我家。那时我对妈妈和大舅的争论已没了兴趣，听到门铃响，抢先跑了过去。

我打开门，看见一个卷着裤脚管的人站在门外。他身材很高大，像半截铁塔。因为身材高，我的视线首先触及的是他的大腿，那些圆圆的像被炒豆子烫出来的小坑把我给吸引住了。

"你那儿是什么东西？"我问。

杜叔叔稍稍一愣，那时刻许多被抛在脑后的记忆全向他涌来。他想起了铁笼子，想起了集中营的审讯，想起二十多年前在江西上饶附近一处军营门口有人对他提出的同样的问题，当时他对这问题的回答关系到一生的命运，如果他答错了，他的历史或许还有其他人的都将被改写。"这是个征兆，"在第二次来我们这儿看病时杜叔叔对我说，"预示了一场悲剧会发生。"

"那是麻子吧?"我又问。

"小孩子应该懂得礼貌,"杜叔叔说,"难道每来一个客人你都这么盘问?你大概就是那个你舅舅常在信里提起的小家伙喽?"

我没来得及回话,大舅和妈妈都走出来了。整幢楼里只听见妈妈的女高音,"好你个杜大个子,早不来晚不来,偏挑了这么个倒霉的日子来,我就算想请你吃饭,又上哪儿去买菜呢!"

"那没关系,"杜叔叔大笑说,"能看到家乡和朋友,我就心满意足了。"

可征兆预示了他无法心满意足。即使不提后来发生的事,就是家乡,他也看不全。靠下面的一半都还浸在水里呢。

杜叔叔在我家坐了会儿,随后我们一块去看夏叔叔。夏家和我们同住在一个大院里,用不着走几步路。在经过积水的洼处时,杜叔叔把我举了起来,让我骑在他的脖子上。他兴致很高,不在乎我的不礼貌的表现,也一点没为遇上百年罕见的大雨而懊丧。

杜叔叔的高昂情绪一直保持到他与叶阿姨见面。在进门处昏暗的过道里,夏叔叔给他们俩做了介绍,杜叔叔握着叶阿姨的手,半开玩笑地说早就听说小夏娶了个让人羡慕得不得了的漂亮老婆,叶阿姨怪不好意思地笑了笑。我们走进客厅,日光灯把惨白的光亮均匀地洒在每个人身上,可能到这时,他们才看清了彼此的脸。于是他们的笑容凝固了,他们俩对视的目光似乎也凝固住了。

妈妈说她早就觉得情况不很对劲,她跟叶阿姨谈菜场的事,可叶阿姨心不在焉、答非所问,表情木然得很,不知在想什么。大舅说他也有所察觉,以往叶阿姨总爱向客人推荐她的龙井,那天却要夏叔叔再三提醒才想到添茶,而且还几次把水倒在桌上。不过这些都是妈妈和大舅事后总结的,如果他俩真有预见,在当时可谁都没表露出来。至于我,那晚上倒真还有些不自在,但不是为别的,是为了我那篇未完成的作文。

考虑到我要上学,那晚上早早便散了。三剑客约定第二天再见。第二天上午市里有个会议，讨论抗涝救灾，由夏叔叔主持，大舅也要参加。等开完会，他们就去招待所接杜叔叔，然后找个馆子好好吃一顿，痛痛快快地聊。"不醉无归"，这是夏叔叔的原话。他也许太高兴了，就没像妈妈大舅那样，注意到叶阿姨的反常表现。

送客到门口时，夏叔叔对大舅说："天气不妙啊，气象台说明后两天还有雨。"

"是不太妙啊。"大舅说。

"你准备采取什么措施保证我们的厨房？"

"尽力而为吧。"

"那好，"夏叔叔说，"明天会议上听你的高见。"

回到家里，妈妈立刻把我赶上床。在睡着之前，我一直望着窗外。雨点打在窗玻璃上，发出啪啪的声响。我巴望着明天街上的水积得更深，这样，也许我就不必去学校，也就没有人会关心我是否完成了家庭作业。

大舅没睡，他在书房里准备明天会上的发言。听着雨点打窗的声响，他一时展开的愁眉又蹙紧了。他知道如果他的发言不能使人信服，夏叔叔不会放他过关。在公众场合，夏叔叔很注意不给别人留下讲私情的印象。

那是晚上十点半钟。然而那个令人难忘的晚上还远远没有结束。两小时以后，杜叔叔又敲响了我家的大门。他浑身都湿透了，随便在哪儿捏一把都能接上一杯水，仿佛在这两小时里，他代替了高压线架，一动不动地肃立在大雨下。

"你怎么啦？"大舅吃了一惊。

"有话跟你说。"杜叔叔忧心忡忡地说。

大舅把杜叔叔领进书房，轻轻锁上门。他感觉到杜叔叔要说的事很严重，尽管他猜不出是什么。和所有的老兵一样，他对于危险有种奇怪的嗅觉。杜叔叔倒在沙发上，久久不吭声，大舅静静等着，也没催问。他还在想，等妈妈发现了沙发上的水迹，那又得费一番口舌了。

"我对你说过我在集中营里的事，你还记得吗？"过了一会儿，杜叔叔开口了。

"记得。"大舅说。

"有一个特务队长审问过我。"

"是不是问你姓什么屠?"

"对，就是那回。当时，除了队长之外，还有一个女文书做记录。"

"嗯。怎么啦?"

杜叔叔沉默了几秒钟。"看到小夏的妻子，我想起了那个女文书。"

"什么意思?"大舅慢慢挺直了腰背。

"她长得很像那文书。"

"你到底是什么意思!"

"我敢说，她就是那个女人!"

大舅跳了起来，两眼瞪着杜叔叔，"你认错了!"

杜叔叔顶着大舅的目光，说:"绝不会的。"

大舅绕着沙发走了两圈，又坐了下来。他尽力使自己的声音保持平稳，"老杜，你冷静一些。"

"我现在很冷静。"

"你知道你在说什么吗?"

"我知道。"杜叔叔说。

"不，你不知道!你有没有想过，你说的话对老夏和小叶意味着什么?"

"我当然想过，"杜叔叔狠狠砸了下沙发扶手，愤怒地说，"你以为这两个钟头我是在逛街!"

夏叔叔感到了倦意。他走进浴室，看见脚盆里已经盛满了水。夏叔叔知道水是叶阿姨为他准备的，冷暖一定正合适。他脱去袜子，把脚伸进盆里，轻轻搅动。水波翻滚，像一只柔软的手按摩着他的脚背。婉君，你过来一下，夏叔叔叫道。叶阿姨从厨房那边走来，问什么事。把擦脚布递给我好吗，夏叔叔说。他擦干脚，换上拖鞋睡衣，回到卧室。叶阿姨正替他取临睡前吃的药。你对老杜的印象如何?夏叔叔问。很好，叶阿姨稍稍有些迟疑。夏叔叔笑笑说，刚认识你可能觉得他比较冷，其实不然。他这人算得上古道热肠，为朋友能两肋插刀，对敌人毫不留情，你没看到他上学时跟人打架的样子。以后你会喜欢他的。我会的，叶阿姨说，她把装在瓶盖里的药丸递过去，让夏叔叔吞服。没忘了安眠药吧，夏叔叔问。没忘，叶阿姨说。那就好，夏叔叔又提醒了一句，记着早上七点钟准时叫醒我，明天的会是我主持，可不能迟到了。叶阿姨嗯了声，就上厨房去了。

夏叔叔上了床，关掉床头灯，卧室里漆黑一片，门缝中透来了厨房的灯光。已是夜深人静，耳边只有哗哗的雨声。夏叔叔不知道在隔几步地的我家，大舅和杜叔叔正满腹心事面面相觑。望着窗外，他自言自语说，看来今年的夏粮算是完了。

也许夏叔叔没说过这样的话，因为以上这一节全出于我的想象。事实上，没人知道那天晚上夏叔叔和叶阿姨说过些什么，做过些什么。没有人。然而有两件事，我大致不会猜错。一是叶阿姨给夏叔叔倒了洗脚水，她每天都倒，已经养成习惯，大舅对此很不以为然，常责备她使夏叔叔成了一个被宠坏的大孩子；二是夏叔叔肯定吃过安眠药。他有神经衰弱的病史，如果不服药，只要街上有一辆汽车开过，或者野猫叫上一声，整晚上他就别想入睡。

安眠药使夏叔叔睡得更安稳，中毒也更深。在我想象中他提起明天会议的时候，他其实已经没有明天了。

夏家出的事是他们的保姆首先发现的。她买菜回去，是七点半光景，家里静极了，没一点人声。她有些奇怪，往日这时候，东家已经起床，多半还把收音机开得震天动地，在收听早上的新闻广播。虽说觉得奇怪，可她当时并没有别的想法，睡过头的事，人人都是有的，副市长也不该例外。要不是她看见卧室的门不曾关严，她就径直去厨房准备早饭了。

她轻手轻脚往厨房里去，惟恐脚步声吵了东家。她有些怕夏叔叔，至少她后来对公安局的同志是这么说。这时候，她发现卧室的门裂着一道缝，她想会不会东家已经出门办事去了，于是她放下手里提的竹篮，推门进了卧室。

卧室的窗关着，拉紧了窗帘，保姆看不清里面的东西，但闻到一股刺鼻的怪味。她一时里意识不到那是煤气，只是急急赶赶跑到窗前，推开窗户，把雨后的新鲜空气放进屋来，等她转过身，看到并排躺在床上的东家两口子，她真是吓了一大跳。

乌云密布的天空把它灰淡的光投进了卧室，给夏叔叔和叶阿姨留下最后一幅合影。夏叔叔仰面躺着，面容平静如常，一条毛毯盖过他的胸口。在他身边，叶阿姨穿戴得齐齐整整，甚至没脱去皮鞋。她侧身卧着，下腭靠住夏叔叔的肩，前额紧贴夏叔叔耳朵上方，仿佛她想利用这一点时间，再向夏叔叔倾吐些什么。

这个画面大舅和杜叔叔都没看见，他们赶到夏家时，夏叔叔的遗体已经运去做解剖了，叶阿姨还有一息尚存，被送往市中心医院抢救。大舅和杜叔叔站在夏家过道里，连卧室也没能进去，因为公安局来的人正在那儿勘查现场。大舅看见他们从屋里拉出一根长长的橡皮管。橡皮管一头接在煤气灶上，另一头从卧室门下穿过，通到了床边。这根橡皮管就是卧室房门关不严实的原因。

"都怪我。这事全都怪我。"杜叔叔铁青着脸，眼白上布满了血丝。

"你不要这么想，"大舅说。

"我该怎么想？"杜叔叔反问，"要是我没听你的话，昨天晚上就把真相摊开，那小夏不会送命！"

杜叔叔狠狠瞪了大舅一眼，转身走了。

大舅独自站在过道里，他奇怪自己听了杜叔叔的话为什么不感到内疚，他心想应该那样，可他没有，他只是觉得很累，非常累，好像只要一闭上眼就能睡去，于是他靠着墙闭上了眼睛。过了好一阵，他才发觉有人扯住他的衣袖，在他耳边絮絮叨叨地说话。他扭过头，看见夏家的保姆。

"我喊了一遍又一遍，"保姆抹着眼泪说，"叶同志、叶同志，快醒醒，把喉咙都快喊破了，她不理我，动也不动，直到看见了橡皮管，我才想到怕是出了事，本来我还以为他俩睡过头了，他们两个脸色都那么好，红通通的，怎么也不像死了呀。"

"你懂什么，"卷着橡皮管的公安人员插嘴说，"脸红才不妙呢，那是一氧化碳中毒的典型症状。"

那天下午，叶阿姨在医院急救室里苏醒过来。她睁开眼睛，看看自己身上穿的白色病员服和站在床边的医生护士，神态就像是来自银河系以外的某个遥远星球。守候在病房外的有关部门的同志，闻讯冲了进去，向她提出一连串的问题。叶阿姨没说话，只叹了口气，然后又把那两扇心灵的窗口关上。

从那天傍晚起，叶阿姨拒绝进食。她紧紧抵住嘴唇，不让护士给她喂稀饭，护士想用小勺撬开她的牙关，她拚命摇头，把整碗稀饭都打倒在被单上面。

第二天早上医生开始给她吊葡萄糖盐水。他好不容易把针头扎进她细细的血管里，可等他一转过身，叶阿姨就把胳臂上的针头拔掉了。

院方和市里领导商量过后，决定施行强迫进食方案。他们用橡皮带把叶阿姨两只手腕都绑在床架上，然后给她插入静脉滴管和鼻饲管。医生忙乱的时候，叶阿姨静静躺着，没做任何反抗，没有任何表情，好像这一切并不是发生在她自己的身上。

维持生命的液体通过一条条橡皮管源源不断流入叶阿姨体内，但仍然没能留住她的生命。叶阿姨只比夏叔叔多活了五天，五天中她没离开病床一步，也没有说过一句话，甚至没对我说。这五天无疑是她一生中最漫长最孤独的日子。

叶阿姨的死使医院陷入窘境，他们没法交代，因为市领导再三指示过，要尽一切努力，一定要保住叶阿姨的性命，至少得让她把话留下。院方也确实尽了全力，他们派了最强的医生，拿出最好的药，最有效的治疗方案，然而回天乏术。还在我们去探望叶阿姨那时，主治医师在病房外已经私下告诉大舅，看来她是毫无指望了。"我不是替自己辩解，"那医生摇着脑袋说,"真的,不怪我们无能,是她自己把电闸刀给拉下了。"

按照医生的见解,生和死其实都可以被视为一种物理现象。人好比是只六十支光的白炽灯泡,而意志就是电源开关,当一个人不想再活的时候,他的手就握住了闸刀。于是啪嗒一声,灯就灭了。

叶阿姨把夏家的灯给灭了,也给她周围的人心里留下很大一片阴影。五月聚餐会从此解散,对此我十分理解,因为聚餐显然会勾起大家对叶阿姨的回忆,而那种回忆又显然无助于食欲。

杜叔叔等事情告一段落后,立刻离开我们市,回到了南方。他不再给大舅写信,想来他没能原谅自己,因而也没原谅大舅。差不多整整过去了十年,他才和大舅恢复联系。经过"文化大革命"的劫难,他把许多事都看轻了,别人在政治上解放了他,他也在感情上解放了自己。

至于大舅,妈妈说他再没能从那片暗影中走出来。这话不确。大舅的确变得沉默了,更少和人交往,可是我知道,他已经能够正视这件事,虽然这花了他大约两年时间。他开始跟人讨论叶阿姨的死。不过他只和一个人讨论,和我,所以妈妈也一无所知。

对叶阿姨的故事,我们那个小圈子里有过种种推测,前半截说法大致相同。那就是杜叔叔没有认错人,叶阿姨的确是那个在审讯时作记录的女文书。抗战期间,许多青年学生放弃学业离开家庭,投身于抗日,有的参加了国民党军队,有的参加了共产党的队伍,叶阿姨多半是在这时参的军,被派去集中营。如果不是那样,她也不会走绝路。从这往后,意见便有了分歧。公安局长说叶阿姨是特务,她奉命潜伏在女战俘之中,是想打听消息,随后又趁暴动之机,混到苏北根据地,伺机破坏。公安局长的这个判断,大舅和五月聚餐会的那些叔叔都不同意。他们说如果叶阿姨真是受命潜伏,那她的首要任务应该是破坏赤石暴动,别忘了因为暴动,集中营队长差点被枪毙。而且,看叶阿姨在苏北以及解放后的表现,也找不出什么可疑的迹象啊。

"婉君绝不会是特务,"大舅和我讨论时这么说。他认为叶阿姨是对同室操戈感到气愤，说了什么话，被队长关起来的，正巧遇上暴动，便跟着大伙逃跑了。"婉君一定是想忘掉过去，开始一种新的生活。她错只错在隐瞒了这一段历史。"

大舅管叶阿姨叫婉君。以往他只是和叶阿姨对话才这么叫，有第三人在场时他总称呼她小叶。他本来很注意这些细节，可眼下已经没那必要了。

"她也许是怕说不清楚，可越怕越说不清楚。"大舅说，那时他也并不知道自己还曾自首过。

"可叶阿姨为什么要夏叔叔死呢？"我问，"她恨他吗？"

"你还小，你不会懂。她不恨夏叔叔，她是爱他。"

大舅和我做以上那番讨论时，我刚过十二岁，他话里的很多意思，我的确不太理解。等长大了我才意识到，其实那些话并不是对我说的，大舅是在和自己讨论，只不过他需要一个听众，一个不参与争辩的听众。

不久前，我到过叶阿姨投奔革命或者说受命潜伏的地方。我倒不是专程跑去凭吊，我是在武夷山风景区疗养，在疗养所，碰巧有人告诉我那儿离那个叫赤石的小镇很近。

一个阳光明媚的下午，我搭疗养所的运输车来到赤石。这镇子没什么特别的地方，屋脊两头弯弯翘起的福建老式民居和新盖的水泥平顶楼房紧紧挤在一块，中间丢出几条石板街，和所有南方小镇一样，街面上比比皆是书摊、服装摊、小吃铺和张贴着港台武打片广告的录像放映点。在小吃铺，我要了一杯颜色颇为可疑的饮料。因为是下午，没什么顾客，年纪很轻的店主无聊地倚在柜台上，摆弄他的录音机。

"老板，这附近是不是有条河？"我问。

"对啰，"他说，"出镇向东去就是。"

我上柜台付账，小老板随口问："你去建阳？"

"不，只想去河边看看。"

"河有什么好看的？"

"以前那儿发生过暴动。"我说。

"暴动？没有啊，没听说过。"他连连摇头。他可能把暴动和暴乱、动乱那类词汇搞混了,便用一种警惕的眼光审视着我。"你是干什么的?"

"旅游的。"

"旅游你不去天游峰、玉女峰、九曲溪,跑这儿来干吗?"

"你问得有道理,"我回答说,"实际上我是走错方向了。"

我出镇子向东,走到河边,又随摆渡船去了对岸。渡口右侧是一片丘陵,丘陵后面就是蜿蜒峻峭的武夷山脉。岸边有些板凳大的石块,面上很平整,被磨出了黑油油的光泽,不知从哪朝哪代,旅人便在这里坐等着过河的小舟。我找了块干净的石头坐下,我自以为看见了叶阿姨他们跑上山的路线,并且自以为就坐在她当年坐过的石头上。

在那块石头上,我想起十二岁那年大舅对我说过的话。我想也许他和公安局长所做的推论都不一定准确。暴动开始时,叶阿姨就处在我的位置,聚餐会的叔叔们高呼口号向丘陵奔去,集中营队长在渡口那边指挥警卫开枪,子弹铺天盖地扫来,在空中划出道道气浪,如果叶阿姨不跑,那她可能早就被打死了。

一小时之后,我搭渡船回到了赤石镇。我又走进那家小吃铺。店里还是没什么客人。小老板仍旧百无聊赖地靠着柜台。我又要了杯颜色可疑的饮料,就着饮料抽了两支烟。我不急于走,因为我知道,这辈子里我大概再也不会到这地方来了。

"去河边了吗?"小老板问。

"去过了,"我说。

"看到什么了吗?"

"没有,没看到。"

"是不是?我早就对你说了,那里什么都没有。"

他说着按下了录音机的放音键,于是我差点被烟头烫焦了手指。录音机放出一部台湾电视连续剧的主题歌,歌名是《一个女孩名叫婉君》。

(原刊于《收获》1992 年第 1 期)

接近于无限透明

朱苏进

1

李言之所长从医院里带话来,说他想见见我。

自从他患了不治之症之后,我忽然觉得他是个非常好非常好的人。而在此之前,我憎恶他,小心翼翼地憎恶他,不给人发现。其小心翼翼已到了这样一个程度:连我自己也差点把心中那种憎恶之情给忽略过去。现在,他快要死了,此事突然升华了我对他的感情,他像团棉花一样变得软和起来,非常温馨地涨满我心。现在,我知道,死亡对于人类是何等必需的了。不仅对于人类的生态调整是必需的,而且对于人类精神美化也是必需的,甚至对于满足人的忏悔欲望也是必需的。

他是在机关年度体检中给查出来的。那天我俩都笑呵呵地进了生化室,一位从衣服里头飘出法国香水味的女护士走过来，白皙的手上拈着一管银针，眼睛里满是职业性无聊。她在我们手上各抽去了一小管血，注入器皿，什么也没说，而我们都意识到了她的无言即是一句语言："走吧你们。"我们就走了。

当时他的血和我的血挨得那么近，看上去一管血几乎是另一管血的重复。我们都把此事忘了，直到医院通知他立刻入院，他才愕然道："你们没搞错吗？"

我理解他那句话的意思是：会不会把我的病栽到他身上去了。我原谅他那句话，我俩血液确曾挨得那么近嘛。

那句话也无情地暴露出：人是渴望侥幸的动物。虽然他已是五十余岁的负责领导，应当具有相当强的理性了，但渴望侥幸的心理仍然深藏在他的下意识中。每当他不慎流露出来的时候，一刹那间他就像个惶恐的孩子，令人可怜又可爱。唉，我真希望他永远保持这样，为此，不惜把他永远存留在惶恐状态中。

他患病的消息刚传出来时，人们唏嘘不已，一哄而起去看他，那时人们的感情最新鲜，携有最浓郁的惋惜。到他那儿去的人，跟领工资一样齐。听说他病房壁橱里的各种营养品，已经摞得高高的，都塞不下了。随着他病情稳定下来，人们的对他的热情也就淡漠了，每天只有妻子定时陪伴他。人们似乎在等待一个什么迹象，比如说"病危通知"，一旦知道他临终，人们又会跟开头一样密集地奔去看他，因为人们心里已经有了个暗示：不去看他就再也看不到他了。对这种人潮现象站远些看，比置身其中更有魅力。站远些就不是被人们看了，而是看人们。看人们的善良之心多么相似，一群人在重复一个人。或者说，每一位个人都在重复人群的感情。人就真的那么渴望被裹挟吗？

一股针尖那样的异想扎了我一下：同样的病症，搁他身上和搁在普通人身上，得出的痛苦是不是一样多呢？我可以肯定，同样的病症，搁在每个人身上，痛苦都是不一样的。那么，每个人去探望他时，不是该有自己的看望吗？也就是说，看望的不仅是他，而且是自己的他。

不知道李言之能否看透这一切，他接近于死亡高峰，应该看得比寻常时刻多得多，应该"会当凌绝顶，一览众山小"。当天意赐死亡予他时，他应当品味出死亡意境和种种死亡意蕴，这才叫活到了最后一刻。

他不该在怕死中去死，也不该在盲目中去死，应当以拒绝死的姿势去死……我想。

死有死的质量。死亡对于每个人来讲，在数量上完全一样（只有一次），那么剩下的就只能是个质量问题了。当我抚摸到这个问题时，觉得亲切，觉得李言之也亲切了。

我去看我的李言之。至于李言之自己承认不承认他是我的李言之，那并不重要。

于是，他替我笑了一下，我也替他笑了一下。我们笑得多么从容呵。

总医院内三科病房，是一幢外表可人的建筑物。如果在它旁边放一片大海，那它就是发亮的岛屿；如果拿掉它的躯体，那它就是本无躯体的月光；如果看它一眼后紧跟着再看别处，那么处处都带上了它的韵味。设计这幢楼的人真了不起，像做梦那样设计了它，醒来之后，居然还给他捉住了自己的梦。

我沿着一条花廊似的甬道走了进去，初时恍如飘入，几乎足不点地。走着走着，猛地嗅出不谐。这些玫瑰，这些玉兰，这些芬芳，这些灿烂，都是被囚禁在这里的，都是为掩盖死亡气息设置的，它们因囚禁而蓬蓬勃勃地咆哮，昂扬着初生兵团那样的气势。我从它们身边走过时，感觉到它们的浪头击溅，花瓣的每一次颤动都滴落下阳光，叶脉丝丝清晰轻灵无比，明亮之处亮得大胆，晦暗之处又暗得含蓄。它们站得离死亡那么近，却不失优美。一刹那我明白了，它们是死神的情侣，所以人们总将鲜花奉献给死者。两个意境重叠起来（鲜花与死亡），便堆出一个无边的梦。

一副担架从花丛中推过，担架上的人被布单遮盖住了，来往人流纷纷让道，目光惊疑不定，嘈杂声骤失。人们眼睛都盯在白布单中央，那里搁着一枝红润欲滴的玫瑰。

它是由一位年轻护士搁上去的。她先用白布单覆盖住他的躯体，然后，顺手从床头柜上的花瓶里取出一支玫瑰，搁在他不再跳动的心口上。当时，她只是下意识那么做的，没有任何深刻念头。她出自天然率真。

而此时，人们之所以被震慑，不是由于死者，正是由于那支玫瑰。

玫瑰花儿卧在心口上……虽然那处心口已不再跳动，却使得所有正在跳动的心口跳得更激烈了。

2

我先到内三科医务室，询问李言之的床号和病情。

值班女医生对探访人员挺热情。但那种热情里，更多的是为了迅速结束谈话才采取的干脆果断。当我结结巴巴、拐弯抹角地问一个很艰难的问题：李言之还能活多久？没等我将问题表达清楚，她已经明白了，"你是想问李所长还能活多久吧？……早点说不就行了，真是的！告诉你，他是我的病人，说实话我也不知道他还能生存多久。也许三个月，也许一星期，也许打一个喷嚏就把肝脏震裂开了。总之，他不会走出医院了。这是昨天的化验结果，他身体状况已不能承受化疗了。我准备停下来，采取保守疗法，不再给他增加痛苦。"

"会不会有什么奇迹？"

"到目前为止，还没有什么迹象。"

"他的精神状态怎么样？"

"相当不错，"医生微笑着，"你可以为他自豪。他不是强作乐观，也没有什么过不去的悲伤，每天都挺安静。一个人在凉台上坐着，经常在笑。所以，我隐隐约约觉得……"她欲言又止。

"哦，请说下去。"

"他很愿意死去。这样的病员，说实话我很喜欢。"她真诚地说。

"愿意去死？"我愕然。

"某一类人的正常感情。"她解释了一句。

我离开她,朝李言之所在的病房走去。四周药水味道十分浓郁,来往病员步伐缓慢,看得出都是患病的高级干部。可是,他们脸上出现的不是痛苦神色,大都是一种深思的表情,像正在为某项工作苦恼。也许,他们正思索着自己的癌肿,甚至不相信自己会得这样的病,至今仍觉得不可理解,仍呆在惊愕之中。这里,几乎每个病员都有家属陪伴,因为陪伴很久了,已无话可说,妻子像影子那样沉默地挨在身边,呈现出令人感动的忠诚。阳光已被茶色玻璃滤掉锋芒,再稀薄地一块块掉到走廊上,看上去不是阳光,而是可用笤帚扫掉的炭灰余烬。

李言之的病房在走廊尽头,此刻他一个人独坐在沙发里。我很高兴他夫人不在,因为他夫人非常饶舌,常常用母牛那样的韧劲述说芝麻点的话题,说时又上劲又动情,双手还交替比画。假如你按住她的手,那么她舌头也动不了,反之亦然,她说话是一种全身运动,因此倾听她说话就使你全身劳累。李言之穿一套质地很高级的西装,通身纤尘不染,虽然他不会再走出医院了,脚上仍然穿着那双出国访问时购置的皮鞋,并不穿医院配发的拖鞋。他给我的感觉是:正准备出国,或等待外宾来访。他察觉有人进屋,慢慢转头看我一眼,笑了。笑容不大,笑意却宽广无边。

"我还以为你不会来了呐,嘀嘀嘀……握握手吧,我这个病有一大好处,不传染。"

他神情有点异常,靠在沙发里,像忍受着什么。显然是体内病痛发作了,他在等待它过去。我不忍心看他这副样子,转眼看屋里的盆花:吊兰、玫瑰、海棠、一品红,还有几种可能十分珍贵但我叫不出名的花,它们摆满了窗台以及茶几,芬芳之气飘逸。

李言之无力地说:"都是租来的,从院里养花的老头那儿租。他死不同意,说药气会伤花,怎么求也没用。我听说他喜爱瓷器,就拿了一尊明成化窑的滴水观音壶去,请他观赏。他翻来覆去地看,眼珠子都要掉下来了。我拿过滴水观音往地上一摔,那壶哐啷一声成了碎片。老头傻了,面孔死白,蹲在地上盯着那些碎片发呆。我说:老兄呵,我是快死的人,家里还有几样瓷器,留着全然无用。我只想向你借几盆花摆一摆。死后归还不误,若有损坏,按价赔偿嘛……我偏偏不说要送他一两样,偏偏不说!他憋了好久才出声:你叫人来拿吧。我搬了他十二盆花,租金小小不然,跟白用他的差不多。"李言之伸手抚摸身边那盆叶片翠绿、花蕾金红的植物——其实手指距花蕾还有半寸,他只是在感觉中抚摸着它。"认识它吧,它叫南洋溢金,生长在南半球,玫瑰的变种之一,天知道他是怎么培育出来的,了不起。确实了不起。大概除我以外,没人知道他多了不起。因为这花啊,初看不显眼,要到凌晨三四点钟的时候才发疯似的开放,哦,异香满室。而我每天也只有那时刻最为清醒,身子也不疼了。只我和它默然相对,太阳一出,它缩回花瓣,我也就又开始疼了。"

"你的疼痛有审美价值。如果人非疼不可的话,这差不多是最理想的疼了。"

李言之大笑,薄薄的红晕浮上他双颊,说:"我就喜欢你来看我,敢于胡说八道。他们不行,他们不知道拿患了绝症的人怎么办。"

我们又聊所里的事。我有意把牢骚带到这里来抒发,好让他批评教育我,让他觉得舒服,我实际上是把牢骚变成礼物赠送给他。我还有意拿一些早已明了的俗事求教于他,无非是想让他觉得高于我,也就是把俗事变成瓜果一样的东西供他享用。看见他惬意了,我也随之惬意——真的。我的惬意甚至比他还多一倍!因为我的惬意原本就是我的,而他的惬意则是我偷偷摸摸递给他的。迄今为止,他还没有让我感到意外。这场谈话从一开始我就看见了尽头,谈话只是重复内心构思,只是内心音响的复制品。为了掩盖平淡,我好几次装作欣赏南洋溢金的样子把头扭开。大概这盆溢金花都窥视出我心思了,而他始终没看出来。

溢金花蕾含蓄着,高贵地沉默着。那一刻我真感谢植物们从不出声——尽管它们太像一个个念头昂首翘立。

"……我看过你的档案,是在调你进所部工作的时候。我恍惚记得,你少年时住过很长一段时间医院,对吧?"

"是的。"我开始感到意外了,他问这些干什么?

"在哪个医院?"

我告诉他医院的名字,离这里很远。李言之马上说出了那所医院的有关情况,某某市、某某街道、某某某号。然后告诉我,那所医院已被改为医学院,人员建筑设施……当然还有医疗档案都已全部更换。他对那所医院如此熟悉,使我惊骇。"你在那儿住过?"

李言之摇头:"不是我。"

"哦。"我想这个话题已经结束了,正欲告别,忽发觉李言之并没有说完,话题仍然悬挂在我俩之间的某个地方,神秘地晃动着。李言之双眼像盲人那样朦胧,整个人正被念头推走,他低语着:"院墙拐角处,好像有一片三角梅……下头盖着一块大理石墓碑,缺了个角儿,只有等花儿都谢掉了,才能看见它……"

我大叫:"你肯定在那儿待过!平常人们注意不到它。每年秋天,那小墓碑都给花汁染红了,夜里有许多蟋蟀叫。嘿,你在那待多久?什么时候?"

李言之摇头。"不是我。"

我很失望,也很疑惑。李言之又说:"还有个印象,每天早上,太阳都沿着教堂尖塔爬上来,远远看去好像戳在塔尖上似的,是吗?"

"不错,那景象只有在医院二病区五楼才可以看见,令人过目难忘。你确实在那里待过,否则不可能知道这些呀?"我的语气简直是提醒他:要么承认,要么赶紧换种说法吧。

李言之断然道:"不是我!"

他的固执迫使我沉默了,他不作任何解释,对沉默似乎感到惬意,我们在沉默中拉开距离,又在这距离两端对峙着,彼此窥探着。

李言之很吃力地说:"哎,你能不能给我说说……你那时的事,在医院的事。随便什么事都行。"

"为什么?"

"不为什么,确实不为什么,随便聊聊嘛,我余日无多……"

"你告诉我原因，我就聊给你听。否则就不太公道，那毕竟是我个人的隐私。"我心想：你拿死来当理由，提过分的要求，就像向那位养花的老头借花一样。

"对对，不容侵犯的。我不能强求。"李言之很遗憾的样子。我们又聊了些所里的事——那只是为告别作点铺垫，李言之明白这一点，所以他渐显惆怅。末了，他起身走到壁橱那儿，打开橱门，掏出几盒花旗参、龙眼之类的补品，塞进一只塑料袋，递给我。"你拿去吃。"

"这怎么行？别人送你治病用的……"

"唉，实话告诉你，我吃不了这么多。不信你看！"李言之甩开橱门，又无奈又自豪地让我看。果然，里面装满各种营养品，瓶、罐、盒摞得有几尺高。

我叹道："到底还是当官好啊。不过，这些东西恐怕都是人家用公款送你的，而我送你的东西是我用自己的工资买的。"

"我明白。所以，请你拿点去，算是帮我吃了它。别谢我，它们本不是我的东西。"

我有点儿感动，一般人并不能像李言之这样，敢于把橱门敞开。我说："我可以替你送给那个养花的老头吗？"说完，我才意识到此话太刻薄了。

李言之沉吟着："随你意思吧。但不是我送他的，是你。"

3

花房在医院北边一个角落里。我寻到那里时，养花的老头不在，花房门锁着。

我认为：李言之实际上讹诈了养花老头。他通过毁灭一件别人心爱但是又不拥有的东西来讹诈别人。他撕裂了别人心中的一种珍贵感觉，以迫使别人向他屈服。养花老头实际上并不贪图李言之死后的古董，他只是受不了古董被那样无情地毁灭。更令我惊叹的是，李言之自己也酷爱他亲手砸碎的东西，但他之所以砸，恰恰因为他从毁灭中获得了更大的快感。当时他肯定也痛楚，但只要有人比他更痛楚，那么他的痛楚就变为快感了。这一切像什么？说绝了，就像一个父亲提着自己的儿子去见一个感情丰富的仇敌，跟仇敌说："你要是不答应，我就杀了我儿子。"当然，他俩并没有清彻地认出自己的感情性质，双方都顺乎本性地做了。清彻本身很可怕，像通过显微镜看自己心爱女人的脸，这时看到的绝不是花容月貌，而是跟猪皮、跟月球表面一样坑坑洼洼。

就在这间花房里，李言之使用过一种十分精致的精神暴力。

在对方配合下，优美地毁灭了一件优美的作品，痛楚地完成了一次痛楚的抗争。

我凝望花房，阵阵芬芳正透过玻璃墙壁飘来。尽管花房完整无缺，但浓郁的芬芳已把花房胀裂了。那只锁挂在门扉当中，虽然小却死叮着杀戮之气。我走近花房，透过玻璃朝里看。一排排花架凌空跃起，无数盆花相互簇拥着，鼓噪成色彩斑斓的浪头，大团温热朝我喷涌，里面像关闭一片火海，同时它们又无比宁静。巨大的反差令人惊骇，花们竟有这样宽阔的气质。我基本不知道花们的名字，即使告诉我我也记不住。那些名字是人类硬栽到花们头上去的，以便从它们那里汲取一些自己没有的东西——用一种看去似乎是"给予"的方式来汲取，比如说培植或起名。一个君王可能以另一个君王为敌，但他会以一盆花为敌么？不会！花们是一种意境，而仇敌是具体的人。我们何时才能学会不被具体人所缚、而与一种意境誓不两立呢？

花房掳掠着花的意境，看到这些优美的掳掠我才胡思乱想，并在胡思乱想中获得了比严谨思索更多的快活。我想：我或许太久没有放肆自己那点可怜的精神了，所以稍一打开笼门它们就窜出来享受放肆。

有一缕枝叶动了几下，影影绰绰地像有精灵匍匐在那里。呵，是养花老头，他几乎化进花丛中了，不留神根本看不见。他双手沾满乳白色灰浆，面前有个小木架，架上搁着那尊滴水观音壶。它大部分碎片已经被粘在一起，呈现出壶的原形，壶身遍布细微的白色斑纹。原来，养花老头把自己锁在花房里，独自在复原它。

　　从壶身斑纹的密度判断，它曾经被摔成无数碎片。养花老头全靠着对每颗碎片的理解，来再生滴水观音壶，实际上他必须将无数个细碎念头一一拾起，一一辨认，一一对接。这是浩大的意念工程，所以他必须从世上逃出那么远，才可能进入境界。观音身披彩衣，站在红色鱼头上，轻妙地探出一只臂膀，手中握着小小的金色葫芦。观音的全部神韵、全部魅力最后都落实到那只小葫芦上，一滴滴圣水将从葫芦口洒落人间……尽管它现在空空荡荡，但我们一看就怦然心动，从它的造型中明白它的意思。它失去了水，反而拥有水晶般情致。

　　裂纹在观音壶上刻下无数道深意，并且渗透到底色里，它像树根那样有了年轮，看上去更古朴更幽幽然。观音欲言又止，微笑成了含悲不露的微笑，身段里含蓄着疲劳，衣襟像一片诗意那样弯曲着，手指停留在似动非动中，它如同跋涉了千万年才来到我们面前，且只为了——欲言又止。如果，它被摔碎前并不是杰作的话，那么正是粉碎，竟使它成为杰作了。

　　我盯着养花老头的背影，我觉得他并不知道他有多么杰出。他同花们相互渗透那么久，已经到了能够视美如视平淡的程度，也就是到了能从一切平淡中看出美的程度。假如任何人把他的杰出之处指给他看，那就是扼杀他。我宁愿他死去，却不愿意他被扼杀。

　　李言之和李言之们，每每一靠近他（他只有他个人，而绝不会有他们），就不禁作态。而作态仍是被掩饰着的失态。我想，那是由于他们内心使劲提拔自己，才导致的失态。

4

　　要不要把我那一段生活说给李言之听呢？而且，要说给他听的话，还得全然不问他为什么要听。这个苦恼把我给憋住了。对我而言,就要死了的人比活生生的人更难拒绝,也比已经死去的人更难拒绝。所以,我老是觉得就要死了的人反而具有死者与生者的双重魅力,干脆说是双重权力吧。仅仅由于他站在死亡边上,我们就感到对不住他,就李言之本人来说呢,我隐约觉得,他很可能把他此刻所占的优势弄得清清楚楚——花房便是一例,所以他才放纵自己的愿望。果真如此的话,这接近于可怕了,他岂不是在要挟我们的情感么?被要挟的情感能不因此而变质么?

不过,坦率地讲,我渴望诉说。我从他身上嗅出了一股气息,我嗅出他是我的知音。

心里老搁着一团隐秘,搁久了,会搁馊掉的。这团隐秘多年来一直顶得我腹中难受,真想呕出它来,说给某人听听,与另一颗心灵相碰。在说的过程当中,把自己换掉。可是,我既怕说出去暴露了自己的丑陋,也怕搁久了变馊。我还怕,将一团本该永远蕴蓄于心的、类似隐痛那样的东西失散掉了,使我像失重那样找不到自己的巢穴。以往,我们正是凭借那种东西才把自己和别人区分开的,它跟酵母一样藏在身心深处,却膨胀出我们的全部生活。二十岁时回味起它来,就有青年人的风味境界。四十岁时回味起它来,就有中年人的风味境界。六十岁时回味起它来,就有人之老者的风味境界。它使你在人生各个阶段都有半人半仙的时刻,都能达到应有的巅峰,都有一份浓郁的醉意。

我看过太多太多的人,心里没有这种东西,所以总在模仿中生活。偶然抗拒一下周围环境,也是为了使他人模仿自己,以安抚一下心情。唉,我喜欢猴子,因为它太像人。我也讨厌猴子,因为人像它。我曾经在一只猴子身上认出过好多人来,包括著名人物。我渐渐习惯了与人式的猴子、或者猴子式的人相处,甚至相亲相爱。我知道,人是人的未来;而任何一个我,却只能是此刻的我了。我坚守着我。

我也看过,一些人心里由于没有这些东西,因而不停地倾诉。整日里开会、议论、指示、商讨……人跟一面大鼓一样不停地发出声响,正因为腹中空空洞洞。其实那不是他的心儿在鼓噪,而是变了质的才华在鼓噪不休。埋在才华下面的,则是坚硬的权力意识。

现在,我又看到一个人因为濒临死亡,因为靠近天意才泄露出来的亲情,和很隐蔽的欲望。我终于知道了,他心里也有那些东西,只是封闭得太久而已。我熟悉那东西发出的呻吟,我嗅到了那些东西飘来的气息。所以,我认出他是我的同类。我们都很珍视心中那一片隐痛、一点酵母、一种心爱的丑陋、一缕敏锐羞怯之情、一种欲言又止的难堪……总之,把我们终生钉住的那个东西。

我想,就当自己在对自己倾诉吧,就当自己在抚摸自己。我不是经常只和自己待在一块么?为了能够和自己待在一块,不是付出过好多代价么?其实,在李言之那所医院里,当我浸在几乎把人融掉的药水气氛中时,我已经呼吸到了我的少年。

5

一阵抽搐,把我从梦中抖醒。病房天花板上爬着一只大壁虎,我躺在床上,隔着蚊帐仰面望它,就像天花板上出现了一条大裂缝。猛想到:整整一夜我都是在这么个怪物肚皮下睡过来的,不禁骇然收缩。我不明白,为什么壁虎趴在墙上不掉下来?为什么它的尾巴脱离身体后,还狂跳不止,而拖在它身后时,却是规规矩矩的一条尾巴?还有,为什么这里的病毒传染了我们,却没有传染壁虎?……由于不明白,事情就显得那么神秘,事情就尖刺般扎在我心里。漂亮护士对我们的恐惧老是感到厌烦,却不会消除我们的恐惧。有一次,她干脆用拖把杆捅下一只胖壁虎,再狠狠一脚踩上去。啪!她脚下像炸开一只气球。"怎么样,不会咬人吧?"她得意地看着我们,一个个追问,"你现在还怕不怕?……还有你?……你?"我们被迫说不怕。她提起脚,抖了抖穿丝光袜的小腿,去找簸箕扫除残骸。在她轻盈地走开时,我看到一段细小的尾巴正粘在她脚后跟上，劈劈叭叭地甩动着，而她丝毫没有察觉……是呵，当时我们被迫说"不怕"，因为她比踩烂的壁虎更可怕呵！久之，我们不相信她了。而我，则暗暗伤心，她那么漂亮，我真舍不得讨厌她。当同病房的伙伴们恨她时，我抗拒着他们的恨，独自偷偷地喜爱她。她脸庞上总戴着一副洁白的口罩，两只美丽的大眼蹲在口罩边上忽闪着，眸子里窝藏一口深井，只要她的眸子一转向我，我就感到喜悦。她说话时，口罩里面微微努动，努得我心头痒痒的，漾起甜蜜涟漪。

"不要趴在地上，都是病毒！"她说。

我们觉得锃亮的木板地十分干净，护理员每天都打扫。她见我们不听，提高嗓门叹气："每平方毫米上万个病毒，每个病毒要在沸水里煮半小时才会死亡。你们听到了吗？"见我们仍然不听，她就一阵风似的飘开，好像这里的混乱和她没关系。我从地上爬起来，希望让她满意，但她根本没有注意到我……

四楼有些悸动，位置正在我们这间病房下面。从地板传上来的声音沉闷恐怖，把我揉来揉去，令人缩成针尖那点儿，并产生无边的想象。我和这整幢楼都微微发抖，福尔马林药水的味儿，正顺着每条缝隙漫过来，它能杀死病毒，也能把人皮肉烧焦。楼房外头，冬青树丛中传出一阵阵狗吠，大约三条。我能从它们的吠叫声中认出它们是谁，它们也认识我。呵，原来，我是给它们叫醒的。四楼死人了！

入院的时候，伙伴们就告诉我：夜里狗们在哪座楼前叫，哪座楼就要死人。医院里的狗可有灵气了，它们是做试验用的，每一条都将死在手术台上。所以，它们能嗅出死亡先兆。兰兰证明道："我妈就是这么死的，要不是狗叫了，我还不知道哩。"过了一会，她才想起悲伤，于是安静下来。她的安静就是悲伤，只是看上去像安静。

兰兰的病，是被她妈妈传染的。妈妈就死在这所医院里，兰兰来和妈妈遗体告别时，被留下住院了。伙伴们都十分敬畏她，凡是和医院有关的事，兰兰说了就最有权威。"你懂什么呀，知道我妈吗？……"只要这句话一出口，比她大的孩子也怯缩了。兰兰一点也不害怕自己死在这里，她指着太平间方向告诉我："我妈是被他们推进那座黄房里去的，总有一天，我要去把她领出来。"

我爬到高高的窗台上，抓着铁栏杆往外看。医院怕我们从窗口摔下去，五楼所有窗户都镶上了铁棍，两根铁棍之间仅有十公分空间。我们为了往外看——更多地看，总是拚命地把头扎进两根铁棍之间，即使这样，永远也只能侧着探出半边脸。我们脸上总是留下铁棍的深痕，漂亮护士一看我们的脸，就知道谁又上窗了。"呀呀！你看你，今天是探视日，你爸妈来看到你时，还不以为我搞虐待了吗？！今天谁也不许靠近窗台。"……夜里的铁棍湿漉漉的，手抓上去，它就吱吱地叫。在我脚下，四楼六号病房灯光雪亮，把几十米外的冬青树烫得颤抖。狗们吠成一片，眼睛绿幽幽，随着每一次吠叫，牙齿都闪出玉色微光。六号病房里，氧气瓶咕咕响，器械声叮叮当当。我耳朵倾听脚下的动静，眼望着影影绰绰的狗们，恐惧地想象六号病房里的一切，心头一次又一次地裂开——虽然听不见手术刀割破皮肉，但是传上来的疼痛已把我割裂。我越是害怕就越是钉在窗台上，跟死人那样执拗，如果回到病床，孤独会使我更加害怕。我一遍遍哀求楼下那人不要死，否则下次就该轮到我们楼上的人死啦……蓦然，楼下传上来哭叫，那声音一听就是亲人的。我明白了：被抢救的人终于死去。

这时，我身体似乎轻松些了。我仍然死抓着铁栏杆不放，过一会儿，听见窸窸窣窣的声音进入楼道，像一股潮水淌下去了，最后淌到楼外。几个医护人员推着担架车，在歪来歪去的灯泡照耀下，消失在冬青树小道里。狗们散尽了，楼下的灯光也熄灭了。只有我们这房里的夜灯，把我的身影投放到黑黢黢的草坪上。光是我半边头颅的黑影，就比一座山坡还要大！

我害怕那黑乎乎的巨影，转手关掉灯。一只狗突然朝我汪汪噪叫，顿时我被铁栏卡住，几乎拔不出头。原来，当我不动时，狗不以为我是一个人，只把我看成是窗台上的一盆植物。我稍一动，它看见了我，要把我从黑夜中剔出来！我熟悉正在吠叫的那条狗，它是三条腿。白天，它看见我挺亲切,为什么夜里就对我这么凶恶呢?

我明白了,它也感到害怕。它为了抗拒害怕才吠叫。

我刚刚把灯关掉,就听见兰兰在床上喊:"不要关灯!"我吓了一跳,原来她一直醒着。我把灯重新打开,准备让它亮到天亮。兰兰说她睡不着,我说我也是。兰兰说我们说说话吧。我说:"好,你先说。"我打算在她说话时偷偷地睡过去,因为有一个亲切声音在边上摇动时,四周就比较安全,就容易睡去。

兰兰说:"你把头伸出来,让我看见你。"

我只好从蚊帐里探出头,看见兰兰也从蚊帐里伸出头,用蚊帐边儿绕着脖子,身体其他部分仍缩在蚊帐里。这时如果值班护士进来,准会惊骇不已,她会看到两个孩子的头跟砍下来似的,悬挂在蚊帐壁上,咕咕说着话。但我们自己相互瞅着,都觉得对方亲切无比。许多话儿只有这时候才可能说出,其他任何时候连想也不会想到。我们因恐惧而结成一种恋情,声音微微颤抖。兰兰告诉我,六号病房里的人被推进黄色房子里去了,过几天,那人将在里面消失。她问,你敢不敢去看看他?

我说:"要去就一块去。"

我们约定,第二天中午乘大家都睡午觉时,溜出病房去太平间。这天夜里,兰兰梦见了妈妈,我尿了床。我们两个人的脑袋整夜搁在蚊帐外头,被蚊子叮肿了。我在梦中意识到蚊子呐喊,它们叮了我又去叮她。漂亮护士跺足叫:"你们俩正在交叉感染,活着会一块活着,死也会一块死的。"……

6

通往太平间的小径十分美丽,宽度恰可容一辆救护车驰过,也就是可容我和兰兰手牵手走过。两旁有好多牵牛花与美人蕉,由于人迹罕至,它们把花朵都伸到路面上来了,像一只只颤悠悠的小胳膊挡着我们。再往前走，小径便给花枝叶挤得更窄，金黄色的小蜜蜂不用飞就可以从一朵花爬到另一朵花上去，它们的薄翅儿把花粉扇到空气中，花粉随即在阳光下融化了。我们在药水味中生活惯了，突然嗅到那么浓郁的芬芳，几乎快被熏糊涂了。呵，天空真的是从这一边完整地延伸到那一边，没被任何东西切断。草啊树啊花啊全都拥抱在一起，这里没有病员的斑马服，也没有血红的"十"字标志。土壤在草坪下面散发出它那特有的气息，我们兴奋地走上去，发觉我们几乎不会在真实的地面上走路了，脚步老是歪斜，拽得心也歪来歪去……我和兰兰吱吱笑，眼睛里有幸福的泪光。她那热烘烘的小手紧紧抓着我不放，像怕我飞掉似的。她脸颊从来没有涌出这么多红晕，她整个人几乎给心跳顶起来。

"看，三条腿！"兰兰叫。

一条金黄色狗儿卧在小径上，它早已听见动静，正支棱着耳朵注视我们。它只有三条腿，右后腿在一次骨科医学试验中给人拿掉了。按照医院的常规，试验完成后，它应该死去，免遭更多痛苦。没想到，它竟从手术室里的笼子中跑出来了，人们没捉住它。过了很长一段时间，它才敢出来觅食，但只能用三条腿趄趄了。它对所有医护人员都非常敏感，看见穿白衣的人就跑，当跑不开时，它就张大嘴，露出尖利的牙齿咆哮，浑身发抖，那一条后腿抖得几乎要断掉……说也奇怪，它那既凶猛又绝望的样子，每次都使要打死它的人下不了手。那条孤独的后腿看上去太可怜了，它以一种奇异姿态站立着，简直充满神秘。而且，它还不到一岁呀。没人愿意朝它下手。所以，它才侥幸活到今天。三条腿只在夜里才出来觅食，而且它只到我们孩子的泔水缸来觅食。我在深夜解手时见到过它，被它的怪样子吓坏了。后来我问漂亮护士它怎么了，漂亮护士随口说："还不是为了给你们治病吗！"我才意识到一个异常残酷的现实：它是为了我们才被人弄成这样的；它的一条腿拿去给我们造药用了；我们为了治病需要它的腿，这说明我们的病比它更可怕……

所以，三条腿出现在我们面前时，我们都非常敬畏地看着它。渐渐，我们就看懂了它。

每当它盯人的时候，它眼睛后面还隐藏着一双眼睛，乌幽幽的。一只眼里含着恳求，另一只眼里含着警告；每当它吠叫时候，喉咙下面似乎还埋着一条喉咙，粗哑悠长而且滚烫，像掷来一根烧红的铁棍。它是用全部身体来倾泻一个低吠。从它的声音中，我们一下子就可以听出它少了一条腿；还有，在它奔跑的时候，不像其他狗那样充满自信，它如同旱地上的鱼那样挣扎蹦跳，它的每次跑动都属于万不得已，身体内充满绝望；还有，它内心里非常渴望亲近人！这可以从它的尾巴上看出来，它有时远远地、微微地朝我们摇尾巴，并且到我们走过的地方去嗅我们足迹，然后再远远地、亲切地看我们。需知它摇一下尾巴也比其他狗困难，由于失去了一条腿，它得时时将尾巴歪斜到身体的另一边，才能保持平衡。它那么小心翼翼地摇尾巴，我猜它知道自己很丑陋，不敢随便做狗们应有的动作。它老是躲避其他的狗，不全是因为怕它们，主要是因为知道自己丑陋。它卧下时，做的第一件事就是将光秃秃的断肢藏起来，然后再抬头看四周。

我和兰兰慢慢地走向它，三条腿嘴里垂着粉色小舌头，一直注视我们，动也不动。待我们走到距它很近的地方，它微微摇了下尾巴，我们太高兴了！它不恨我们。我们必须从它身边经过。因为它就在路当中卧着。我们走到它跟前才停步，带一点请求的意思看它。它慢慢起身离开，钻到冬青树丛中去了。我们走过去后，偶尔扭头一看。啊，三条腿又回到原先的地方卧下了，姿态和刚才一样。

太平间出现了，它是一幢黄色的平房，每扇窗子上都贴着米字形白纸条，后面垂挂黑布幔，不漏一丝缝儿。我们站在它前面的空旷地上不动，盯着太平间的正门。门前不是阶梯而是一段斜坡，这样才可以用担架车把死者推进去。我们不敢再往前一步，因为门上正挂着一把大铜锁，差不多有我们的头颅那么大。我们诧异极了：为什么要上锁呢？难道死人还会跑出来么？后来我和兰兰说定：上前去的时候我走前面，退回来的时候她走在后面，无论有什么东西追来，谁都不许跑。接着，我走上了台阶，兰兰跟在我后头。我踮起脚扒着窗台，拚命朝里看，什么也看不见。这下，我反而放心了。

"没人，我们走吧。"

兰兰默然无语，怯怯地跟我走。走出不远，她站住了，细声说："我、我还没看呢……我想看看妈妈还在不在里面。"

"什么都看不见。"

"求求你，陪我看一眼。我把那本邮票送给你。还不行吗？"

我又陪她回到太平间的窗跟前，抱她上去。她猛地打了个喷嚏，惊道："好呛人！"

她是说里面的药水味儿，那味儿正从房子的所有缝隙渗出来，仿佛里面正在燃烧。这时，她的头撞到窗玻璃上，太平间里面发出回响。我抬起头，清清楚楚地看见：窗后的黑色布幔正在缓缓摆动。

我们跌到地上，吓得发抖，兰兰的脸色惨白。我们互相抱着起来，谁都不敢哭。两人紧紧抓着对方的手，慢慢地往回走。我们没有跑，我们下意识地感觉到：只要一跑就完蛋了！一跑就会有东西追出来。我们是一步步走回来的——这是唯一值得我们终生自豪的事！

三条腿又一次给我们让路。我们走上了那鲜花拥立的小径，蜜蜂从耳边飞过，花瓣不时碰到我们脸颊……现在，对于弥漫在堆积在融化在小径两旁的"美"，我有了刻骨铭心的感受，就是从这小径上，我产生了终生不灭的隐痛。接近我们病区时，我们才活转过来。无意中——不知道这是否是一种古怪的暗示，我抬头看了一下六号病房。我看见，窗后面站着一个男人。

我被钉在当地，受惊的兰兰到处看，马上也看见他了，是一个真真切切的活人。她受惊地低叫起来，我马上大声说："他是刚入院的病号。"她才沉默。我们看着窗后那人，那人也似乎在看我们。稍顷，我发现他不是看我们，而是看摆在他面前的、窗台上的一盆海棠花。他猛地推了一下，海棠从四楼那高高的窗台上掉下来，瓷花盆在阳光下划出一道白光，咣地落到水泥地面上，白瓷碎片飞溅，海棠的浓汁把墙根都染红了……后来我们知道，他确实是刚入院的人，和我们患同样的病，他名叫李觉。六号房从推走遗体到住进新人,其间不到十小时。

回到病房,伙伴们还在午睡。我们悄悄地爬到床上躺好,久久不出声,直到听见漂亮护士的脚步声,兰兰才大哭起来。漂亮护士急忙赶来问她怎么了,她断断续续地交待了我们的行为。原来,她在太平间时,在黑色布幔掀起的一刹那,竟然看见了我没看见的情景:屋里有两只木榻,上面睡了两个人,从头到脚蒙着白布,其中一个动了一下,千真万确动了一下。她凄惨地哭着问:"死人怎么会动呢?"

漂亮护士搂住她,同时瞪着我,"你们好大胆子哇,敢跑到那个地方去!我要告诉你父母,噢噢噢……别哭了,兰兰。我告诉你,是这么回事。有时候哇,人死了,他的亲人舍不得他走,会来陪一陪他,和他住在一间房子里,怕他孤独。你刚才看到的呀,不是死人活过来了,而是死者的亲属。她爱他呀,她来陪伴他……"

我们当时都听呆了,爱!多么奇怪的爱,又是多么恐怖的爱呀。我至今不知漂亮护士讲的是不是实话,也不知兰兰讲的是不是实话。漂亮护士已把我们深深地迷住了。哦,爱!……她罕见地使用一种轻柔声调,将我们的恐惧转化为幸福。

这天夜里,病房灯光熄灭以后,我头一次以近乎诗人的目光注视到,窗外有一个月亮。我想:它是死去的人们的太阳。每当他们的"太阳"升起来时,我们就躺下来,而他们也就起床了,走出他们的房门,开始他们的生活。当我们的太阳升起时,他们就躺下来,该轮到我们起床生活。所以这个世界是一半对一半平分着的,我们活人占一半,他们死人占另一半。假如我沿着月光走上去,一直走进月亮,再从月亮的另一边下去,就可以进入他们的世界了,马上可以看见好多好多亲人。

窗帘微微摆动,因为月光正撩拨着它。我把一只手伸到月光下,看见手快要融化了。我急忙抓了一把月光进来,像握着一块冰,感觉到它在我手心慢慢地化开,无数幻想从手心那儿延伸到全身。我偷偷吻一下天空月亮,相信我已和另一个世界的人建立默契,得到了他们的允许才生活在这个世界中。

床边有物窸窸乱动，我吓了一跳！兰兰嗖地爬到我床上，她害怕，不敢一个人待在自己床上。她嗫嚅着："我不会传染你的……"紧紧缩进我怀里，抖得跟叶片那样。我天然地升起了做一个男子汉的勇气，由于有人比我更弱小更可怜，所以我更强大更自豪。我给她讲故事，她给我讲她妈妈。我们肌体相依气息交融，忘记了恐惧，快活得不知如何是好，最后在呢喃私语中睡着了。

这以后，每当兰兰害怕时，她就爬到我床上来，渐渐成了习惯。我们不知道这违反院方规定，也不知道男女之秘。我们只是偷偷享受一个默契，一种为抵抗恐惧而生成的少年私情。但是，我们交叉感染着，病老不见好。医生巡诊时常常奇怪，自言自语：怎么回事，疗效一般嘛。

终于有一天凌晨，漂亮护士来给我们抽血化验。她像往常那样，双手端着一个堆满针管的白瓷盘，扯开每一个人的被子，从梦中拽出一条孩子胳膊，扎上橡皮胶带，摸索臂弯处的静脉血管，轻轻刺入，总是一针见血！漂亮护士医疗技术是很棒的。她掀开我的被子，看见我和兰兰睡在一起，呀地叫起来，手中的托盘都差点翻掉。"你们干什么呀你们！"漂亮护士眼睛睁得老大，白口罩外面的脸颊火红，连耳朵都羞红了，"你们知道自己在干什么吗？谁叫你们睡到一起的，呃？还搂着……快分开！"

我从来没见过她如此恼怒，吓得说不出话。突然，她弯下腰背过脸嘎嘎笑，笑声尖利刺耳。不时转过头来，轻蔑地扫我一眼，又掉过头笑。她总算笑完了，而我们还不知道她笑的原因。她放下托盘走了。不一会，她领着护士长进入我们病房。一看见护士长，我才意识到灾难临头。在我印象中，病区只有发生了重大事件，比如病危、病故、伤亡、或者医疗事故，她才抵达现场。虽然医师们或主任医师也到场，但他们并不次次都来，次次都在场的只有她一个。漂亮护士没跟护士长说话，看上去她们已经把该说的话说完了，两人已形成了默契。护士长约五十岁了，很有奶奶风度，护士们都怕她，我们都很喜欢她。我们觉得她比护士们好说话，尽管她从没答应过我们什么。

护士长坐到我床边，先让漂亮护士将兰兰带走，再摸着我头发，问一些奇怪问题：你们睡在一起有多久啦？是怎么睡的呀？你们为什么要睡在一起呀？你们还知道，还有谁和谁一起睡过？……

　　当天，兰兰就被换到另一间病房去了。在我床对面，来了一个和我差不多大、但傻乎乎的男孩。而且不久，我也被换了病区，搬到楼下去了。从此，我很难见到兰兰了。我们没有再被追究，可是我听说兰兰曾经到妇科检查过身体，她事后很惊奇地告诉我，那里都是要生孩子的人。还有，护士们看我时的眼神也不一样了，总有淡淡的、意味不明的微笑，甚至叹息着："唉，你这个老病号哇，怎么还不快好。"我嗅出种种不祥，活得更谨慎更敏感了。现在，我为遭人嫌而羞愧，也为那件事羞愧，还要为身上的病老是不好而感到羞愧……这些羞愧摞在心里，使我整日沉默无语。病毒趁机肆虐，我的病况更沉重了。一想起漂亮护士刺耳的笑声，我就胆战心惊。以至于，护士们的高跟鞋在水泥地上刮起一道尖啸，我听了也感到害怕，那声音太相像了。直到认识六号病房的李觉，才被他拯救。

7

　　六号病房就在我的病房斜对面，透过门上那巨大的观察窗，我现在经常能看见李觉身影了。我很敬畏他。首先，他敢住进一间刚死过人的房间；其次，他扔过一只那么大的花盆！说实在的，那天那盆海棠迸裂时，我心里曾爆裂出一丝痛快。直到后来好久，只要想起在那雾一般的阳光里，有一只白色花盆飘然下落，那情致，那韵味，那崩溃前的战栗……我仍然浑身来劲。但我没有想到，他自己竟是一个十分胆小的人。我好几次看见，他出房门前都先把头伸出门外张望，看一看走廊里有些什么人，然后才走出来。其实，不管走廊里有什么人，他都会走出房门（我从没看见他张望之后再缩回去），所以他的张望只是他出门前的习惯。

问题在于,他怎么会养成这种不体面习惯的?一旦出门以后,他又昂首挺胸谁都不看了,尽量少跟人说话。他差不多是跟壁虎那样贴着墙根走路,步履轻快无声,怎么看怎么不自然。事情一办完他立刻回房,好像魂还搁在屋里。他从来不进入病员们的群体中去。

我从大人们那里感觉到:李觉是个怪人,大人们讨厌他。他们路过六号病房时总要好奇地往里头瞟一眼,返回时再瞟一眼,但从来不进去。有时,我觉得他们纯粹是为了"瞟一眼"才走过去走过来的。他们还经常向医生打听李觉的来历,什么病啊?从哪儿来的呀?级别多少现任何职?……噢!我忽然明白了,原来,他们是对李觉住单人病房不满,不是真讨厌他的个性。

在我们这所医院,床位历来紧张。处长教授工程师一级的患者,得两三人住一间房,只有市长厅长地委一级的领导,才能一人住一间房。那李觉看上去最多二十几岁,门口又没有亮起"病危特护"的红灯,凭什么也住单间?!大家都是公费医疗嘛,竟然明目张胆地厚此薄彼!十二号病房的宁处长几次想告到院长那里去,又怕人疑心他自己想换单间,所以冲动了几次终究没动窝。而其他人呢,见宁处长都忍了,也就得到了安慰。因为他们比宁处长的资历还差一截哩。我发现,大人们由于太寂寞了所以都爱嘟嘟囔囔,并不真的想去得罪人,尤其是在没摸清他的底细之前,毕竟那只是一个暂时住住的单间,不是什么生死攸关的东西,即使把李觉迁出去了,叫谁住呢?能轮到自己住么?再说哩,他们的病最怕动肝火,一火,血项就不正常。所以他们即使在生气的时候,也是将手按在腹部小心翼翼地生气,满脸软绵绵的愤怒。他们窃窃议论:六号房里的,是省里某人的公子,上头特别交待过的,没办法呀……于是,他们背地里就叫李觉"衙内"。是一个大家都很敬重的副处长最先叫起来的。

我不知道这是个恶心人的称呼,只觉得这俩字念在口里滑溜溜的,挺逗。于是,有次大人们又在窃窃议论他时,我就大摇大摆走过去,冲着他的面叫了一声:"李衙内!"我以为能博得大人们的欣赏。说穿了,我就是为了讨他们喜欢才跳出去显示自己的。

李觉正独自站在阳台另一端想心事,双手跟老头似的捧着一杯茶。听到我声音,猛一震,抬头看阳台那一头的大人们,眼里闪动跟残废狗三条腿同样的光芒。我有点慌,也随之望去,大人们竟一个也不见了。而刚才,他们还兴致勃勃注视我呢。现在,我隐约猜知,"衙内"是一个恶毒的词。我正要逃开,李觉忽然拽住我,另一只手伸进口袋,慢慢地掏出一大块巧克力,递到我鼻子下面。

巧克力用金箔那样的纸包着,上面印制一个童话场景,阳光在上面流淌,浓郁的甜香味儿一阵阵透出来。我们家生活一直窘困,我从来没有吃过巧克力,但我认识那是一块巧克力,而且正由于我从来不曾拥有过它,所以它一出现就撞疼我心。它比我在电影上、在橱窗里、在其他伙伴手上看过的都要高级得多,它是一块非凡的巧克力!李觉看见我激动的样儿,高兴地连连说:"拿着拿着。"

后来李觉告诉我,那块巧克力他放在兜里两天了,一直找不到机会送给我。虽然我那声"衙内"让他气得要命,但他仍然稀里糊涂地把巧克力掏出来了。他说他最初看见我时就"胡乱喜欢"上我了,说我比那些大人懂事得多,说孩子一长大就变坏,所以还是又懂事又不长大最好。李觉昂着头对空无一人的阳台说:"我不叫李衙内,我名叫李觉,男,二十一岁,共青团员,大学助教……"最后他对已经消失的他们道声再见,将我领进六号病房。

为了感谢他,我一进去就告诉他:这间屋子几天前死过人。他呆立着,看看病床,面色惨白。"是个女的吧?"他颤声问。

"男的,一个老头。"

"什么病啊?"

"和我们一样,不过不要紧,屋里所有东西都消毒过了。"

"我不怕,我不怕,我说不怕就不怕!……你也别怕,有我在这呢。"李觉目光一寸寸扫过地面,忽然发现阳光把自己身影投在墙角落,他立刻移动身体,让影子从角落里出来。"死亡是人类生活的方程式,恐惧是多情的表现。嘿嘿嘿，我有点孤独。哦，你长得真像我弟弟，他是我继母生的。你在这医院住多久了，孤独么？"

"我想家。"

"孤独，"他满意地点头，"你应该相信，家也在想你。你上学上到几年级了？"

"如果不生病的话，我就该上五年级了。"

李觉摇摇头。"你正在看什么书？"

"《毛泽东选集》第四卷。"

那是我从病区图书室找来的，那里除了几册政治书籍外，没别的了。我看这本书时，备受大人夸奖。

"为什么？"李觉吃惊了。

"因为，前三卷我已经看完了。"

"不不，我问你为什么看它，不看别的书？"

"没有。"

"你看得懂吗？"

"看得懂。"

"哈哈哈……比我厉害，我看不懂。老挨父亲骂。"

"我告诉你，你不要看正文，光看注释就够了。每篇文章后面都有一大堆注释，每个注释都是一个小故事。大多数是打仗的，你光看它就行了。你想要的话我可以借给你。"

李觉沉默好久，说："你吃糖吧。"

我一直在等他这句话，巧克力抓在手上太诱惑了。我问："你呢？"他摇摇头。我就站在他面前吃起来。吃完，把糖纸叠好收进衣袋，准备送给兰兰，她收集各种美丽的糖纸，并把它们夹在书本里。

李觉说："从明天开始，我教你学习吧？文学、数学、物理、历史我都懂。我教你绰绰有余。每天两小时，上午一小时，下午一小时。我李觉以人格保证，不出三个月，我让你的实际水平超过高中。我要打开你的脑袋，让你思维爆炸！我要启发你的心智，让你这几个月过得像做梦一样。你知道我是谁吧,我是大学里走白专道路的典型。我有好多好多思考,在讲台上不能讲,现在,我将无保留地赠送给你!啊,你可能听不懂。不要紧不要紧,往往半懂不懂的东西才使人产生更深刻的疑问。你可以问我呀,我们可以讨论呀,你有你的直觉呀,你应当凭你的直觉来理解我的讲授。你今年多大了?……唔,这年龄正是最关键的年龄,是少年到青年的转折点。你的某些心智,这时再不开发,就可能永远沉睡下去。在你现在年龄段,可塑性最高,挥发性最强,心灵嫩得跟一团奶油似的,谁要是不当心碰一下你的灵魂,他的指纹就会永久留在你的灵魂上。我的意思是说,你的一生,很大程度上就看这几年的精神质量,就看你这几年练就的本事如何,剩下的只是实现它。此外,我们都太孤独了,到处被驱逐。不过,被驱逐的狗才会变成狼。而且世界上原本没有狗,只有狼。狗们是狼向人类投降的结果,为人所驱使。喏,就像医院里做试验的狗一样。啊,要学习,要思考,尤其是要善于思考……"

李觉兴奋极了,兀自滔滔不绝地说。他的神采迷住了我,而不是语言。我忍不住打断他,"可我没有课本啊。"

李觉非常沮丧地看着我。他的思维已经飘入那么高妙的领域中去了,而我居然提出这么粗俗的问题。他说:"记住,以后经过我同意再发问。"

"我们俩都没有课本呀。"

"你是指教科书。"李觉先纠正了我一下,再按住自己的胸口说,"都在我心里,你所学过的一切我全学过。当然,我的记忆已经把它们淘汰掉了相当一部分,凡是没淘汰掉的,才是最有用的部分。我准备教你的,正是那些最有用的东西。而最有用的东西,往往又没有那种吓人的严肃面孔,最有用的东西往往最好学,最有趣,最能培养人的创造力和欣赏力。最有用的东西遍地是教材,你比如这幅地图。"他指着墙上挂着的世界地图,随之起身走过去,"就够我们讲上个三五天了。你看过它几百次了吧?……但我敢肯定:你认真思考过它的次数,绝不超过三次以上。你先把它当一幅画来看,它有几种颜色?……对了,四色。颜色种类越少，地图越醒目。但最少不能少于四色，只要给我四种颜色，我就能使所有的相邻国家和地区的色彩不重复，即使一个国家和一万个国家接壤，彼此色彩也不会重复。这里就涉及一个非常有趣的题目：四色定理。它涉及数学美学心理学多方面知识，够我们讲几天的。假如我本事大的话，光这一个题目就够我讲半辈子！我没什么本事，所以只能讲几天。要是叫我的导师黄老先生来讲，他能讲一个天翻地覆。就这么讲，我们还没挨近地球形成、板块飘移等等地学常识呢。再讲这只药罐，又涉及一个圆周率问题，3.1415927至3.1415928之间，尾数永远无穷尽。假如把自然看做是优美的圆周，把真理看做是简洁的直径，那么自然和真理的关系就像圆周率所暗示的：真理只能接近自然，但永远不能完全吻合自然。这个道理在古希腊就明确了，而我们直到今天还为真理与自然的关系争吵不休，恐怕还得一代代吵下去。有些架吵得实在无聊，从旧无聊中延伸出新无聊，渐渐地连吵架本身也成为一门学科了……哎，我这样讲，你听得懂吗？"

"听得懂。"我壮胆道。

"不，你听不懂。要是听得懂你就是一个天才了，你只是听得浑身来劲、似懂非懂而已。对不对？……唔，有这样的感受就不错。我从你眼睛里看出来一点灵气。我不该问你听得懂听不懂，我应该这么问：你愿意听下去吗？"

"太、太愿意了！"

"其实我在讲授时，得到的愉快不比你少，跟做一遍精神体操似的。我好久没这么跟人谈话了，再不谈一谈，我肚里的话也要变质了。"李觉静静地盯住我，仿佛思考什么。半晌，他断然道："我不能这么随随便便教你，我还要看看你是不是值得我教。这样吧，我出几道题，你带回去解，能解出来的话，我就继续教你。一道也解不出的话，我就掐死心中的灵感，不教你了。因为硬教人，对人也没好处。那就是化神奇为腐朽，无聊！"

8

李觉给我出了三道题,限我二十四小时内独自解出来,绝对不允许同人研究,更不允许询问同房间的大人。这三道题是:1.有十二只铁球,其中一只或者轻了或者重了,但外表上看不出来。给你一架天平,要求称三次将那只铁球称出来,并且知道是轻了还是重了;2.给你六根火柴杆儿,摆出四个等边三角形;3.一头老母猪率八头小猪过河,等过了河之后一看,竟有九头小猪跟着它。问:这是怎么回事?

太刺激啦!我拿着那张神秘的小纸片回到病房,兴奋得难以自持。我又恢复了在学校临考时的那种激动,渴望着一鸣惊人……呵,好久没有这种感觉了,舒服得简直令人心酸。同房间的大人奇怪地问我:"你哭啦,出什么事?"他们看见我眼睛有泪水,以为是谁欺侮我了。那一瞬间,我非常厌恶他们的关心,好像是我的爱物被他们碰脏了。

我躲进被窝里,偷偷地看纸片上的试题,全身每个细胞都在颤抖。那些题目,在今天看来,纯粹是趣味性的小智慧。但在我那个年龄,就像星空那样玄妙而迷人。它们的特点都是:乍一看去很容易,越用心想却越难。令人久久地在答案边上兜圈,都能闻到它味道了,就是捉不住它。我决心将它们全部解出来,非解出不可!如果一辈子只能成功一件事,那么我希望就是这件事能让我成功。整整一天,我像求生那样寻求答案,在被窝里画个不停。有无数次,我觉得已经解出来了,一写到纸上就成了谬误。李觉在窗外徘徊,过会儿消失了。再过会儿,他又在窗外徘徊。他是在窥探我有没有询问旁人。一看见他的身影,我就高度亢奋。同房间的大人们都惊愕了,一会看我,一会看看窗外的李觉。他们认为,我从来没有这样发疯,而李觉也从来没有这么公开地踱步,肯定是出什么事了……我无休无止地想呵算呵,渐渐地进入半昏迷状态。傍晚,值班大夫得到别人的报告,前来给我检查身体,他远远一看见我,脸色就变了。一量体温,我早就在发高烧。

夜里,我醒来,乳白色灯光把屋里照得非常静谧,我床前立着输液架，正在给我进行静脉滴注。我凝视着滴管里的液体一滴滴落下，脑中极为洁净。外面凉台有轻轻脚步，我看不见他，但我猜是他。过一会儿，脚步声消失。我仍然心净如洗，一直盯着那椭圆形滴管。一颗滴珠慢慢出现、再慢慢增大、最后掉下来，接着又一颗滴珠出现……我从那无休止的滴珠中获得一种旋律，身心飘飘然。蓦地，我的念头跃起，扑到一个答案了！那是第一道题的答案。我还没来得及兴奋，呼地又扑住第二道题的答案！我高兴得叫起来，苦思十几个小时不得解的问题，在几分钟里豁然呈现。呵，我差不多要陶醉了！就因为大喜过度，我再也得不到第三道题的答案了。不过，我已经很满意了。

翌日上午，我到李觉屋里去。他不在，接受理疗去了。我怪扫兴的，回到病房，大人们问我昨天是怎么了。我再也按捺不住，得意洋洋地将三道题说给他们听，让他们猜。

和我同房的共有五位：两位工农出身的处级干部；一位经理；一位技术员；还有一位大学文科副教授。我的题目一出来，他们兴奋片刻，马上被难住了。那四人不约而同地直瞟副教授，而副教授则佯做没在意的样儿低头看报。他们只好胡乱猜起来，东一句西一句，甚至连题意也理解错了。到后来，他们反而说我"瞎编"。我则突然意识到：原来，我比他们都强！我解出来了，他们根本解不出来。我兴奋地大叫道："你们全错了，正确答案是这样……"我把答案说出来，他们都呆住了，像看鬼似的看我。那位副教授脸红彤彤的，说："是李觉告诉你答案的吧？"顿时，他们都恍然大悟："对！你早就知道答案了。"

我呆了，从出生到现在，我还从没见过这么无耻的大人。我咬牙切齿地哭了，什么话都说不出来……

当我到李觉屋里去时，喜悦已经损耗了大半。我把答案讲给他听。那第一道，是一种复杂的逻辑推理，每一程序都涉及几种选择，只要思考得精深些，就能够解答。第二道则要奇妙得多，打破人的思维常规。在平面上用六根火柴永远也拼不出四个等边三角形，只能立体化，构置一个立体三角，像粽子那样。第三道题，我承认无能了。

李觉听完，面无半点喜色，愤愤地说："这不是你独自解出来的。你欺骗了我！"

"不！都是我做的……"

"别狡辩了，再狡辩我会更生气。我……在窗外听见了，你们在商量答案。"

我不知该说什么。我刚刚从一场误解中出来，又落入更大的误解。我张口结舌，气得要发疯。李觉根本不在乎我的表情，依然愤愤地道："我们刚开始，就该结束了。我讨厌别人欺骗我，即使不是欺骗我，也讨厌人们相互欺骗。我原来以为，你即使解不出来，起码也该尊重我的要求——独立思考。不懂就承认不懂。问了他们，就承认问了他们。你没有独立思考问题的毅力，而且虚荣心太重。算了，你走吧。"

我脑袋里轰轰乱叫，又悲又恨，想骂人想咬人！想砸碎整个世界！就是哭不出来……

正在这时，通往凉台的门被人推开了，副教授小心翼翼地走了进来，两只手如同女人那样搭在腹前，讷讷地说："老李同志啊（其实李觉足足比他小二十岁），我方才在外头散步，啊、啊，是随便走走。我不当心听见了屋里几句话，啊、啊，不当心听见的。好像是讲几道什么题？……啊，我可以作证，那几道题确确实实是这孩子自己做出来的。他做出来之后，又叫我们做。惭愧呀，我们……没在意，也没怎么去做。几个同志开他玩笑，说答案是你告诉他的，不是他自己解答出来的。现在看来，确确实实是这孩子自己做出来的。这孩子很了不起呀，我们委屈他了……"

副教授搓搓手，无声地出门走了。我终于低声啜泣。但这次哭得更久，怎么也止不住。李觉慌乱地劝我，言语中不时带出一些外语词汇，像是责骂自己。我想停止哭泣，偏偏停不下来。李觉起身站到我面前，深深地弯腰鞠躬，一下，又一下……我大惊，忍不住笑了。李觉也嘿嘿地笑，手抚摸我的头，许久无言。后来，他低声说："你小小年纪，已经有几根白头发了。唉，你是少白头呵。"

我看一眼他的乌发，细密而柔软，天然弯曲着，十分好看。额头白净而饱满，鼻梁高耸，眼睛幽幽生光。啊，他本是个英俊的男子，病魔把他折磨得太疲惫了，以至于看上去有点儿怪怪的味道。他的手触到我的脸，像一块冰凌滑过。他的手纤细而寒冷。

李觉告诉我，那三道题，是大学校园里流传的智力测验题，几乎没有一个大学生能迅速把它们全部正确地解答出来。他们或者解出一道，或者解出两道，就不行了。当然，只除了一人，就是他自己，他在大学三年级的时候，只用了十九分钟就全部解答，他对这一类事物有着天生的敏感，一碰就着迷。而且，只要有几个月碰不到此类事物，他就好像没命似的难受，当我在病房苦思冥想的时候，他非常担心我坚持不住了，偷偷去问旁人，那我就犯了不可宽恕的错误：无毅力，不自信，投机取巧。其实，只要我能解出一道，他就很满意了。在我用心过度发烧时，他非常感动，已经暗暗决定：只要我能坚持到最后而不去问旁人，那么，不管我是否解得出来，他都会收下我教导我。他说他不知怎么搞的，就是讨厌他们，不愿意他们介入我们之间（他说此话时，两眼跟刀刃似的朝外头闪了一下）。我把前两道题完全解对了，后一道题更简单，答案是：老母猪不识数。正因为它太简单了，人们才想不到它。它的目的是检验人能否从思维惯性中跳出来——尤其是前两道题已经形成了颇有魅力的思维惯性，正是那种思路使我获得了成功，也正是那种思路使我在第三题上失败。这种思维变调对于一个孩子来讲太过分了，接近于折磨。但我终究没有问任何人，并且独自解出两道。他为我感到骄傲，他说我有超出常人的异禀，只要稍加点化，前程难以限量。

我还从来没听人用这么深奥的语言夸奖我。当时，我根本听不甚懂这种夸奖，又因为听不甚懂，才模模糊糊觉得自己了不起得要命。我对自己的本事十分吃惊，飘然不知身在何处了。

9

就在这天，李觉就着地面上的一片三角形阳光，跟我描述（而不是讲述）了三角函数的基本定理。他将"正弦余弦、正切余切、正割余割"等等要素，描述得像情人那样多情善变，那种奇妙关系让我都听呆掉了。在我一生当中，后来所学到的知识，再没有使我达到那天那种快活程度。后来在各种各样的学堂，人们所教我的知识只使我兴奋、使我智慧，但那一天，我深深地被地上那片三角形阳光陶醉。我感到太阳是宇宙中的一棵大树，地面上躺着一片专为我掉下的温暖的叶子，我把它揭起来看呀看不休，嗅出了自然生命的气味，感受着它的弯曲与律动。我不觉得自己是在学习什么——因为根本没有学习的艰苦性，倒像是和亲爱的兰兰搂在一起，幸福地嬉戏着。呵，少年时沾染到一丁点知识就跟沾染到阳光那样幸福，为什么成年后拥有更多知识了，却没有少年时那种陶醉呢？正是这种缺憾，使我长时间感慨：也许我真正的生命在结束少年时也随之结束了，后来只是在世俗轨道上进行一种惯性滑行。我渴望能够重返少年天真。

  阳光在地面上移动，像一片小小的海洋。有好几次，李觉自己也呆住，情不自禁地用手抚摸那片阳光。他的手刚伸入阳光，阳光就照在他手上。于是，他又用另一只手去抚摸先前那只手。结果，总是阳光在抚摸他，而他永远抚摸不到阳光……我瞧着他样儿觉得很好玩，并没有察觉其中有什么异样。也就是在这一天，他跟我讲了太阳系，讲了阳光从太阳照到地球的距离，讲了我们都是宇宙的灰尘变的，将来还会再变成灰尘。他还用极其宽容的口吻谈到隔壁那些大人们。"他们都是挂在某个正数后头的一连串的零，他们必须挂在某个正数后面才有价值。而他们的真正价值，却只有前面的'正数'知道，他们自己并不知道。特别有趣的是，他们大都还不想知道，一旦知道会吓坏了他们。哈哈哈……"李觉已全然不在乎我是否听得懂，他自己在叙说中获得巨大愉快，他就是为了那种愉快才叙说的。而我，却感到巨大惊奇！原来，我身边的一切都跟神话那样无边无沿。

  从那一天开始，我渐渐明白：任何一样东西，任何一件事物，任何一句最平俗的话儿……其中都潜藏着神话性质。

每天上午九点半，在医生查房之后，我都到李觉那儿去听他讲课。这时候他总还在吃中药，床头柜上搁着一只冒热气的药罐，黑乎乎的药汁散发苦香。李觉特别怕苦，每次服药前都需要鼓足勇气。他先剥出一颗糖放在边上，再端起药罐，闭上眼睛，猛地将药倒进喉咙，赶紧把糖塞进口里，才敢睁开眼。所以，我每次去他那儿时，都看见他口角上挂着一缕棕色药汁，每次他都忘了将它揩掉，药汁干涸后闪耀金属片的光芒。我为此常感到，他那些话儿是从一块金属中分裂出来的。

我们的窗外就是横贯全楼的长凉台，我们说话的声音能透过窗子传到凉台上去。李觉高谈阔论时，凉台上常有人踱来踱去，作出一副没有听的样子在听。李觉全然不在乎他们，用后背朝着他们，继续高谈阔论。下课后，我回到屋里，大人们纷纷问我李觉讲什么，我就把听到的东西跟他们复述一遍。他们听了，或者呆滞，或者惊愕，或者轻蔑，或者连连摇头……都说六号房的那家伙犯神经病。我就和他们争辩，笨拙地抵抗他们，卫护自己和李觉。最后大人们总是大度地笑笑，不屑于和我争辩了。

我从他们的笑容中嗅到一股恨意，他们似乎在暗暗地恨着李觉，并且竟是以一种瞧不起他的姿态来掩饰着内心的恨。而我，却从中受益无限。一方面，我在接受李觉的教育；另一方面，我又在承受别人对李觉的打击。这两种相反的力量竟然没有将我压垮，反而使我激励出一颗强大的心灵。呵，这才是我毕生最大的侥幸。

副教授对此一直处之泰然，从来也不问我什么。当我在病房里转述李觉的话时，他总把那份《光明日报》翻得哗哗响，就像要从报纸上抖掉灰尘。整个病区只有那一份报，不知怎的，他有看报的优先权，得等他看完了，病房里其他人才能看。等我们这个病房的人看完了，才轮到其他病房的人看。而且，他不许别人看报时读出声音来，只许默默地看。他说呀，好文章一读就糟蹋掉了，必须细细地看。一旦读出声来，即使自己的声音也会吵得自己不得安宁，更别提别人的声音了。由于他这个习惯是那样的深奥，仅仅为此，病友们也都非常尊敬他。大家感叹着：

得有多少学问才能养成这种习惯呀。所以,副教授读报时,他的口舌从不出声,只有他的报纸出声——被他翻得哗哗响。

这天我又通过长凉台到李觉屋里去,半道上碰见副教授。他用一句话儿挡住我:"x 乘以 y 的 3 次方,'根'是多少?怎么求?"

我愣住了。他首先看看我是不是真的愣住了,然后才温和地说:"听不懂是吧?昨天你还给我们讲趣味三角呢,它是三角函数中最有趣味的东西。你听不懂不要紧,用我的原话去问问李老师,看看他知道不知道。"说完,他笑笑走开了。

哦,原来这些天他一直在倾听我的话,也就是我所复述的李觉的话……我为此高兴了一小会儿,想不到我也能引起一个大教授的注意,他装作不注意装得那么像,毕竟还是暗暗注意了。这种暗暗的注意岂不比同房那些人惊惊诧诧的注意更带劲么?!……我还猜着点缘故,副教授叫我带给李觉的问题,恐怕是一个挑战。于是,我预先已激动得发抖了。

李觉看见我,劈头就问:"刚才他拦住你干什么?"

我又一愣,难道李觉也在注意他?我一字不漏地复述了副教授的问题,同时小心翼翼地看着李觉,等待聆听一场火热的答辩。说实在的,我渴望他们之间有一场唇枪舌剑。那样,我就能够亲眼目睹一场双方大展才学的奇观了。

李觉想了一会,说:"这么无聊的问题和我有什么关系?"

"前天你跟我讲过趣味三角函数呀……"

"不!我没有讲过。"

"你说过的。x 和 y 游离关系,c 角和 b 角的向心性,你都说过。虽然我听不懂,但我就是听不懂,也觉得有意思得要命!你肯定说过。"

"我没说过,"李觉有点不耐烦了,"我从来不注意繁琐函数。那些破烂东西是他们、以及他们之类的人们的事儿。"

我惊愕极了,李觉分明对我讲授过,为什么不承认呢?!……

李觉在屋里踱来踱去,兴奋地低语着:"看来他们很关心咱们呀,看来他们是在悄悄地关心咱们呀。我的课绝对不止你一个人在听，影响已经扩散出去了。好好好，很好很好。咱们再接着讲，咱们不但要讲历史，还要讲天文地理，就是不讲繁琐函数！今天我们接着谈奇石怪木。你看见那株柏树了么？"李觉指着山坡上一棵身姿怪异的老树，说，"它足有三百岁了，这是指它的生理年龄。我看它的精神气质不下于一万年。你好好看看，你把它看懂了，你就很了不起。"

这一天，李觉完全是在海阔天空地大谈历史轶闻，谈一些大才子的沉沦。是的，他对一些沦丧的才华特别敏感，对一些无情的帝王特别动情。他的思维太奇特了。现在回想起来我才理解：其实他不是在运用思维而是在运用感觉，他仿佛根本不屑于思维。我听得津津有味，好几次忍不住眼泪。我看见副教授在窗外伫立，分明也在听。李觉对他的倾听毫无反应，兀自激动地抒情展志。我知道李觉是佯作不见，其实内心肯定很得意。

几小时之后，李觉骤然中止声音，坠入沉默。这意味着：今天结束了。每次他都是以这种方式结束授课。我从李觉屋里出来，半道上又碰见副教授。他问我："那个问题，李觉是怎么回答你的。"

我讷讷地，"他没有回答。"

副教授一震。"不肯回答？……噢，我明白了。"

"怎么了？"

"他用另一种方式回答我。今天大段大段的高谈阔论，就是对我的回答嘛。"副教授努力向我宽容地笑笑，然后愤愤地走开。

这以后，副教授常常到我们窗外附近倾听。李觉已经把他迷住了，在病区里，也只有李觉能迷住他。其他病友们都是工农干部，副教授对他们一团和气，然而除了和气之外，也就再没有什么了。他一直在被尊敬中孤守着寂寞。一天，李觉正在大谈秦始皇。副教授终于不请自入，劈头道："说得好说得好！始皇高绝处，在于为之始。始皇不尽意，难以为之继。我以前有个观点，恰可就教于你，拙作《先秦阡陌考》，大约你也是读过的，内中有半句话：'是谓非为尚为之不为，是谓何为不为而为之……'噢，可能有些费解。这半句话的意思——真是难为我了，当时写到此处，不敢全说，也舍不得不说，所以只成半句。它的意思是：……"

李觉听罢，豪情大发，和副教授辩论起来。副教授也精神倍长，本来只说一个观点半句话的，竟然从一衍化为三，三三衍化为九，滔滔不绝了。两人谈得痛快淋漓，我只干瞧着，一点也听不懂。但我心里说不出的快活。

副教授说着说着，就在李觉床上坐下了，李觉也随之坐下，两人又说。蓦然，李觉在一句话讲到半截处不作声了，死盯住副教授。"我什么时候请你进来的？"

"我、我，这个……自己来的。"

"请你出去！"李觉手指着门外，和刚才模样判若水火。

副教授脸色由红变青，镇定地站起身来，一言不发地走了。

我大惊：李觉怎么啦？他们谈得那么亲切，横空劈了一刀似的，立刻就崩，从交谈中没有任何迹象，他好像瞬间变了个人。

李觉盯着我，追问："他是怎么进来的？你说。"

10

……李言之入神地倾听着，不时唏嘘唱叹。我看出他颇受感动，并且因为感动而身体舒服些了。他脸上的神采，是那种介入了使自己醉心的工作才可能有的神采。他的左手也不再微微颤抖，而过去，那只手即使在睡梦中也颤个不停。他说过：那只手臂能把他整个人从梦中抖醒过来。现在，他跟一汪静水卧在水潭里那么从容，微微放光，生机盎然。

由于我如此动情地述说，渐渐地我对这个倾听我诉说的人，也充满亲情了。原先，是他要我回忆。但我讲到半截，性质变了。我已经不再是为他而说，而是我自己要倾诉，我被自己的意念燃烧了。燃烧得如此猛烈而痛快！我真没有想到，压抑太久的东西，一旦奔涌出来，竟能将人拽那么远。这是不是表明：某种不可思议的势头一直埋藏在我们每个人的心底，像埋藏火种那样。当它听到另一个火种的呼唤时才啸然而出，几乎把我们身心冲裂掉。啊，我忽然想到，此刻，我对李言之的情感，竟仿佛是我当年对兰兰的温情。他们一个是垂危老人，一个是如花般少女，截然不同的对象居然都能够唤起我那样清新的爱。也许，这都是由于我们身心受损太过的缘故吧。当年，兰兰患有重病；今天，李言之面临死亡……难道，爱与被爱，竟是人类特有的呼救与拯救?！

我确信，李言之就是当年的李觉！

尽管时光已逝去三十多年，尽管他已改掉名字，尽管容颜全非恍若隔世……但"李觉"只要在世上一露头我就能朝他奔涌而去。我能够凭借一股独特的气息嗅到他。

李言之说："你的少年时代与人不同，身心方面受过那么多创伤，只要顶住了，就能使人受益无限，炼出一些不平凡的素质。天之骄子在少年嘛，你有一个值得自豪的少年时代，那个李觉，怪人哪异人哪。他对你的启蒙方式有巨大风险，要么造就你，要么毁掉你。我熟悉那类人，也欣赏那类人。他呀，一大堆灵感都会叫人拾了去，自己做不出一桩事。他那种人天生就不是做事的人，是编织幻想的人，是个终日拈弄诗意而又不写诗的人。他每一个灵感哪意念哪，在正常人看来都带有了不得的异见，沾上一点就大受启发，别人拿去就能闹出大动静来，偏他自己不行。他是满得溢出来了，像棵挂满果子的苹果树，非叫人摘掉几个才舒服。哈哈哈……我说得对不对？"

我点点头，掩饰着深深的失望。李言之是用科研语言在和我说话。这语言虽然准确，但距我的心境太遥远了，远得近乎于失真，近乎于虚假。

李言之伸出一根手指制止我出声，自己歇息了片刻，然后又说："至于你么，你是人才呵，你的才华太过于锋利。你是一把窝藏在别人裤兜里的锥子，怎么讲？第一，非出头不可；第二，出头就要伤人。你到所里来工作以后,我仔细看过你写的全部论文,乖乖,简直是我青年时候的翻版么,一个选题就是一个伤口,一个选题就足以把全室研究员搁进去还填不满,哈哈哈……兼有深不见底和大气磅礴双重特性。我对你很有兴趣,很有兴趣。我老在想呀,此人的异禀是从哪儿来的?现在我多少明白了,你少年时代受过创伤。你把那个那个……叫李觉吧?对了,李觉的风味带进来了。你的心灵被他狠狠地冲撞过,呈现着畸形开放状态,像这朵玫瑰花一样,开得这样暴烈。它之所以如此,是由于那花匠刀剪相向的缘故。我们看它是美,它自己则是疼!你疼么?哈哈哈……"

李言之仿佛没有意识到:我是把他当作李觉来相认的。否则,他就是在公开地轻蔑我。我耐心等他笑罢,说:"能不能请您不再笑了?或者非笑不可的时候,请给我打个招呼,让我出去后你再笑!……那时候我非常孤独,又身患重病。我们贫乏到了把毛选四卷当小说看的程度。和兰兰的纯情之恋,又给我带来了那么大的污辱。我们给恐惧逼得走投无路了,医院里到处是死亡气息,我们都快要给这气息熏呆掉了。要知道,我们在很稚嫩的年龄时就被捺进那气息里了,接受治疗的是我们的身体,而我们的心几乎成了一块腌肉!只有在李觉那里,我才感到安全,感到欢乐,还感到放肆。我们多久不曾放肆过了呀,快成了一株盆栽植物!我根本不是为了增长知识才华什么的,才去听讲学习。李觉也根本不是为了培养我教育我才天天讲授,不!我们都是由于恐惧、由于孤独、由于空虚才投靠到一起。您今天也许可以用审美眼光看待这一切,也许这样看十分精确,也许从中还能提炼出什么选题出来。但是对我们来说,"我停顿了一下,盯着他低声道,"是三十年前污辱的继续。"

"对不起,"李言之咕噜着,"不知怎么搞的,一想到我快要死了,就有了胡言乱语的权利。要是不得病,我想我不会这么坏。唉,平生正经如一,到头来才觉得欠自己太多。"

我有点心酸,这位老人样样都看得太清楚了。即使想用手遮住双眼,他也能透过自己手掌看出去。"多年来,我一直在打听李觉的消息,真想见见他。但我一直没找到他，天南海北的，谁知道他飘逸何方呢？而且，此事想多了反而有点怕相见。我这人理想色彩太重，见了面也许会对他失望，还不如就将他作为一段回忆搁在心里。你说呢？"

"我不同意。如有可能，当然是见面好。"李言之断然道。

"真的么？"

李言之奇怪地看我一眼。"当然是真的。"

"好吧，你就是当年的李觉！"我说出这句话后，惊讶地发现自己并不激动，这和我几十年来所预期的情境相去甚远。我平静得很，自信得很，就跟把自己的脚插进自己鞋里那样，轻松得近乎于无意为之。

"你的容貌变化太大，你改了名字，要不是你问我当年的事，我绝对认不出你来。"

李言之摇摇头，同情地道："真抱歉，我不是李觉。刚才，我已料到你以为我就是李觉，但我确实不是他。你寻找他寻找得太久了，已经形成欲罢不能的潜意识。所以你看见我就觉得像。我理解你，连我自己也觉得挺像他。"

我顿时浑身发烫，声音都变了。"那你怎么会知道那所医院的细节？那座被三角梅染红的小墓碑，太阳的独特位置等等，不是在那儿住过的人，不可能知道。"

"我没有在那里住过院！"李言之正色重申。

"我给你搞糊涂了。"我暗想，是什么缘故使他不愿意承认呢？

"我住进这所医院的当天夜里，忽然梦到自己只有二十几岁，到了一个和这里相似的地方。院墙上的三角梅呀，戳在塔尖的夕阳呀，小孤山呀……都是在梦里想到的。睁眼醒来后，相似的氛围立刻涌上心来，就好像时光倒转，往事历历在目。我以为只是个梦罢了，忽然想到：我在梦里所见的那所医院名字，曾在你档案里见到过。我不明白这是怎么回事，想和你聊聊，挺可笑是吧？"

我点点头。我明白这是怎么回事了，但我不能说。

"哦，我恐怕不能从这所医院出去了，真没想到会在这里结束一辈子。我总觉得，人无法选择出生，无法决定自己在何时何地被何人生下来；但是人总应该能够选择死法吧？能够选择在何时何地以何种方式结束生命吧，这是每个人的基本人权吧。坦率说，我希望的是'猝死'，在死之前最后一分钟还饱满地活着，丝毫不受死神打扰。然后，突然从写字台边上倒下，没气了。一分钱医疗费也不花，一个字的遗嘱也不留，亲朋好友们吓一跳……多干净？千万别藕断丝连，像我现在这样尴尬。告诉你，我要求不住院，一直工作到死的那一天，领导不同意。我要求在救治无望时主动结束生命，也就是安乐死，他们更不同意。我不属于自己，我有社会影响，也有点政治影响，我要按照别人的愿望生存或者死去。你看有趣吧，我自己都快完蛋了，还没法把自己收归己有。还得说服自己相信：这样才最有价值。"

我沉默着，直到李言之问："在想什么哪？"

我说："在想李觉。你这番话，很像是他的气味。"

"对喽，你还没把他谈完呢。后来你们怎么样了？"

"你真的想听？"

"当然。你老是把我和他联系在一起，我觉得有义务弄明白。"李言之微笑，并且鼓励地看着我，气色很好。

我轻轻地，一字一句地说："他是个疯子。"

李言之脸色忽变："疯子！你这是什么意思？"

"病区里的人都这么说他。实际上，他也确实是个疯子，患过精神分裂症。他在说什么，自己并不知道；他住在哪里，自己也不知道；他的才华已经变质，自己仍然不知道。我甚至觉得，他整天和我在一起，可是连我是谁都不会知道……"

李言之眼里有了可怕的神情，涩声说："我懂了。你以为我是他……以为我曾经疯过。只是在恢复正常之后，又遗忘了自己。呃？"

我沉默片刻，不回答他的话，问："现在你还想听他的事吗？"

李言之颔首不语，许久才道："谢谢……想听。"

真是一种奇怪的句式：先道谢，再接受。纯粹李觉味儿。

11

也许我这么做太残忍了——对一个垂死老人讲述他自己所不知道的以往。

他一无所知,因而可以十分从容地死去,为什么要给他临终前增添痛苦呢?

是什么人,能够将他的以往成功地隐瞒了几十年不让他知道?仅此就令人惊愕。这种隐瞒近乎于壮举。

他自己不是一贯表现得非常开明,非常深刻么?那他敢不敢正视遗忘的自己呢?

他自己一直自视为不凡的人,那他敢不敢承认:他曾经有一段时间是非人?……

我觉得,他有权知道自己的一切。即使他听了后会崩溃,也不该拿走他了解真实自己的权利。何况,也许他还会深深地激动呢,生命为此而大放异彩。坦率地讲,如果李言之就是李觉的话,那么我认为:"李觉"可能是李言之一生当中一个奇异而幸福的时刻。那种状态下的李言之多么透明,多么美妙,多么可爱,多么天然随意……

当然,我不会刻薄地以为人都要变成李觉。我只是以为,即使是那样的人,也能显示出异常状态下的"人"的美!甚至能够将正常状态下的人们抛得更远。哦,我多想将这些告诉李言之。我这么多年寻找李觉,就是为了告诉他这些念头,以消除我毕生最大的悔恨。

我曾经参与他们——也即:和正常的人们一起,谋害了李觉。

12

……李觉低声哼起一支歌,那歌挟带着一股芬芳从大草原飘来。我听出是一支俄罗斯民歌,优美的曲调从李觉几乎破碎掉的胸腔里涌出,更有动人心魄的力量。哼着哼着，李觉滑到另一支歌曲上，哼上一气，再滑到下一支歌曲上。他就这么随意滑来滑去，不带词儿，也从不把一支歌哼完，每次滑动都十分自然，仿佛他的歌就是他的呼吸，就是一种漫步，就是轻抛妙掷，我听得好舒服呵。此时，阳光正照在他脸上，他面颊随即浮起一片红晕。过一会，阳光隐去，他面颊的红晕也慢慢消失。哦，正在消失的红晕真是最美的红晕！他将阳光挽留到自己脸上，像一束攀援墙头的三角梅。

蓦地，我看见科主任站在门口，默然注视着我们。科主任是一位六十余岁的老专家，我们每周只能见到他一次。每个病员见到他时，都恨不能将自己全部症状捧给他，以换取他的几句话，或者一个处方。他朝我招招手，示意我不要惊动李觉，让我悄悄地过去。

"他怎么样？"科主任低声问。

"挺好的呀。"

"你们相处得很亲密嘛，这样好这样好，保持乐观很重要。知道吧，最近的化验结果表明，你们俩的治疗效果最为理想，血项基本上正常了！再有两三个星期，我看你们就可以出院了。你们忘记了病，病就好得快。就这样保持下去吧，连你的学习也天天进步……"老头儿笑呵呵的。

"我去告诉他！"

科主任一把拽住我。"别告诉他！这是咱俩之间的秘密，好么？让他蒙在鼓里，到最后一起告诉他，让他狠狠高兴一下，好么？你是个小大人了，我只告诉你，有些病友一听说自己的病就要好了，反而担起心来了，生怕再坏下去。咱们别让他担这个心，好么？"

我非常高兴地接受了科主任的嘱托。

李觉仍在阳光下哼歌儿，半闭着眼，一碗中药搁在小茶几上，散发浓浓的香味。这一天我们没有讲授，只是散漫地沉浸在歌曲与阳光带来的醉意中。并且，把歌曲与阳光都拨弄得碎碎的，使它们变得更为可人。

我左右瞧着李觉，偷偷地用一个个念头去戳他，他依旧巍然不动，肯定正在酝酿什么深奥想法。我忽然觉得他真是了不起，跟童话故事中的闹海哪吒一样，玩着玩着就闹得天翻地覆了。在我那年纪不知道什么叫崇拜，心里却已经对他崇拜到家了。虽然世上有许多许多英雄或神灵，但他们都远在天外，挨我最近的只有李觉，独独属于我的也只有李觉。所以，只有李觉才是高踞云端又允许我随便亲近的神，我每一次靠近都被他提拔了不少。跟着他，常生出飞翔的感觉。在那一刻，我对他的依恋超出世上任何人。我整个心都叫他垄断了。

突然，我想带他去看看太平间，向他展示那个秘密去处。那地方把我压抑了那么久，我又怕它又难以割舍。我一直是把那地方，当做我私人秘藏的、恐怖的爱物，现在我要奉献给他。此外，在这个白森森的医院里，我还有什么值得奉献给他的东西呢？而我又是多么渴望奉献呀。我犹如拿出一个宝贝似的，将那神秘去处拿给他看。我还有个奇怪预感：李觉肯定会对那里大大兴奋。别人感到恐怖，他不会。哪吒不是喜爱深深的海底么？

我被这念头烧得又疼痛又快活。

中午，病区里就和夜里一样寂静。我走进李觉房间，昂然地说："跟我来。咱们去看个秘密地方。"

我们溜出病区大楼，沿着那条花径直奔医院西北角。越往里走，花木越是灿烂，越是拥挤。即使是一朵小小的玉兰，在这里也能开放出脸盆那么大的气概来。即使它们拥挤在一起，每一朵也都像帝王那么自信。由于我知道前面暗藏着什么，所以我能比较平静地观赏它们，不觉得它们有多么神秘。与上次相比，花们更加凝重，似乎连阳光也扛不动，静悄悄的，这是由于它们都已经认识我的缘故。至于芬芳、清新、奇妙……则还和从前一样。李觉兴奋得都有点儿摇摇晃晃了，几乎每一处都要驻留。

"太奢侈了！太奢侈了！这一点点地方有这么多花儿……"

"奢侈是什么意思？"

"就是、就是贵重的东西多得过头了。"

"你不喜欢这个地方吗？"

"太喜欢了。为什么没有早点带我来？……哎，这个地方好像没人。"他站住了。

我顺着他的目光朝前看：三条腿仍然卧在路径当中，以上次那样的眼神注视着我们。连它所卧的位置也和上次一样。

"你要带我到哪去？"

"不要紧，三条腿最可怜了，不会咬人。你跟着我就行。其实呀，我们挨着它越近，它越高兴。它一眼就能瞧出人是不是要害它……"

"你要带我到哪去？"

"太平间。"

"什么？！"李觉直瞪瞪地看着我。

我一下子慌了，讷讷地，"要不，咱们回去吧。"

李觉站立不动，目视被花木掩盖着的前方，木然呆立。

我乱糟糟地解释："兰兰的妈妈被送进那里去了，我和兰兰去看过她。窗帘动了一下，吓坏我们了……谁死了就把谁送到这里来，还有爱他的人陪着你……"

李觉又沉默半晌，慢慢伸出一只手来，握住了我的手，牵着我朝前走，脸上已是视死如归的神情。我捏着他的手指，像捏着一块发抖的冰，滑溜溜的。我非常恐惧地感到：李觉害怕了。我本以为是领了一尊神来到这可怕的地方，可以借助他的力量战胜自己的恐惧。现在，我发现他比我还要恐惧。我好伤心。

李觉木然地朝前走着，像是被一股磁力拽过去的。也许：越是可怕的地方，对他越有吸引力。也许：可怕——本身就是巨大魅力。

三条腿卧在路当中，在这里它像个贵族。虽然低低地趴在地上，但目光很高傲，分明是拥有这片领地的神气。我们走到它身边，畏畏缩缩地取得了它的同意，然后越过它前去，它仍然卧在原处，只动了几下颈毛，连头也没回一下，李觉呻吟了一声。

太平间出现在我们面前：月白色的墙壁，淡绿色门窗，黑色窗帘……不知怎的，看到它人就立刻栗然沉重。

李觉站在距离它十几米远的地方，目光直直地投向它，好久好久不出声。

太阳暖洋洋的。由于静极了，便可以听见阳光的波动声。

终于，李觉深深地叹口气。这声叹息使我顿时轻松。"走吧。"

"那是什么地方？"李觉指着一座浅黄色平房问我。

"不知道。"

那所平房已爬满藤蔓，绿茸茸的，与太平间毗连，看上去很神秘。在我们脚下，并没有路通到那里，面前草坪上却有一行隐隐约约的足迹蜿蜒而去。那是种暗示。

"太美了，真像童话。"李觉说。

我们朝它走去，浓郁的苦藤味儿涌来。地上的草们直挺挺的，踩它一脚，脚刚拿开，它们仿佛跳动般又站直了。平房门上挂着锁，锁扣儿却没有锁死。我们推门进去，怦然心惊：这是一间废弃的仓库，距我们很近的地方，站立着一具人体骨架，两只光秃秃的臂骨前伸着，黑洞洞的眼窝黑洞洞的口。一根细细铁丝拴在他肋骨上，挂着个圆圆的铝牌，上面有他编号。他站立的姿势非常奇怪，像一株被嫁接过的植物。

我们静悄悄地离开了他，一言不发，心跳得都要跳碎了！待回到阳光下，回到那条芬芳的小径，我才战战兢兢地问："是塑料做的吧？"

"不，是真人的骨架，"李觉脚步很快，"我看出了骨质纹理，是人的标本。"

"人还要做人的标本？！"

"没办法，人对自己了解得太少了。"

"他站的姿势太可怕了。"

"他是为医学站在那的。那个姿势让人便于了解骨骼构造。"

我们再也没说话，回到楼内后，也不愿意进屋。我们站在凉台上晒着太阳，李觉硬邦邦的纹丝不动，蓦然说："他们不该让他站着，应该让他坐下。让一个人永远那么站着，不累么？……"

直到我长大成人，直到我死去了第一个亲人之后，我才理解李觉话中的情感。

13

就从这天开始，李觉有点异样了。

他絮絮叨叨地跟我谈草本植物和木本植物，其中，总要提到那条花径。说它们"无所扰而美，无所欲而静"，当亲人们送死者进去的时候，走在那条道上就是一种安慰。那条道容易使人产生幻想，心儿会为自己奏乐，使死亡变得美丽多了。有一次他甚至站在屋子当中，模拟那具骨架的站立姿势。"这不仅是一个奇妙的姿势，也是一个奇妙的念头站在这儿。"对于我，他也更加苛刻了，布置的一些思考题完全超出我的智力范畴。当我解答不出时，他好像十分高兴，换一道更难的题目让我做……当我连着失败三次以上，他才快快活活地、轻松自如地、一口气儿将三道题解给我看，问我："怎么样？"我说了几句表示敬慕的话儿，以为说说就完了，没想到，他要求我"再说一遍"。我只好将敬慕的话重复一遍，这一遍只能是干巴巴的了。他修正我话中的几个字眼，使它们听起来美妙无比，让我按照他修正过的话再说一遍。这一遍，我干脆就是一只鹦鹉了。我发现，他非常渴望被人崇拜，非常喜欢我用热烈的辞藻夸奖他。这使我大吃一惊：他怎么会把我这个孩子的崇拜之情，看得如此重要？！他以前可从不是这样，以前他甚至连副教授的敬慕也不屑一顾……李觉的才华也变得锋利了，显示出精神暴力的特征。他指给我看。"隔壁的那些人多么庸俗，几个暖水瓶也争来争去。要是想治他们，一句话就够了：'你的血项拿到病理科去了！'一句话就把他吓趴下。哈哈哈……"当夜空明朗时，他要求我死死盯着仙后星座看。"多看看，再看看，一定要看出立体感来！……别以为那两颗星挨在一起，它们相距几十万光年呢。为什么人们老在心里把它们捏做一团？"还有一次，我有一个简单问题没回答出来，李觉竟用恶毒的语言诅咒我，说我"低劣的素质具有传染性，跟病毒一样四处蔓延"，把他也给传染坏了；说他"尽管在学术方面比大科学家稍逊一筹，但内心所拥有的创造力已经达到临界面了，只差那么一点儿机遇"。他坚定地认为："那些人害怕我作出巨大成就才把我冷藏在这儿，弄你这么一个小把戏来搪塞我。"……

李觉在抨击别人的时候，表情也十分平静，思维清晰言语精妙，一点也看不出病态。所以我感觉，即使他的抨击、他的诅咒、他的恨意……也是怪好听的。假如谱上曲的话，立刻就是一支歌儿。里面有那么多的象征和比喻，有那么多平日难得与闻的意境，他跟喷泉那样闪闪夺目地站在那儿，优美地咆哮着。

直到我成人以后，那深刻印象才化做我人格的一部分。每当我读到或听到一些质量低劣的咒骂时，不免想起李觉来。唉，你们也许能够骂得像李觉一样深刻，但你们能够骂得像李觉那样优美么?！如果不能，那么为什么不能呢？

当时，我经常惊叹地站在发怒的李觉面前，完全着迷了，犹如接受他的灌溉。李觉迸放一气之后，看看我，很奇怪的样子，然后吃吃笑开来，轻轻拍拍我肩。"好啦好啦……"仿佛刚才发火的不是他而是我。他这种陡然涌出的温暖使我分外舒适，我们两个人眼睛都潮湿了。

李觉由愤恨转向柔情，其间并没有过渡状态，一瞬间他就是另一个李觉了。跟掐去一朵花那么自如。他从来不是：先熄灭掉一种情感，再燃起另一种情感。他是一团能随意改变颜色的火，两种情感之间有彩虹那样宽阔的跨度。当年我只觉得带劲，要到十几年之后，到我足以理解过去的时候，我才为当年的事吃惊。

哦，一位被别人称做"疯子"的人，一位精神病患者，竟使我终生受用不尽！

他给予我的，比许多正常人给予我的合起来还要多。

……好久没有见到兰兰了，我差不多已经忘了兰兰。直到有天中午，我照例楼内瞎逛，转悠到楼梯背后时，看见一行用铅笔写在墙上的小字：

李觉是个疯子。

字迹暗淡，不留神看不出来。我认出是兰兰笔迹。以前，这地方是我和兰兰经常秘密相会的地方，与李觉相处之后，我再没到过这里。此刻，看见兰兰的字儿，我忽然想她想得要命。瞅一个空儿，我溜过护士的目光，跑到楼上找兰兰。

兰兰在屋里对我做个"小心"的手势，悄悄地出来了。"找我干吗？"她淡淡地说。

"你干吗要骂李觉呢？"

"没有呀。"

"我看见你写在楼梯背后的字了。"

"哎呀，你现在才看见？我以为你早就知道了……"

"知道什么呀？"

"你别碰我！"兰兰害怕地朝后缩了一下，上下打量我，"你真的不知道？"

"我什么都不知道。"

"嘘，那我们到外面去告诉你。"

我们到了阳光地里，兰兰胆子大了些，说："有好久啦，我早就知道啦。他是个疯子，本该住精神病院的，可是他现在的病呢，又必须住咱们这医院。所以，就让他住进来了，给他一人一间房，不叫他受别人打扰……"

"你瞎说，他好好的，每天给我讲课。"

"不是我说的，那天科主任跟护士长说话，我偷偷听见了。他们说，你们这种师生关系，对李觉是精神疗法呢。说因为你天天去听课什么的，李觉再不犯病了。说要让你们就这样保持下去。"

我大惊，原来我天天跟一个疯子待在一块！

兰兰见我面色剧变，连忙安慰我："他现在不会害人了，医生说他是一阵一阵的。可是你想呵，谁知道是哪一阵呢？你千万离开他吧，别再到他那儿去了。真的，我气得都不想理你了，你情愿和一个疯子在一块，也不肯和我在一块。"

我头脑中已经轰轰乱响，几近于神智错乱。我又害怕又愤恨：

李觉是一个疯子，竟然没有人告诉我！

为了使他不犯病，才让我天天到他那儿去的。我岂不是成了他的一片药片么？

全世界都在欺骗我，利用我，谋害我……除了兰兰。当时，要不是兰兰站在我面前，那么亲切那么焦急地看着我，让我感觉到人的柔情，我肯定会变成疯子，像爆米花那样炸开。

这时候，漂亮护士走了过来。打老远就说："哎呀呀，你们俩又偷跑出来了，说说你们这是第几次啦？怎么老讲老讲就是不听呀。明天探视日，我要告诉你们爸妈了。"她走到我们跟前，指着路边那个小小的花圃："我问问你们，知道是哪个孩子把花糟蹋成这样？瞧那些三角梅、鸡冠花，成什么了，跟狗啃过似的。"

路边的小花圃，我们散步时常见它。它里面的花木栽种得十分规矩，只要稍有点损坏，就可以看出来。现在，好几朵最艳丽的花冠被撕裂了，地上掉落着残破的花瓣儿。

我猛然想起李觉口角上的汁痕。这几天早晨，我到他屋里去的时候，都看见他嘴边挂着一缕暗红色汁痕，我以为那是他吃中药留下的痕迹，现在猛想起，当时那碗中药搁在床头柜上根本没动，还在冒热气。

我恐惧地大叫："是他吃掉的！是他夜里偷跑出来吃掉的！他是个疯子……"我訇然大哭。兰兰也吓得大哭。

漂亮护士开始不信，继之脸色也变了。她走开了一会，再出现时，带着几个老医生走来。他们问了我许多问题，又凑到花跟前去看。我说了些什么，连我自己也弄不清了。总之我不停地说着说着，只感到说得越多就越安全。

后来，他们到李觉病房里去了。漂亮护士带我回屋，给我服用了两片很小的药片，我深深地睡去。不知道后来发生的事。

14

我苏醒时已是第二天中午，病房里非常寂静。

蓦地，楼内传来一声长呼，是李觉的声音。他在喊我的名字。"你们把他弄到哪儿去了？让他来，让他来！我们刚讲到水的分子结构，还没讲水的三种基本形态呢。喂，你来呀！……别管他们的事。也别让他们管我们的事。你走开，出去！……"

李觉一遍遍呼唤我的名字，忽而高亢，忽而低微，嗓音热烈而焦急。他一遍遍地呼唤我，就是不肯停歇。病房里的大人们替我把门窗关上，声音仍然透过缝隙传进来。我缩成一团，怕极了，浑身发抖。副教授几次走到我身边，欲言又止，表情十分复杂。我恨他们，包括他在内的全体人们，都知道李觉是疯子，可就是不告诉我。他们全体大人合起来欺骗我一人，我万万想不到人有这么坏。我恐惧极了，愤恨极了。

李觉还在喊我的名字。我怎么也逃不开他的声音。他要再这么喊下去，我一定会发疯的……终于，李觉不喊了，开始像通常那样给我讲授，语调清晰明净，吐字发声都十分有条理，我隐隐约约听出他正在讲趣味三角函数，正是他第一天给我讲过的东西。现在，他以为我正坐在他的面前，正兴致勃勃听他讲授呢。实际上，他是在对着一只空荡荡的小板凳说话，他真的开始疯了。我受不了，我再也受不了，他将我的魂掳去了。我把头蒙进被窝里流泪，整个人缩得只有针尖那么一点大。

夜里，我从梦中醒来，又听见李觉在喊我的名字，一遍遍不停。然后，他又开始对面前的"我"讲授着，直到天明。第二天中午，李觉再次喊我的名字……

我从床上跳起来，冲出病区，跑出大楼，直朝那条花径奔去，一直跑到无人处，才藏进一丛三角梅下面哭泣。我不敢回去，我也不知道自己哭了多久，三条腿慢慢地朝我走来，歪着脖子看我，然后，它卧下了，一动不动，它在陪着我。它半闭着眼睛，颈毛微颤。

兰兰来了，只有她能找到我。她一声不吭，站在我身边，把她的小手伸到我头上，轻轻抚摸着。突然，她低声说：哎呀，你有白头发了。一根，两根，三根……这还有半根，一共三根半。"

15

李觉是东南某大学青年讲师，在校时，他就才华超群，目无下尘。他天生敏感而多思，经常发表一些大胆过人的创见。他讲课时，阶梯课堂里塞满人，几乎半个大学的学生都跑到他这来了。他屡屡讲得十分过瘾。他因为讲，而学生们因为听，双方都着迷了。大学的老教授们并非缺乏学识，他们只是不敢像李觉那样恣意讲学。李觉的父亲是中央委员，省内著名领导，李觉无论说什么有他这个背景在，谁也不会从政治是非方面挑剔。一次，他坠入一个艰深的研究课题，不能自拔。待他论文大致完成之后，忽然在他的稿堆上出现了一本书，一本半个世纪以前某外国教授论该课题的书。李觉的所有论点，无一不在该书中出现。而那本书内的论点与论述，比一打李觉加起来还要深刻得多，精彩得多！

当时，李觉就失常了。他不明白：

为什么从没有人告诉他这些呢？

为什么人们都在暗中看着他的蠢举而不点拨他呢？

为什么这校内藏龙卧虎，偏偏不闻龙吟虎啸，只有他这只蠢鸭夸夸其谈呢？……

他受到巨大的刺激，被送进精神病院诊治。刚刚好些的时候，不幸又得了重病，只好转入我们这所医院。院方开始不愿意收治，怕一个疯子闹得病员们不安。他父亲亲自到院长家恳求，说他儿子没有疯，也绝不会疯，他儿子是用功过度累垮了。

李觉终于住进六号病房，医院里除了三五人之外，无人知道他的真实情况。李觉曾患精神病的事，被彻底封锁起来。何况，他看上去和正常人一样。他只有一项不正常的欲望：好向人授课。

天缘有定，李觉找上我了。而我正处于孤独寂寞中，立刻投向了他。

在我们全然无知时，医院方面密切注意着我们。他们发现，我们这种关系对双方都大有好处，所以，他们不但不制止，反而暗中予我们方便。比如，我到李觉那儿去过无数次，就一次也没有遇到医护人员的阻拦……假如，我和李觉就这么下去的话，我肯定永远不会知道内情——哦，那该多好呵。但是，人们太敏感了。生病的人，因为病因的奇妙作用更加敏感。很快有人瞧出异常，然后病区里传遍了"李觉是疯子"的故事。只有我和李觉茫然不知。我们，仍然在温馨的讲授中双双着迷。

这一天，病房里来了一位老者。我从众人的目光里，看出他是个大首长。他左边站着院长，右边站着科主任。再往后，站着一小群干部样的人。他走进我所在的病房，朝病员们拱拱手，非常客气地请他们"不要起来，快休息快休息……"然后，他的眼睛转向我，看了好久，点点头："是个聪明孩子啊！"背转身，走了。

混乱中，我隐约听人低声说："李觉被抬走了。"

我跑出楼道，看见一副担架，李觉躺在上面，像是睡着了，两条结实的皮带捆在他身上。他被抬进一辆救护车。他终于"出院"了。

大首长面色阴沉，朝四周望望，似在与这里告别。三条腿从他跟前不远处跑过去，他惊愕地看着它，然后生气地跟在场的人说："你们看，这像什么话？在一所救死扶伤的医院里，居然让一条残废狗跑来跑去，病员们看了，能不受刺激么？来探视的人看了，还敢把患者往这里送么？……人们会联想的呀。我建议：尽快把它处理掉！"

院长和主任连忙答应。大首长又客气地朝在场的人们拱拱手，上车走了。

院长待车影消失，回头朝一位干部叹道："听见了吧，不要再拖了，把它处理掉吧。"

院长和主任们也走了。那位干部对另一条粗大汉子吆喝:"吴头,你不是好吃狗肉么,交给你了。立刻办掉!"

吴头朝花径那里走去几步,牢骚满腹地:"这东西少条腿呢,味道肯定不正……"

我流着泪跑回楼里,不敢听三条腿的嗥叫声。在楼内,我确实听不见外面动静。但是,我清晰如见地感觉到:它正在用三条腿发疯般地蹦跳,它一头钻进花丛,拚命躲藏,棍棒如雨点击下,把花丛全打烂了。它的惨叫声在我心里轰响,就像……就像我在替它嗥叫。从此,我再没看见过它。

我走进六号病房,里面已经空空荡荡。病床被剥掉床单,露出刺目的床垫。遍地是各种各样碎片,都是李觉发病时砸的。阳光投入进来,阳光也显得坑坑洼洼。我站在屋子当中发呆,李觉的音容恍惚就在面前。副教授踱进来,一言不发,把我牵出去了。

半个月后,我也出院了。漂亮护士把我送出楼,她头一次没有戴口罩,弄得我几乎认不出她来。以前,她的大半张脸是藏在口罩里的,我已经适应那副样子。我以为那副样子最美。现在她取掉了口罩,我简直受不了她的真实的容貌。我呆呆地看着她,直到她叫我的名字,才相信是她。虽然她还是很美,在微笑。可我恐惧地朝后退,她的脸她的笑,如同一块优美的生铁在微笑。

我在医院大门口碰见了副教授,我猜他是有意在这儿等我的。他送了我一支钢笔做礼物。他犹疑了好久才跟我说:"孩子,要再见了。我有一句话,你现在可能还不明白,但是你记住就行,将来会明白的。李觉是个非常可爱的人哪,当他呼喊你的时候,你应该去他那里,应该勇敢地去!只要你一去,他就会好的。你一去,他就不会生病。唉……"

副教授几乎落泪。

我忽然猜到:原来,他多次到我床头,就是想叫我到李觉那儿去,但他说不出口来。那样做,对我太残酷了。

16

这是我一生当中最大的悔恨。

副教授说得对，在李觉呼喊我的时候，我应该到他身边去，倾听他那些奇妙的讲授。只要我在他身边，他的感情、欲望、才华都得到伸张，于是他也就感到了强大，感到了安全，他就不会发疯。偏偏在李觉最需要我的时候，我因为恐惧而背叛了他。同时，我还将他视作妖魔，痛恨着他。

其实，在那所医院里，最孤独的不是我，而是他。

后来我无数次回想：李觉真是个疯子么？

当我们不以为他是疯子时，他好端端的。

当我们都把他当做疯子时，他就真的疯了。

那么，我们凭什么认为他人是疯子呢？我们据以判断疯狂的标准，就那么确定无误么？也许，我们内心正藏着一头妖魔。所以，我们总在别人身上看见它。

李觉是我的人生启蒙导师。如今，我身上的每一个细胞都因为他的刺激，而充满生命活力。我将终生受用着他，不出声地感激他。

17

……李言之入神地倾听，没有一句评价。直到我说完，他也还静静地坐在那儿。从他脸上看，他内心很感动。我瞧不出，他是因为这个故事而感动，还是因为他就是李觉而感动。这可是两种全然不同的感动呀。我一直在期待他与我相认，但我不能逼他。我不能直截了当地唤他"李觉"！因为，此刻他是我的所长，是一位垂死的老人。几个小时之前，我们仍然有上下尊卑，我们仍然恪守着世俗礼节，我们仍然深深收藏着自己。即使他就是李觉，"李觉"也只是他一生中的一个片断。甚至可能是他终生隐晦着的一个片断。他的一生已经完成，能为了一个片断来推翻一生么？再说，万一他不是李觉呢？万一他是李觉又从来不知道自己是李觉呢？他完全可能根本不知道自己曾经是谁。他还完全可能：被后来的、李言之的生存现实彻底改造过去了，已经全然成为另外一个人。他需要权衡利弊，需要考虑各种后果。需要把自己暂时搁到一边，先从组织、从大局出发考虑考虑，像他在位时经常做的那样。

李言之客气地说："啊，谢谢你呀……"

我如棍击顶。呆了一霎，明白我该告辞了。我站起身来，李言之朝我拱拱手……我忽然想起了二十多年前，来医院的李觉父亲。一瞬间他们何等相似呵。

在门口，我碰到了他的夫人，她虽然满面愁容，但还是有规有矩地，甚至是不失风度地，主动朝我伸出手来，和我轻轻地、轻轻地握了一下手。唉，他和她，几十年如此，他们把自己控制得这么好，已经不会失态了。再痛苦也不会失去应当有的礼节。

由于他们如此平稳，如此正常，我一下子变得拘谨。我想使自己也冷若冰霜，想使自己也不失从容，但我怎么也做不到。我甚至怀疑自己是不是疯了，而他们才是正常人。对呀，你敢说你毕生当中从来没有心理失常的时刻么？敢么？！假如真的没有失常，那么你正常的时刻在哪里？

我又嗅到了那遥远的，从李觉那里飘来的精神暴力的气息。当时，那也正是李觉的精神魅力。但我已经不再流泪，我不是以前的我了。

下了楼，沿着一条花径步出院区。在一丛玫瑰面前，我站住了脚，我和它们很近很近。我在想李觉，他正藏在花丛中。我们曾那么接近于相认，最终并没有相认。莫非人和人永远不可能完全沟通，一旦沟通了，一个人也就成了另一个人的重复。

哦，我相信李言之不再是李觉了。李觉是唯一的，而李言之和李言之们，则挤满了这个世界。

回到单位，书记仍在办公室忙碌，面前有一大堆材料，他握着一管笔苦思冥想。我路过他门口，他叫住我，说："医院来病危通知了，老李怕是不成了……唉，明天你一早就去守着他，有情况随时告诉我。我一空下来，立刻就赶去。"

"下午我在他那里，他还蛮好的呀。"

"是的，就是现在他也神智清醒，坐在沙发上。但是医院讲，他说不行就不行了，快得很，电话是刚刚来的。"

我看见他正在起草悼辞，是上头让他"快点准备工作"。面前放着李觉的简历，从组织部借来的。我拿过它细细看着：

李言之，一九三二年五月生于江西赣州，男，共产党员；一九四五年九月至一九五〇年三月在某某学校入学；一九五〇年三月至一九五八年七月在某某中学入学；一九五八年七月至一九六二年十月在某某大学入学；一九六二年十月至一九六五年八月在某某大学任教；一九六五年八月至一九七九年四月在某某研究所工作，历任：……

简历精确而细密地列出了李言之每一个足迹。但是，没有任何生病入院的记载。也许是什么人拿掉了，也许他根本没住过院。他的一生被浓缩成薄薄的两页纸，我想起来，在我所见过的、摆满整整一面墙的铁皮档案柜里，放着无数这样的档案，切削得这样整齐划一……我蓦地想起二十多年前，在一间小屋里看见过的骷髅，他也被缩减成骨架了。啊，关于人的两页薄薄的纸，绝不是人！

凌晨，我赶到医院，李言之已经去世了。担架车从病房里推出来，将他送到我早已熟悉的地方去。一面雪白的布单盖住了他，只有头发露在外面。那位护士说："他一根白发也没有呢……"

我看去，果然。李言之满头乌发，如同青年人一样。我不由地想起，二十多年前，兰兰就惊叫过："你有白头发了。"

我跟随在担架车后面，走过长长走道，继而来到楼外花径上。在清晨冰凉的空气中，在闪烁着滴滴露珠的花丛跟前，我猛烈地想念李觉，我呼吸到我的少年时代。李觉说过，生命不灭，它只是散失掉而已……此刻，他也正像他说的那样，正在散失。我从每一片花瓣上，从优美弯曲着的屋檐上，从骤然飞过小鸟身影上，甚至从正在梦中的、小女儿颤动的眼睫上……都认出了李觉的生命。

呵，人是人的未来……

而我，只能是此刻的我了。

一九九三年元月十八日于南京

（原刊于《收获》1993年第2期）

北京有个金太阳

李 锐

一

仲银把双手背到身后，挺起胸脯，然后，再把穿着方口鞋的左脚朝前跨出半步，接着，从他粗壮的脖子里憋出一串音符来，索拉多拉拉索拉拉索米——唱！

立刻，和老师站成一排的学生们扯开喉咙叫起来："北京有个金太阳，金太阳……"

仲银是老师。方圆十里学校只有一个，老师也只有一个，仲银就成了十里之内唯一的文化人。仲银打拍子不是面对演员，而是面对观众。仲银觉得只有这样才过瘾，只有这样观众的羡慕和赞叹才可以尽收眼底。因为是面对观众，仲银省去了手的动作，改而用脚，而且只用左脚，一下一下地把脚尖抬起来，再一下一下用力地踩下去，就把学生们的歌声踩出来，"北京有个金太阳，金太阳……"等到有人唱错了，仲银才用手，把蒲扇大的巴掌伸出去，狠狠地扇一下，歌声里就有了打击乐的音响，北京的金太阳就被打得七零八落的。仲银很威严地把头勾回来断喝一声，重唱！于是，随着那只方口鞋的起落，北京的金太阳就再一次地升起来。

观众们全都怀着新奇和钦佩朝台上看，他们觉得老师的多来米实在是一种深奥的学问。有的时候，大家更欣赏的不是孩子的歌声，而是老师的威严，大家很着急地等着老师伸出手来，随便哪个孩子挨了打，台下就响起一片哄笑声。孩子的父母就会在笑声里给老师加油，仲银仲银，狠打！乡亲们一致认为，在教育孩子的问题上老师有无限的权力。方圆十里的山沟里仲银是最有学问的人，众望所归，乡亲们都觉得仲银才是个金太阳。仲银深知这一点，所以仲银特别爱指挥学生唱歌，沐浴在崇敬羡慕的眼光中，仲银觉得很自豪，很沉醉。

只要从戏台上稍稍抬起眼来，就会看见对面高接蓝天的大山，山坡上四季交替的画面，就会因为一个人的张望而具备了难得的主观意味——方圆十里之内，只有一个人懂得抒情写景这四个字的深奥。所以，在很自豪、很沉醉的同时，仲银也时常会有一点鹤立鸡群的孤独和惆怅，仲银就想，唉，都没文化，没有共同语言。因为自豪，也因为这随着自豪而来的孤独，仲银就觉得自己很需要一句诗，于是就从《毛主席诗词》上摘下一句写到粉连纸上。仲银的毛笔字并不好，但还是把那句诗写得龙飞凤舞的："已是黄昏独自愁，更著风和雨。"仲银知道这不是毛主席的诗，但既然毛主席引用陆游的诗，那就不会有错。仲银把龙飞凤舞的粉连纸挂在办公桌对面的墙上，只要一抬头，"已是黄昏独自愁"的自豪和孤独就有了安放之处。偶尔有人来问问，仲银笑而不答，只说那是一句诗。有一次，生产大队的党支部书记赵万金问他，仲银，这疙疙岔岔的写的是啥？仲银就把《毛主席诗词》拿出来说，都是从这上边抄的，是诗，毛主席喜欢。支部书记就笑了，呵呵，仲银真是有学问，看这字写的，看这字写的，我连一个也认不得。仲银就想，唉，没文化，没有共同语言。

像大多数的乡村小学一样，仲银的小学校也办在村庙里，只是所有的神像所有的对联都没有了，只留下两排厢房，一个戏台。校长、教员、勤杂都加在一起，就只有仲银一个人。仲银把那只铜铃铛反复摇上十来次，从各处山村走到教室里的孩子，就又各自回到山腰或是山谷里去。没有神像没有对联的村庙里就只留下仲银，还有他的自豪和孤独。

仲银是"文化大革命"的前一年从中等师范学校毕业的，师范学校的四周也都是山，那些山和眼前的山都属于一条山脉，都叫吕梁山。毕业的时候，学校专门从省里调来两部电影叫大家看，一部是纪录片，演的是回乡青年邢燕子；一部是苏联故事片《乡村女教师》。看完电影以后校长作毕业分配动员报告，于是，所有的毕业生都以邢燕子和乡村女教师为榜样，豪迈地走进吕梁山的崇山峻岭之中。在这股献身的豪情里，属于仲银自己的东西只有一件，只有一把口琴。来到小学的第一天晚上，仲银靠在棉被上，借着昏黄的油灯嗡嗡嘤嘤地吹起来。吹着吹着，仲银听到门外有人声，推门一看，院子里站了黑压压的一片人。看见仲银出来，人群谦卑地朝后蠕动，有两个胆大的孩子说，老师的琴好听，我村里还没人听过这么好听的琴哩。仲银笑笑，仲银就想起《乡村女教师》来。笑完了，仲银看看天，又黑又深的天上空荡荡地贴着一个扁平的月亮，从那一刻起仲银就觉得冷白的月光，冷白地照亮了自己心里的自豪和孤独。仲银说，这么晚了，都回去睡觉吧，想听，我以后再给你们吹。仲银没有想到，崇山峻岭当中这一丝细若蚊声的口琴，竟给自己的自豪和孤独平添了如此的色彩。

有的时候，仲银也会想家。仲银总也忘不了自己考中师范学校的那一天。那天自己从县城中学把录取通知拿回家，母亲把那只装鸡蛋的瓦罐从躺柜上抱下来说，今天咱吃一回炒鸡蛋，总有八九年没舍得吃鸡蛋了。全家人都笑了。看见大家笑，仲银就哭了。母亲一边抹着自己的泪水，一边说，看你这娃，高兴事也是哭。于是全家人一下子都哭起来。仲银知道，父亲、母亲、哥哥、妹妹，为自己上学吃了许多苦；以后，为了供自己上师范学校他们还要再吃几年苦。可是现在，这一切终于有了报偿，自己终于当上了一名光荣的人民教师，而且，是一名和团中央委员邢燕子一样光荣，也和那位苏联的乡村女教师一样光荣的人民教师。这样想的时候，仲银就常常会看看那张龙飞凤舞的粉连纸，然后，把口琴放在嘴里很抒情地吹一阵，细如蚊声的琴声就在破败的村庙中似有若无地传开，仲银的自豪和孤独，就会平坦而又富于色彩地在心里舒展开来。

等到"文化大革命"传到山里来的时候，仲银平静的教学生涯终于有了一点波澜壮阔的意思。所有党中央毛主席的伟大号召，都是通过仲银的嘴传达给贫下中农们听的，当仲银滔滔不绝的，把一份又一份中央文件念出来的时候，乡亲们觉得仲银简直就是站在党中央的家门口。念完了各种文件之后，仲银按捺不住行动的激情，把一张又一张控诉刘、邓、陶的大字报贴到戏台上；然后，又把学生们集中到戏台上齐声朗诵。听到村庙里铿锵有力的朗诵，乡亲们都很惊奇，都说仲银的学越教越有样了，都说，听听，听听，念得多好听。可是仲银不满足，当报纸上登出毛主席戴红卫兵袖章的大照片以后，仲银也学毛主席的榜样，做了一个红卫兵袖章戴在胳膊上。自己戴了还是不满足，又给所有的学生每人做了一个红袖章，大家都戴上。乡亲们又很惊奇，都说仲银真是有办法，都说，看看，看看，袖章有多鲜亮。可是，惊奇了一阵，夸赞了一阵，一切又都归于往日的平静。等到冬天来临的时候，夏天做的红袖章已经裹不住肥厚的棉衣袖子，学生们纷纷把红卫兵袖章装进兜里，做了擦鼻涕的手绢。深深落空的仲银很伤心，仲银只好说，唉，全都没文化，没有共同语言。深深落空的仲银只好再回到自己的自豪和孤独当中去。仲银忽然觉得这么大的吕梁山，怎么就放不平自己的一颗心了呢。这可真是一件叫人想不通的事情。大家都不戴袖章自己也没有什么办法，可自己不能不戴。于是，仲银顽强地戴上红袖章，顽强地在村里走来走去，这样走来走去的时候，仲银分明看见许多的自豪和孤独从别人的眼睛里朝自己走过来，仲银和它们握握手，又随手把它们放在身后，渐渐的，仲银觉得自己很像一列拖了许多车皮的满载的列车。仲银就对自己说，仲银呀仲银，你真是"已是黄昏独自愁"呀。仲银再抬头看山的时候，山上的风景就有了全新的意境，仲银把自己的胸中块垒摆满在莽莽的群山之上。

有一次，仲银独自一人走到山顶上，放眼四望，起伏的群山掀起胸中壮阔的诗情，仲银觉得自己很需要一些诗，于是放声朗诵道，——站在山头望北京……有了这一句，一时又想不起下面的，只好再喊——站在山头望北京……四野苍茫，群山无语，吕梁山一瞬间吸干了仲银的诗情。仲银实在想不起下面应该说些什么，想不起说什么的仲银只好空落落地再独自一人走回到村庙里去。仲银靠在棉被上想起毛主席的诗，"一万年太久，只争朝夕"。可是，仲银现在觉得白天很长，夜晚也很长，长得和一万年差不了多少。仲银不知道自己这么多的白天和夜晚，这么多的一万年到底怎么去打发。

后来，我问过仲银，我说，仲银，你那时候一个人孤零零地住在这个破庙里，每天都是怎么熬过来的？仲银淡淡一笑，仲银说，那时候村里人全都没文化，没一点共同语言，我一个人坐得闷了，就吹吹口琴，看看《毛主席诗词》。我拿起那本卷了边角的小册子问他，就这本？仲银点点头，就是。然后，仲银又淡淡一笑："三十八年过去，弹指一挥间。"我也笑了，我知道，仲银又背了一句毛主席的诗，但不是这本小册子上的。那一刻，我忽然明白了为什么一个白天或一个晚上会等于一万年。

我看着仲银的眼睛，我说，仲银，我真佩服你。仲银没说话，仲银拿起桌子上的铜铃铛转身走到院子里摇起来。

二

仲银对我说，如果不是那些鸡蛋和白面，他早就站到天安门广场上了。

我想了想，我觉得左右人的命运的因素，有时候真是简单得不可思议。

仲银说,我那时候是一个人站在沙漠的中心。

我认真地回忆过,我自己从来没有一个人在沙漠的中心站立过哪怕一分钟,也从来没有在沙漠的中心遇到过鸡蛋白面和天安门广场这样相差万里的问题。

仲银决心找到医治自己孤独的良药,于是,仲银采取了更进一步的行动。仲银把一张停课闹革命的声明,赫然贴在了村庙的大门外。声明说,鉴于目前的革命形势,本校全体师生决定响应毛主席的伟大号召,停课参加"文化大革命"。本校教师将要参加革命大串联,到全国各地学习革命经验。复课时间,将根据革命形势的发展,另行通知。

声明一贴出去,党支部书记赵万金就来了,赵万金来的时候提着五斤鸡蛋,十斤白面。赵万金把鸡蛋和白面老练地放到桌子上,赵万金说,仲银,咱这苦地方,连狼都不愿意搭窝,你年轻轻能来给咱教书不容易。你要不教书了,孩子们还不是当一辈子睁眼瞎。这面,这鸡蛋你先吃,吃完了,咱再说。仲银很激动,仲银一下子想起母亲的那一瓦罐鸡蛋,想起父亲、母亲、哥哥、妹妹为自己受的苦。仲银觉得有必要解释清楚自己的目的。仲银说,赵书记,毛主席说革命不是请客吃饭,你现在这不是请客吃饭么。我怎么能为了你这五斤鸡蛋十斤白面,就不革命,就不参加"文化大革命"呢。赵万金就又老练地笑了,赵万金说,看你这话说到哪去了,一点鸡蛋白面和革命不革命的有啥关系。要说呢,现在正要打倒当权派,仲银,你吃了这些鸡蛋白面,也误不了你打倒。其实呢,一个农村土干部,不打倒吧,哪一天不是在泥里土里滚呢。其实呢,这些鸡蛋白面也不是我的,都是娃娃们的爹妈们东一家西一家凑的。仲银知道,这地方平常没人吃鸡蛋白面,鸡蛋白面除了过年过节吃一点,就只有女人做月子才吃,一个男人怎么能吃女人做月子才吃的东西。赵万金又说,仲银,不怕,吃是吃,走是走,你要真想走,这点鸡蛋白面也拦不住你,人往高处走水往低处流么,人要走到高处了,还不是天天吃鸡蛋白面。赵万金说得不紧不慢,说得滴水不漏,说得很老练。说完就走了。

仲银还是很激动。仲银决定坚决不拿群众一针一线，并且决定亲自一家一家地去送，亲自向大家说明自己的目的。仲银当时并没有想到这五斤鸡蛋十斤白面竟然会改变自己的命运，竟然阻挡了自己走向天安门广场的道路。仲银拿着鸡蛋白面在街巷里走进走出，仲银这样走进走出的时候，满心的激动渐渐地变成了满心的矛盾和沉重，鸡蛋白面一点也没有减少，反而又得到许多惶恐的道歉和许多真心的同情。乡亲们说，咱这地方真是太苦了，真是留不住人的地方，凭心想想，要是自己的孩子从一个恁大学堂里毕业了，端上国家的饭碗了也不想让他留在这种地方。仲银就反复地说，你们想错了。乡亲们就说，咳，仲银真是好心，除了你想错了能来咱这种地方，还有谁愿意想错了来呀。到最后仲银终于闭上嘴什么话也不说了。仲银刻骨铭心地感觉到无以倾诉的孤独。仲银实在想不出有什么办法可以向别人说明自己。仲银这样提着鸡蛋白面走来走去的时候，忽然觉得自己就像一个走进沙漠的乞讨者，那实在是一种彻底的一无所有。

仲银只好在心里慨然长叹，仲银说，真是没文化，真是没有共同语言呀。

仲银终于放弃了还回东西的努力，仲银站在街巷里环顾群山，仲银觉得有一把火红的烙铁吱吱作响地放在自己的影子上。

仲银带着鸡蛋白面带着满心的沉重走回村庙，仲银推开门的时候，发现了一群怯生生的学生，学生们稀脏的脸上骨碌碌地滚动着许多的担心和留恋。

学生们说，老师。

仲银说，你们没有看见门口贴的声明？

学生们说，看了。老师要走了。

仲银说，不是走，是去串联。

有一个学生把胳膊举起来说，老师，我把袖章又戴上了，要是我们都把袖章戴上，天天都戴上，老师就不走了吧。

仲银苦笑起来，仲银看见了那个袖章，袖章上抹满了干了的鼻涕。

仲银把手上的鸡蛋白面晃了晃，仲银说今天不上课，今儿咱们吃饺子吧。我请客。

仲银说，那是他教学生涯中最难受，也最难忘的一天。那是一日千年的一天。

仲银拿出胡萝卜和大葱，炒熟了所有的鸡蛋，拌好馅，大家一起包饺子。然后，全校师生围着锅台，吃饺子。筷子只有一双，碗只有两个。于是大家就端着碗转圈，每人每次只吃一个，然后就把碗递给下一个人。碗在转，所有的眼睛也在转，一直转到最后一个饺子也咽下去了，大家就笑起来，笑得很开心，很满意。仲银想，真是"三军过后尽开颜"呀。仲银这样想的时候满脸都是苦笑。

看见老师在笑，学生们很高兴，学生们说，老师，咱们唱个歌吧。

仲银说，行，唱吧。

学生们说，先唱《北京有个金太阳》。

仲银说，行，先唱《北京有个金太阳》。

那一次，仲银没有用脚指挥，仲银端起一只粗瓷碗来，用筷子叮叮有声地敲打着瓷碗。大家唱了许多革命歌曲，唱了《北京有个金太阳》，唱了《三大纪律八项注意》，唱了《大海航行靠舵手》，一直唱到把那只粗瓷碗敲破了，才终于停下来。

仲银把破碗放在锅台上，仲银说，放学吧，不唱了。

学生们兴冲冲地走出村庙，走到大门口，有人转回身来喊，老师，明天还上课么？

仲银冲着大门摆摆手，仲银说，上课。

鸡蛋白面没有了，学生们的歌声也没有了，村庙里格外的安静，村庙里还是只剩下仲银一个人。群山冷寂，炊烟袅袅，热闹之后涌上来的还是往日永恒的平静。

仲银走到大门前，咯吱有声地把自己的声明关在村庙外边。

仲银说，那天晚上，一个人对于平静的怨恨，从那只敲破的粗瓷碗里汹涌澎湃地奔流而出，不可遏制地弥漫了整座没有了神像也没有了对联的荒颓的村庙。

三

仲银说，那时候他经常学习毛主席的《矛盾论》，满脑子转的都是偶然必然，必然偶然。可是有一天，他忽然发现还有一种"然"，比偶然必然都厉害，这种"然"到底应该叫什么然，他怎么想也想不出来，反正偶然必然加在一块也比不上这种"然"。仲银说，我到最后还是没有想出来。仲银心平气和地梳理着这些现在已经枯萎了的思想，可是，当年这些思想，在他肥沃的头脑中有如一棵蓬勃的钻天杨。

四

事后，村民们一致回忆说，第一个发现老杨树显灵的是饲养员陈三。

那天清早，陈三去场院担麦秸，从场院回来经过老杨树的时候，陈三忽然发现树干上贴着一张黄裱纸，纸上写了许多字。陈三已经七十岁了，陈三知道那些字都是蝌蚪文，只有跳神的神官才认得。陈三记得自己七岁那年，皇上下诏停了科举，老杨树就显过一次灵。陈三慌忙跑回村去，于是，死水一潭的村子，忽然间爆发出"五洲振荡风雷激"的气势来。男女老少全都跑到老杨树底下，看见黄裱纸和蝌蚪文大家全都惊讶紧张得喘不过气来。不知哪一个扑通一声跪下了，接着，大家就全都跪下了。大家全都跪下的时候，并不知道这会是一件破坏"文化大革命"的反革命煽动案。大家跪在老杨树底下还是没有什么办法，有人就说，快把仲银叫来吧，叫仲银看看都写的是啥。

跟着，仲银就来了。仲银把蝌蚪文看了一遍，又把跪在地下的人群看了一遍，仲银什么话也不说，掉头就走。人群追在身后求他，仲银仲银，快给说说吧，快给说说吧。仲银还是不说，还是走。走了一阵觉得身子后头没了声音，一回头，看见乡亲们都朝自己跪着。仲银说，好吧，我告诉你们，纸上说"文化大革命"是天下大事，叫你们全都听毛主席的话参加"文化大革命"。要是不听，老天爷就要罚人。大家又问，仲银，你说该咋办。仲银说，组织红卫兵，破"四旧"，贴大字报，游行喊口号。说完，仲银掉头又走。

老杨树是村里的神树。老杨树长了足有半间屋子粗，足有四五层楼高，郁郁葱葱的树冠遮盖了村口二三亩好地。谁也不知道老杨树有多老，只在村庙的碑记上刻着，永乐十年重修村庙的动议就是在老杨树下议定的。村民们对老杨树的崇拜和尊敬是不能用语言来言说的，也不是喊口号和朗诵诗可以表达的。那年冬天的那个早上，村民们对仲银给蝌蚪文作的解释将信将疑。就在这个时候，党支部书记赵万金闻讯赶到了。赵万金对惶恐不安的人群非常生气，赵万金说，解放都这么多年了你们还要搞迷信，"文化大革命"就是要破"四旧"，你们还要搞封建，你们这是不把新社会放在眼里，你们这是想造反，你们……

赵万金的话还没有说完，就出事了。后来大家一致向公安局反映，要不是出了这件事也就不会有什么反革命煽动了。赵万金说，你们这是想造反，你们……接着，就出事了。大家眼睁睁地看见党支部书记的嘴歪了，接着，就不会说话了。大家忙喊，万金、万金、万金。可赵万金就是不会说话了。村民们还没有谁曾经在一个早上同时看见这么多奇怪的事情。有人喊，这不是仲银说的那话么，这不是应验了么。于是，所有的人全都无比崇敬无比恐惧地朝着老杨树转过脸去，所有的膝盖全都不由自主地朝着黄土跪下去。

后来，县公安局的人就进了村。

公安局的侦察员老张先把手枪从腰里摸出来，老张重重地把枪往炕桌上一放，然后，老张看看脸色苍白的陈三，老张说，陈三，你老实交代，你到底什么时候发现那张黄裱纸的，快说。

陈三很慌乱，陈三说，我都是七十多岁的人了，我不能胡说，我咋能发现呢，我就没有做下那发现的事情，我就是去场院担麦秸，回来就看见那张黄裱纸，纸上全是疙疙岔岔的蝌蚪文。

老张说，还没让你交代这呢，你说，到底是什么时候。

陈三说，这还用问，这还用交代，天天都是早上担麦秸么。

老张很气愤，老张说，早这么说不就完了，你给我老老实实地交代，不许耍滑头。你们这些老百姓，一点文化也没有，就是会搞迷信。

陈三说，是哩，就是没文化。我七岁那年皇上下诏停了科举，我爸就说念书没用了，连秀才都不念书了你更不用念了，乖乖地种地吧。

老张更气愤了，老张说，行了，行了，你说的这都和案子没关系，你别和我兜圈子。你说说那张黄裱纸到哪儿去了。

陈三说，没到哪儿去，大伙立马拿来香点上，又供献了，磕了头，求了几句神灵保佑，天下太平，就把纸烧了。

老张说，你们这是销毁证据！

陈三慌忙解释，老张你不用生气么，大伙又不知道你要来，要是知道，还敢不给你留着么。老百姓是啥，老百姓就是得听公家的么，连人都归公家，要那么张纸做啥。我七岁那年，老杨树显灵，树上的那张黄裱纸也是这么烧的。

老张说，你给我交代交代目的吧，就是你们到底想干啥。

陈三说，没啥目的，老百姓能干啥，老百姓的事情就是种地养娃娃，就是想图个天下太平么，天下太平，老百姓就能种地养娃娃么。

老张说，你咋这么啰嗦。你再交代一下，是谁最先说的老杨树显灵。

陈三毫不犹豫地抬出党支部书记来，陈三说，这事全都怪万金，万金的嘴要是不歪，谁能相信老杨树会显灵，哎呀，你说怪不怪，偏偏就那会儿万金歪了嘴。我七岁那年停了科举，也没闹得这么邪乎。

老张是公安局里最干练的侦察员，可是最干练的侦察员到底碰上了最棘手的案子，连证据都烧了，你还查什么。但是老张并不气馁，老张决心干到底，老张说，"金猴奋起千钧棒，玉宇澄清万里埃"。我就是要把这些牛鬼蛇神全都揪出来。

可惜，老张的豪情壮志到底没能实现。没等案子继续侦察下去，老张的公安局出了问题。县城的革命造反派宣布，公安局是代表刘、邓修正主义路线的反动工具，必须砸烂、取消。老张接到一纸立即返回县城的命令。临走那天，老张在村口的老杨树底下迎面碰上了仲银。两个人心照不宣地相互看了一眼。

老张说，仲银，案子的线索我全都掌握了。

仲银说，可是你得走了。

老张说，我早晚要把这个案子办了。

仲银说，老张，其实你并不理解人民群众需要什么。

老张说，我只需要几个人的口供，就可以证明那张黄裱纸上的字是谁写的。

仲银就笑了，仲银说，你真是什么也不理解，我和你没有共同语言。

老张朝仲银看看，老张发现仲银根本就没有看自己，仲银远大冷峻的眼光，从自己的头顶上高高地越过去，仲银的眼睛正在横扫吕梁的千山万壑。

这么一来，村子里顿时形成了权力真空。党支部书记不会说话了，公安局来办案的老张也走了，老杨树显灵的事情谁也不敢再提了，好像一个旋转的旋风，突然不动了，所有的砂子、石头、枯枝、败叶一下子都从天上掉下来，一动不动地躺在地上。整个村子就这样失魂落魄地闷了几天。终于，在一天的早上，仲银摇响铜铃铛把学生们集中到教室里以后，又把学生们放回村里去，孩子们把自己的父母全都带到学校来。仲银走到戏台的中央，仲银深知历史给予自己的机会和使命，仲银举起手来庄严地宣布，从今天起，咱们的红卫兵组织就算是恢复了，咱们要响应伟大领袖毛主席的号召，积极参加"文化大革命"，"破四旧，立四新"，横扫一切牛鬼蛇神，写大字报，学习毛主席著作，批判刘、邓、陶。尽管台下是一片紧绷绷的沉默，但是，仲银还是体会到了深透骨髓的幸福和快乐。这些幸福和快乐好像一片白云，把他高高地从人群的头顶带上蓝天。最后，仲银又补充说，以后咱们还要大唱革命歌曲。咱们现在就唱一个吧。仲银把穿着方口鞋的左脚朝前跨出半步，粗壮的脖子里憋出一串音符来，索拉多拉拉索拉拉索米，北京有个金太阳，——唱！

没有人唱。

台下的乡亲们全都紧绷绷地看着仲银，突然，会场上爆发出震天动地的笑声。笑声中有人喊，行啊仲银，全听你的，啥时候想唱了，你就吆喝人吧。

雷动的喊笑声中仲银突然冷静下来，突然感到从没有过的难堪，仲银拧起眉毛，仲银指着台下晃动的人群说，全都是榆木脑袋，全都是没文化，我和你们没有共同语言。这么说着仲银就哭了。乡亲们一下慌了神，仲银仲银你看你，哭啥呀，老百姓可不都是榆木脑袋么，可不都是没文化么，连万金都叫老天爷罚了，谁还敢再不听话呀，都跟上你闹文化革命不就对了。仲银说，不是跟上我，是跟上毛主席。对、对、对，跟上毛主席，反正是跟上就对了么，快不用哭了。

后来，仲银对自己流眼泪的行为一直追悔莫及。那两行眼泪许多年都留在记忆里，浸泡着仲银的自豪和孤独，虽然毛主席写过"泪飞顿做倾盆雨"，可自己的那场雨下得实在不是时候，那时候自己完全应该是"唤起工农千百万"，然后再"宜将剩勇追穷寇"，而绝对不应该是哭。

又过了一些时候，村子里又恢复了往日的平静。这平静慢慢煎熬着仲银的自豪和孤独。有一天晚上，仲银独自一人找到陈三，仲银说，陈三爷，我知道那张黄裱纸是谁贴到树上的。陈三不答话。然后，陈三说，我啥也不知道。仲银扫兴地从陈三家里走出来，走出来的时候看见天上一轮皓月，如水的月光投下自己瘦长的影子，瘦长的影子在银白的路面上浮动，像是一条黑色的大鱼，神秘地漂荡在夜晚冰冷的水面上，仲银抬起头看看月亮，低下头看看影子。然后，仲银从冰冷的水面沉进无底的黑暗中。

仲银在黑暗中看看荒颓神秘的村庙，仲银想，那里面就住了我一个人。

然后，仲银又想，我也许该做那件事情了。

五

我后来一直想，到底我和刘平平是加快了那件事情呢，还是延缓了那件事情呢。但是，不管加快还是延缓，我这一辈子也忘不了仲银出村时的情形。

公社刘主任把我和刘平平领进村庙，刘主任说，这就是学校，这就是仲银，以后学校的教育革命就靠你们三个人搞啦。仲银没抬头，仲银说，这地方什么也搞不成，全是榆木脑袋。刘平平瞪大了眼睛，你这人，对待贫下中农什么态度。仲银说，我们家三代贫农。一句话呛得刘平平的眼睛更大了，你这人，简直没法理解。后来，仲银戴着手铐走出村的时候，刘平平的眼睛也是这么大，说的也是这句话。刘主任说，行了，行了，"军民团结如一人，试看天下谁能敌"。仲银，你得和毛主席身边来的红卫兵搞好团结，这可是个原则问题。仲银忽然抬起头来，眼睛对着眼睛地看着我问，你们真的在这儿待一辈子？刘平平抢着说，不是一辈子，是世世代代扎根山区干革命。

仲银转过脸去看看刘平平，仲银念了一句毛主席的诗，仲银说，"蚂蚁缘槐夸大国"。

事后，刘平平对我说，这家伙是个怪物。仲银对我说，那女人能得要长出球来。

刘主任把我和刘平平领进村庙的时候，仲银那张龙飞凤舞的粉连纸还在办公室的墙上贴着。我和刘平平当时都没有也都不可能想到，这张粉连纸深远的意义。刘平平说，这是谁的呀，字儿写得不怎么样，味儿挺酸的。我说，毛主席的《咏梅》前面有一句话，"反其意而用之"，实际上是对陆游的一种批判。说完，我们相视一笑。看见我们笑，仲银就涨红了脸，仲银说，我写这句诗，只代表我自己的意思，不是毛主席的意思，也不是陆游的意思。如果你们不喜欢我可以把它摘下来。刘平平说，我帮你摘吧。仲银断然拒绝了，仲银说，这件事情和你们无关，这是我自己的事情。仲银当着我们的面把那张龙飞凤舞的粉连纸摘下来，又当着我们的面把它撕碎。仲银嚓嚓作响地把那张龙飞凤舞的粉连纸撕得大雪纷飞。

仲银后来非常坦诚地告诉我，当时有两件东西最刺伤他的自尊心：一件是我和刘平平的那种亲密；一件是他母亲给他亲手缝做的方口布鞋。

其实，我和刘平平的亲密是再自然不过的事情，就像我们后来的分手一样自然。我和刘平平原来是同一个学校的，现在又同在一起插队。一个男的，一个女的，再加一座荒颓孤独的村庙，当然就会有些故事，当然就会有些不同一般的亲密。我和刘平平是在一次谈话中，漫不经心地提起仲银的方口鞋的。

那时候，我常常和刘平平一起走出村庙，沿着庙旁的那条小河信步而去。有时走得很远，有时走得很近。这种时候刘平平最爱唱《远飞的大雁》，"远飞的大雁，请你快快飞，捎封信儿到北京，翻身的人儿，想念亲人毛主席"。唱完了刘平平就说，我真想我妈。我就说，现在才知道北京有多远。这样说着，这样唱着，就把许多城里人的眼光撒在荒远的山坡上，就慢慢地看懂了夕阳西下，看懂了新月东升，后来，我到北京的一座四合院去看望刘平平。那时候她已经结婚了，孩子上初中，丈夫是个出租汽车司机。一架茂盛的葡萄在院子里搭出一个硕果累累的秋天。隔着窗户我听见刘平平在唱歌，唱的还是《远飞的大雁》，只是节奏有点快。隔着窗户我看见，原来她在摆弄一台洗衣机，她的大雁现在是跟着洗衣机飞了。

当我们或近或远地从河边走回村庙的时候，常常不是看见仲银窗口上的灯光，就是听见仲银一个人嗡嗡嘤嘤的口琴声。仲银好像在有意地回避什么。我对刘平平说，咱们应当和仲银搞好团结。如果不是那次讲起了鸡蛋白面的故事，也许真的可以像刘主任说那样和仲银搞好团结。

那一次，我把仲银告诉我的鸡蛋白面的故事讲给刘平平听。听完故事刘平平笑得直流眼泪。刘平平一边笑一边说，因为五斤鸡蛋十斤白面就去不了北京啦，还别说，他要真去了，连天安门广场也放不下他那双方口鞋……正笑着，我觉得门外好像有人。走出去正好看见仲银。

我说，仲银进来吧。

仲银说，我不进，我穿的是方口鞋。

我忽然很不好意思，我说，仲银，咱们三个还是搞好团结吧。

仲银说，团结？咋团？咋结？你们这些大城市来的少爷小姐哪理解人民群众需要什么。我真后悔我在山上做了那句诗。

我说，哪句。

仲银极其轻蔑地对自己冷笑起来，仲银说，说了你也不理解。

仲银说完话掉头就走。第二天上课的时候，我发现仲银不但是穿的方口鞋，而且专门脱了袜子光着脚板。乌黑的鞋帮上突兀着一片白白的冷冷的皮肤，我不由就想起那张龙飞凤舞的粉连纸，想起那一地纷飞的大雪。

后来，我问过仲银。我说，仲银，你当时为什么那么反感我们。仲银宽和地笑笑，仲银说，我当时实在没有想到，天安门广场会突然走到我眼前。

我们知识青年的出现，确实使仲银显得无足轻重了。仲银再也不是方圆十里之内唯一的文化人，再也不是村民们崇拜的唯一中心了。仲银忽然再也找不到自己的自豪和孤独，没有了自豪和孤独的仲银深深觉得，每一个白天和夜晚都是对自己的侮辱。仲银就想，老张怎么就不来呢。仲银终于明白了老张的存在对于自己难以估量的价值，和老张的那场游戏，是让旋风重新旋转起来的唯一的力量。

后来，就出了那封轰动一时的匿名信。信是用一把尺子比着，一笔一画地写出来的，每一笔都是笔直的，根本无法验证笔迹。信是直接寄给县革命委员会的，信上说，关于老杨树显灵的反革命煽动案查与不查的问题，是一个革命和反革命的试金石。把伟大领袖毛主席的绝对权威，和老杨树显灵这样的迷信活动联系在一起，纯粹是阶级敌人对毛主席的侮辱，贫下中农坚决不答应。这封信从县里转到公社，从公社转到大队，然后，老张就回来了。县革命委员会责令老张立即恢复追查，并且一定要查个水落石出。老张回来的时候没有直接进村，而是直接进了村庙，仲银看见老张就笑了。

仲银说，我就知道你得回来。

老张说，我知道那封匿名信是谁写的。

仲银笑笑，笑得很奇怪。仲银说，老张，你还是什么也不理解，你什么时候才能理解人民群众到底需要什么。

老张说，仲银，这一次我就是要按照县革委的指示，发动群众，依靠群众，彻底查清。

仲银再一次冷笑起来，老张没有抬头看他，老张知道仲银的眼睛这会儿正从自己的头顶上越过去，仲银正在横扫吕梁山。

老张不理仲银的眼睛，老张说，不管是谁干的，这一次查出来他就得跟我回去蹲监狱。老张说这句话的时候正好能用得上冷酷无情，或是无动于衷这样的形容词。

我和刘平平忍不住在一旁插了几句话。刘平平说，我觉得这件事情还得分析分析，不管怎么说，事情的结果是导致了群众积极参加"文化大革命"，并没有把矛头指向毛主席。最多也就是个人民内部矛盾问题，是个教育群众的问题。刘平平这样说的时候，仲银并没有转过头来，我只看见仲银的耳朵忽然涨红了。于是，我赶紧发表意见，我说，仲银当时虽然对蝌蚪文作了解释，但是根据群众的反映，仲银说的话全都符合党中央的精神，并没有什么政治性的错误。

老张还是无动于衷，老张撩起自己的绿警服，露出腰带上的手枪和手铐，老张拍拍它们，老张说，我不管，这次查出来，那人就得跟我回去蹲监狱。

正当我们这样说来说去的时候，仲银突然转身而去。仲银回到自己的房间里靠在棉被上吹起口琴来，仲银吹的是《北京有个金太阳》。嗡嗡嘤嘤的琴声很怪异很高昂地在村庙里荡来荡去。

刘平平说，这家伙第一小节从来就没有唱准过。

那是我们插队的第一个冬天，那是一个奇冷无比的冬天，奇冷无比的冰天雪地中只有这么一个必须查清的案件，和仲银怪异高昂的口琴声。渐渐的，追查工作归结到案件的中心，中心里只剩下最后的两个人，仲银和陈三。村民们都在叽叽喳喳地推测，不知道到底要抓谁呀，不知道还能不能在家过上年了。老张每天挂着手枪和手铐，在大家的推测中无动于衷坚定不移地走来走去。老张说，总得有一个跟上我回去蹲监狱。

仲银想了半个冬天，终于想好了。仲银想好的那天早上，老张正在陈三家里吃派饭，仲银走进去的时候老张嘴里正塞满了窝窝头。

仲银说，老张，不用查了，是我。看看老张的窝窝头还没咽完，仲银又说，我要不自首，你今年冬天就别想回家过年了。

老张又咬了一大口窝窝头，老张说，你先坐下，等我吃了这个窝窝。

老张吃完窝窝头，又喝了一大碗米汤，然后，老张抹抹脸上的汗水，取下腰带上的手铐给仲银戴上。老张说，我早就知道是你，走吧，跟我回去蹲监狱吧。

老张和仲银这样说话的时候，都没有注意到陈三放下了饭碗，只吃了一半饭的陈三张着嘴，愣愣地看着仲银，嘴里的窝窝金灿烂的很黄，很亮，很鲜艳。仲银出屋的时候转过身来看看陈三很黄很亮的嘴，仲银说，陈三爷，你好好在家放心过年吧。

然后，仲银对老张说，我得和村里的乡亲们告告别。

老张说，不行，这不符合政策，你给我老老实实地走吧。

这时候七十多岁的陈三忽然敏捷无比地从炕沿上窜下来，陈三跑到街巷里喊起来，仲银叫抓走啦，仲银叫抓走啦，仲银叫抓走啦。七十多岁的陈三把满嘴的金黄，灿烂地喷到那一年冬天的冰天雪地之中。

村里人都以为陈三老汉是疯了，都从家里跑出来看疯子，跑出来了才看见仲银手上银晃晃的手铐。银晃晃的手铐把大家的眼睛弄得很疼，村民们就都叫起来，老张，老张，你可不要乱抓人呀。老张，老张，你别是弄错了吧。仲银，仲银，你快跟老张说句好话吧。老张坚定不移无动于衷地往前走着，一面走，一面把那支阴森森的手枪提在手里，老张把手枪举到那年那个奇冷无比的冬天里。

老张说，你们这些老百姓都给我听着，都给我老老实实地站着别动，谁要敢动一动，我就开枪。现在可是考验你们的时候，谁是什么阶级立场，一眼就能看出来。铐子我是没有了，绳子有的是。

就在老张坚定不移无动于衷地发表讲话的时候，仲银无比自豪地转过身来，在那个奇冷无比的冬天，仲银平生第一次感觉到了自己的感召力，平生第一次真正体验到了领导人民群众的幸福和快乐，这一次自己绝对不会再流眼泪了，这一次自己获得的是真正的胜利。仲银看到世世代代麻木冷漠的群山，终于被自己的力量驱赶着蠕动起来。看着自己眼前这惶恐不安六神无主的人群，仲银想起一句毛主席的诗来，"雄关漫道真如铁，而今迈步从头越"。跟着，又想起一句歌词，"戴镣，长街行，告别众乡亲"。仲银想，我现在就是要告别众乡亲。这样想着，仲银把自己自豪远大的目光，从苍凉荒远白雪皑皑的群山上收回来。

仲银说，乡亲们，我还会回来的！

老张不耐烦地摆摆手枪，老张说，快给我走吧，等刑满了当然放你，这是政策。

我和刘平平当时也站在人群里，我分明地感觉到仲银骄傲轻蔑的眼光，在冰天雪地之中火辣辣地从我们身上居高临下地扫过。

我说，刘平平，我怎么觉得这件事情总有点奇怪呀。

刘平平很激动，刘平平说，我这辈子还没有见过这种场面，我怎么觉得他这会儿变得像个革命烈士，整个儿一个慷慨激昂，这个人太奇怪了，简直不可理解。

我们这样说话的时候，老张已经押着仲银走到了村口，走到了老杨树的下面。一条白晃晃的冻土大道上，走着自豪孤独的仲银，我忽然就想起来村庙里嗡嗡嘤嘤的口琴声，我觉得自己的鼻子有点酸，我忍不住对着远去的背影大声喊，仲银，你放心，我给你送行李去。

仲银听见了，可仲银没回头。

村民们久久地聚集在一起，叽叽喳喳地诉说着自己的惶恐和不安，诉说着这个奇冷无比不可理解的冬天。就在这时候，陈三突然坐在硬邦邦的土地上号啕大哭起来。陈三用苍老的双手拍打着冰冻的土地，陈三说，仲银仲银仲银……仲银呀，你咋这么糊涂呀。

就在那年冬天，七十多岁的陈三爷真的疯了。

六

那年的冬天，仲银成了方圆十里之内人们议论的中心。其实，从那以后的许多年里，仲银都是村民们感叹、猜测、回忆、崇拜的中心。就像那座没有了神像没有了对联的村庙，空出来的庙宇，反而容易放下更多的想象。

仲银在下决心自首之前，曾经考虑了整整半个冬天，仲银把一切都想好了，就是没有想到被抓进监狱之后，再也没人搭理自己了。

我给仲银送过行李，又送了几次衣服，每次仲银都催我，仲银说，你给问问，他们到底什么时候给我定案，到底什么时候开我的公审大会呀。

那时候，宣判犯人都讲究开个公审大会，每次公审大会都是全县轰动的大事。人山人海，万头攒动，人们的眼睛全都盯着台子上的犯人。然后，用红笔打了叉的布告，就会贴遍每一个山庄窝铺。我觉得我有点猜透了仲银的心思，猜透了以后就有点害怕。我就说，仲银，你放心，我给你催催他们。然后，我就去找老张。

我说，老张，仲银的案子怎么样了。

老张说，我比你更急。现在县革委会里两派打仗，几上几下换了好几拨人啦，没人理我这个案子。

我说，老张，当初我们就说过，让你好好想想，你非得抓人不可。

老张说，说得好听。听你的？我得服从上级，我得按政策办事。

我说，老张，有件事情我想求你，不管符合不符合政策，你都得答应我。

老张说，说吧。

我从兜里把仲银的口琴拿出来，我说，求你把这个交给仲银。仲银平常只有这么一点爱好。

老张无动于衷坚定不移地把手一挥，不行。这不符合政策。

我说，老张，我这辈子也忘不了你。

可是除了忘不了，再没有第二个办法。我只有拿着口琴干干地站在县监狱高高的灰墙外边，然后，我想，要不然就在这儿吹个歌吧，也许仲银能听见。又想了想，就吹《北京有个金太阳》吧，仲银最爱唱。于是，我憋足了力气把《北京有个金太阳》吹得山摇地动慷慨激昂。后来，我问过仲银。我说，仲银，那一次你听见了没有。仲银说，听什么，墙那么高，我什么也没听见。

仲银曾经和我非常认真非常抽象地讨论过时间的问题。仲银说，时间只有在你经历它的时候，它才存在。在经历的前一秒和经历的后一秒，都不存在时间。而且，所有经历过的时间，不管它是一秒、一天、一年，还是一千年，全都是一样长的。仲银说，所以，我在监狱里蹲了八年，两千九百二十天，这和秦始皇公元前二百二十一年统一中国至今的时间一样长。仲银说这些认真抽象的问题，语气平平淡淡的，眼神也平平淡淡的。我有些不大习惯仲银这种平淡无奇的样子，就很仔细地看着他。

我说，时间消失了，有些东西也就永远消失了。

仲银淡淡一笑，仲银说，那当然。

仲银这样说的时候，眼睛看着面前的一只茶杯，茶杯里白色的水汽正一缕一缕地婉转着飘起来，又一缕一缕的转瞬消失在冬天的冷气中。

仲银说，他在监狱里老做一个梦，总是梦见毛主席和周总理接见自己：毛主席说，你来坐下，你是人民教师，你对人民是有功劳的。周总理就说，仲银同志，主席叫你坐下，你快坐嘛。仲银说，可是自己总是找不着椅子，一找不着，就急，一急，就醒了。

谁也没想到仲银在监狱里一关就是八年。

我从来没有问过仲银这八年他是怎么过来的。仲银自己也从来不提。

如果不是陈三临终前说了实话，仲银可能还要在监狱里继续关下去。陈三临终前让家里人把党支部书记赵万金叫到炕头前。陈三说，万金呀，我有句话不能带进棺材里去。党支部书记说，有啥话你就说吧。陈三说，万金呀，老杨树上的那张黄裱纸，是我贴的。

赵万金就跳起来，陈三爷，监狱里都关了一个啦，你是不想进坟地想进监狱呀。

陈三说，万金，监狱我不怕，坟地我也不怕，我是怕做下亏心事小鬼给我割舌头，拉我下油锅。黄裱纸真的是我贴的。那天早上，我去场院担麦秸，就把纸给贴上啦。

赵万金说，好好的，你为啥要贴它呀。

陈三说，我七岁那年皇上下诏停了科举，老杨树就显过一回灵。那时候，我是看着天下要闹乱了。你想想，这天无二日，朝无二主，连我那马号里一个槽上还拴不住两头驴呢。我实在是害怕，天下一乱，咋种地，咋过日子呀，我就是想求求神灵保佑天下太平。可我没想到仲银他认了案子。原先，我也想认，可看见老张的那枪、那铐子，看见老张的那张黑脸，我就怕了。

赵万金说，陈三爷呀陈三爷，你可真是我的那活爷爷。你这叫干了件啥事情呀。

陈三老泪纵横，陈三说，我活了快八十了，我没做过别的亏心事，我就是对不起人家仲银。那时候你们都说我是疯了，我哪是疯呀，我是难受。

陈三爷说了这些惊天动地的话以后，就心平气和地死了。陈三爷死了以后公社刘主任来找我。刘主任说，县公安局来了通知要放人，你现在是学校负责人，你去把仲银接回来吧。我说，他们到现在也没给仲银定案，也没开公审大会，就这么白白关了八年，算是怎么回事。我不去。

刘主任说，你们这些教书匠，非得枪毙了才算回事？去吧，去吧。你不去仲银还得白白地在那关着。

我就去了。

从监狱里出来以后，我带着仲银进了县城的工农饭店，我要了一瓶白酒，要了好几碗肉菜。端起酒杯来，我说，仲银，陈三爷说那张黄裱纸是他贴的，根本就没有你的事。

仲银伸出筷子来说，咱们先吃饭吧。

吃完饭，我把老张交给我的那张释放证拿出来，我说，仲银，这是老张给的释放证，这上边没写你有罪，也没写你没罪。就写了入狱时间和释放时间。

仲银说，你现在是领导，你拿着吧。陈三爷死了，也不知道我爸我妈还活着么，我现在就想回家看看。

我说，行，你先回家吧，反正这个学期也没有安排你的课，等过了寒假再说吧。

要分手的时候，我忽然想起一件事来，赶紧打开书包拿出仲银的口琴递过去，我说，仲银，你看看，我差点忘了。

仲银接过口琴，仲银说，这么多年不吹，大概都忘了。仲银犹犹豫豫地把口琴放到嘴上，犹犹豫豫地吹了几句，仲银吹的是《北京有个金太阳》。那时候正流行气声唱法，大家唱的都是"妹妹找哥泪花流"，已经没人唱《北京有个金太阳》了。工农饭店里的人，都很惊奇地看着仲银吹口琴，看得仲银很不好意思。仲银放下口琴，仲银说，真的都忘了。那时候，刘平平总说我第一小节从来就没有唱准过，现在更不准了。

我赶紧说，谁说的不准，挺准的，挺好听的。

可仲银还是把口琴收了起来，仲银说，咱们走吧。

我们就走了。仲银回家。我回学校。

后来，仲银又回来当老师。那时候刘平平早就离开村子好几年了，早就回了北京。仲银回来，学校里又成了两个人。有一次，我们带领学生们上山去采树籽，无意中走到陈三爷的坟跟前。我说，仲银，这是陈三爷的坟。仲银看看坟，然后，仲银说，陈三爷为什么非要把那件事情说出来呢。

仲银说这话的时候平平淡淡的。我在后边看着仲银的背影，我发现仲银的头发已经开始灰白了。

没过多久，我也考上了大学。临分手的时候，仲银一直送我走了三十里山路。仲银说，从你们来的第一天，我就知道你们早晚都得走。刘平平还说，世世代代呢。我们才是世世代代。

这么说着，仲银抬起头来，平平淡淡的眼光平平淡淡地打量着苍茫的群山。

我说，仲银，等将来毕业了，我回来看你。

仲银笑笑，仲银说，看也行，不看也行。

走到临时停车点，汽车还没有来，一条灰白色的道路意味深长地在群山之中蜿蜒盘旋而来，又蜿蜒盘旋而去，把思绪和回忆都拉得很长很长。

仲银说，汽车没来。

我说，没来。

仲银说，晚点了。

我说，对，是晚点了。

仲银说，别着急，肯定来。

我盯着公路，我说，不急，不急。

仲银知道我急，仲银就笑了。仲银故意找了个别的话题，仲银说，以前有个想法不敢说，现在可以说说了。毛主席的诗说，"乌蒙磅礴走泥丸"，我觉得不确切，既然是磅礴，怎么又成泥丸了呢？你现在看看咱们眼前的山，像不像泥丸，像吗？要我说，山就是山，山什么也不是。

这时候汽车来了。山里人都是等车等怕了的，全都着着急急地往上挤。好不容易挤上去，车立刻就开了，连和仲银挥挥手的机会都没有。满眼苍莽荒凉的群山，沿着那条蜿蜒盘旋的公路，扑面而来，又匆匆而去。

仲银说得对，那些山根本就不像泥丸。山就是山。

一九九二年十二月六日草毕，七日改定于太原

（原刊于《收获》1993年第2期）